커피가 식기 전에

COFFEE GA SAMENAI UCHI NI by Toshikazu Kawaguchi
Copyright © Toshikazu Kawaguchi, 2015
All rights reserved.
Original Japanese edition published by Sunmark Publishing, Inc., Tokyo
This Korean language edition published by arrangement with
Sunmark Publishing, Inc., Tokyo in care of
Tuttle-Mori Agency, Inc., Tokyo through Botong Agency, Seoul.

이 책의 한국어판 저작권은 Botong Agency를 통한 저작권자와의 독점 계약으로 비빔북스가 소유합니다.
신 저작권법에 의하여 한국 내에서 보호를 받는 저작물이므로 무단전재와 무단복제를 금합니다.

コーヒーが冷めないうちに
커피가 식기 전에

가와구치 도시카즈 지음 | 김나랑 옮김

PROLOGUE

어느 거리의, 어느 찻집의
어느 자리에는 신비한 도시 전설이 깃들어 있다.
그 자리에 앉으면, 그 자리에 앉아 있는 동안에는
원하는 시간으로 이동할 수 있다는 전설이다.

다만 몇 가지 성가신……,
아주 성가신 규칙이 있었다.

하나. 과거로 돌아가도 이 찻집을
    방문한 적이 없는 사람은 만나지 못한다.
둘. 과거로 돌아가서 어떠한 노력을 할지언정
    현실은 바뀌지 않는다.
셋. 과거로 돌아가는 자리에는 먼저 온 손님이 있다.
    그 손님이 자리를 비켜야만 앉을 수 있다.
넷. 과거로 돌아가도 자리에서 일어나 움직일 수 없다.
다섯. 과거에 머물 수 있는 시간은, 커피를 잔에 따른 후
    그 커피가 식을 때까지에 한한다.

성가신 규칙은 여기서 끝이 아니다.
그럼에도 불구하고 오늘도 전설을 듣고
찾아오는 손님의 발길이 이어진다.

찻집의 이름은 푸니쿨리 푸니쿨라.

당신이라면 이런 숱한 규칙들을 듣고도
과거로 돌아가고 싶나요?

이 이야기는 불가사의한 찻집에서 벌어진
네 개의 따뜻한 기적입니다.

결혼을 생각하던 애인과 헤어진 여자의 이야기,
기억이 사라져 가는 남자와 간호사의 이야기,
가출한 언니와 먹성 좋은 여동생의 이야기,
찻집에서 일하는 임산부의 이야기.

그날로 돌아갈 수 있다면,
당신은 누구를 만나러 가시겠습니까?

일러두기
• 본문의 괄호 안 내용 중 주석에 해당하는 부분은 모두 옮긴이의 주(註)입니다.

차례

프롤로그 4

제1화 연인 9

제2화 부부 97

제3화 자매 185

제4화 모녀 281

제1화
연인

"어쨌든 저를 그날로,

일주일 전의 그날로 돌아가게 해 주세요!"

"나, 이제 갈 시간이라……."

흐리멍덩한 목소리로 중얼거리고, 남자는 캐리어로 손을 뻗으며 일어섰다.

"뭐?"

여자는 남자의 얼굴을 올려다보며 어처구니가 없다는 듯 인상을 찌푸렸다. 남자의 입에서는 '이별'의 '이' 자도 나오지 않았다. 그러나 사귄 지 3년째 된 애인이 "중요한 얘기가 있다."며 불러내서는 별안간 일 때문에 미국으로 떠난다고, 그것도 몇 시간 후에 출발한다고 하니 '이별'의 '이' 자를 듣지 않더라도 '중요한 얘기'가 '이별 통보'라는 것쯤은 짐작할 수 있었다. 설령 '중요한 얘기'를 '청혼'이라 착각하고 기대에 부풀었을지라도 말이다.

"왜 그래?"

남자는 여자의 시선을 피하며 혼잣말하듯이 되물었다.

"제대로 설명해 줄래?"

여자는 남자가 가장 싫어하는 힐난조로 따졌다.

두 사람이 대화를 나누고 있는 찻집은 지하라서 창문이 없다. 조명 기구라고는 천장에 매달린 펜던트 조명 여섯 개와 입구 가까이에 걸린 벽 조명 하나뿐이다. 그러다 보니 온종일 세피아빛으로 물든 실내에서 밤낮을 구별하려면 시계에 의존할 수밖에 없다.

가게 안에는 골동품 수준의 커다란 괘종시계가 세 개 있었다. 하지만 시곗바늘은 저마다 다른 시각을 가리켰다. 의도한 건지 고장이 난 건지는 이 찻집에 처음 오는 손님은 알 길이 없다. 결국, 자기 시계로 확인해야만 한다.

남자도 예외는 아니었다.

남자는 손목시계로 시간을 확인한 후, 오른쪽 눈썹 위를 긁적이며 아랫입술을 비죽 내밀었다.

그 표정을 읽어낸 여자가 더욱 과장되게 토라진 척하며 말했다.

"어, 지금 그거 뭐야? 귀찮아, 라는 얼굴이었어."

"아니야."

남자는 우물쭈물 대답했지만, "그랬잖아!"라는 큰소리에 대꾸할 엄두도 내지 못했다.

"……."

남자는 재차 아랫입술을 내밀고는 여자의 시선을 피하며 입을 다문 채 잠자코 있었다.

"나더러 말하게 할 작정이야?"

여자는 남자의 겁먹은 듯한 태도가 못마땅해 눈을 부릅뜨고 그를 쏘아보며 눈앞의 식은 커피로 손을 뻗었다. 식어서 마냥 달기만 한 커피는 여자의 기분을 한층 우울하게 가라앉혔다.

남자는 또다시 손목시계를 들여다보았다. 탑승 시각을 계산하면 슬슬 찻집에서 나가야 하는 모양인지, 산만하게 오른쪽 눈썹 위를 긁어 댔다. 여자는 시간에 신경 쓰는 남자의 모습을 곁눈으로 바라보고 짜증이 치밀어 거칠게 잔을 내려놓았다. 너무 세게 내려놓은 탓에 잔과 받침이 쨍그랑 울리자 남자가 흠칫 놀랐다.

남자는 오른쪽 눈썹을 긁던 손으로 머리카락을 헝클어뜨리며 쥐어뜯었다. 그런 다음 조용히 한숨을 쉬더니 여자의 맞은편 의자에 천천히 앉았다. 지금까지의 엉거주춤한 태도가 아니었다.

여자는 어쩐지 분위기가 달라진 남자의 얼굴을 보고 당황하여, 고개를 숙인 채 무릎 위의 깍지 낀 손만 바라보며 그의 얼굴을 외면하려 애썼다.

시간을 신경 쓰던 남자는 여자가 고개를 들기도 전에 말을 꺼냈다.

"저기 말이야."

조금 전까지의 알아듣기 힘든 흐리멍덩한 목소리가 아니었다. 단호한 어조였다.

"가든지."

여자는 남자의 다음 말을 가로막고 고개를 숙인 채 될 대로 되라는 식으로 내뱉었다.

설명을 하라던 여자가 노골적으로 그 설명을 피하고 있었다. 당황한 남자는 시간이 멎은 것처럼 꼼짝도 하지 않았다.

"시간 다 됐지?"

여자는 토라진 아이처럼 말했다. 남자는 여자의 말이 무슨 뜻인지 이해하지 못한 듯 당혹스러운 표정을 지었다. 여자는 제 딴에도 어린애 같은 유치한 말투였다고 생각했는지 멋쩍게 시선을 돌리고 입술을 깨물었다.

남자는 소리 없이 의자에서 일어나 카운터 안의 웨이트리스에게 나지막이 말했다.

"여기 계산해 주세요."

남자는 계산서로 손을 뻗었지만, 여자의 손이 계산서를 꾹 눌렀다.

"난 더 있을 테니까……."

자신이 내겠다고 말하려 했으나, 남자는 힘없이 전표를 빼서 계산대로 향했다.

"같이 계산할게요."

"괜찮다니까."

여자는 앉은 채로 남자에게 팔을 뻗었다. 하지만 남자는 여자에게 눈길도 주지 않고, 지갑에서 천 엔짜리 한 장을 꺼냈다.

"잔돈은 됐어요."

웨이트리스에게 계산서와 돈을 건넨 후, 남자는 슬픈 얼굴로 잠시 여자를 바라보고는 그대로 캐리어를 끌고 조용히 나가 버렸다.

딸그랑딸그랑.

"……여기까지가 일주일 전에 있었던 일이에요."

기요카와 후미코는 서서히 바람이 빠지는 풍선처럼 눈앞의 커피 잔을 슬쩍 피하며 테이블 위로 흐물흐물 늘어졌다.

그때까지 후미코의 이야기를 말없이 듣고 있던 웨이트리스와 카운터에 앉은 손님이 얼굴을 마주 보았다.

아무래도 후미코는 일주일 전에 이 찻집에서 있었던 일을 자세히 설명한 모양이다.

후미코는 고교 시절, 독학으로 6개 국어를 마스터하고 와세다 대학을 수석으로 졸업한 후 도쿄의 의료계 IT 대기업에 입사했다. 2년 차에는 팀장으로서 다수의 프로젝트를 맡았다. 이른바 잘 나가는 커리어 우먼이었다.

이날은 퇴근길에 들렀는지 하얀 셔츠와 까만 재킷, 바지를 입은 지극히 평범한 비즈니스 정장 차림이었다.

그러나 외모는 평범하지 않았다. 아이돌처럼 또렷한 눈매와 코, 작은 입술, 날렵한 턱선, 윤기가 흐르는 깔끔한 세미 롱 길이의 까만 머리가 돋보였다. 아름다운 신체 비율은 옷 위로도 여실히 드러났다. 마치 패션 잡지에서 튀어나온 모델처럼 주위의 시선을 사로잡는 미인이었다.

아마도 '미모와 재능을 겸비했다.'란 말은 후미코 같은 여성에게 써야 할 것이다. 그 사실을 본인이 자각하고 있느냐 없느냐는 별개의 문제지만.

그런 후미코는 지금까지 일에만 전념하며 살아왔다. 물론 연애 경험이 없는 것은 아니다. 단지 일보다 매력을 느끼지 못했을 뿐이다. 그만큼 후미코는 지금 하는 일에 만족했다.

"일이 애인이에요."

이런 말로 먼지를 털어내듯 남자들의 데이트 신청을 몇 번이나 거절했다.

상대편 남자는 가타다 고로. 대기업은 아니지만, 후미코처럼 의료계 회사에서 시스템 엔지니어로 일했다. 2년 전 공동 프로젝트로 모인 파견지에서 후미코와 알게 된 세 살 연하의 애인이다. 아니, 정확히 말하면 '애인이었다'.

일주일 전 후미코는 "중요한 얘기가 있다."는 고로의 말을 듣고 우아한 연분홍색 미디엄 원피스에 베이지색 트렌치코트, 하얀 펌프스 차림으로 약속 장소에 나타났다. 물론 길을 가던 남자들의 시선을 한 몸에 받은 것은 두말할 나위도 없다.

사실 고로와 사귀기 전까지 외곬으로 일만 하던 후미코는 가진 옷이라야 비즈니스 정장이 다였다. 고로와도 주로 퇴근길에 데이트를 했으니 더욱 그랬다.

하지만 '중요한 얘기'는 후미코에게 '특별'하게 느껴졌다. 후미코는 기대에 한껏 부풀어 그 옷들을 맞춰서 사 입었다.

그런데 약속 장소인 단골 카페에는 임시 휴업 안내문이 붙어 있었다. 그 카페는 테이블마다 개별 공간으로 분리되어 '중요한 얘기'를 하기에 제격이라고 생각했던 만큼 두 사람의 아쉬움도 컸다.

별수 없이 다른 적당한 장소를 물색하던 중 인적이 드문 뒷골목에서 자그마한 간판을 발견했다. 지하에 있는 찻집이라 분위기는 도무지 짐작할 수 없었지만, 가게 이름이 어렸을 때 흥얼거리던 노랫말이라는 점에 마음이 끌려 일단 들어가 보기로 했다.

하지만 가게에 들어선 순간 후미코는 후회했다. 상상 이상으로 좁았기 때문이다. 가게 안은 카운터석과 테이블석으로 나뉘어 있었는데, 카운터에 세 자리, 2인용 테이블이 세 개뿐이었다. 즉, 아홉 명이면 만석이 된다. 후미코가 기대한 '중요한 얘기'는 어지간히 목소리를 낮추지 않으면 사방에 다 들릴 터였다. 더구나 몇 안 되는 펜던트 조명으로 물들인 세피아빛 실내는 후미코의 취향이 아니었다.

비밀 거래 장소.

후미코가 느낀 이 찻집의 첫인상이었다. 후미코는 필요 이상으로 주위를 경계하며 마지못해 빈 테이블에 자리를 잡았다.

가게 안에는 손님 세 명과 웨이트리스가 있었다. 제일 구석 테이블에는 하얀 반소매 원피스를 입은 여자가 조용히 책을 읽고 있었고, 입구 쪽 테이블에는 생기 없어 보이는 남자가 여행 잡지를 펼쳐 놓은 채 수첩에 메모를 끄적이고 있었다. 카운터에는 새빨간 캐미솔에 초록색 레깅스를 입은 여자가 앉았는데, 의자 등받이에 조끼를 걸쳐 두고 머리에는 헤어롤을 말고 있었다. 무슨 연유인지 헤어롤을 한 여자는 후미코 일행을 보며 히죽히죽 웃었다. 후미코가 고로와 이야기하는 동안에도 이따금 카운터 안의 웨이트리스에게 말을 걸고는 큰 소리로 까르르르 웃어 댔다.

"그렇군."

헤어롤을 한 여자가 후미코의 이야기에 반응을 보였다.

수긍을 해서가 아니다. 설명이 일단락되자 맞장구를 쳤을 따름이다.

헤어롤을 한 여자의 이름은 히라이 야에코. 올해 막 서른 줄에 들어선, 근처에서 스낵바(일본식 성인 주점)를 운영하는 단골손님이다. 출근 전에는 꼭 이 찻집에서 커피를 마신다. 오늘도 여전히 헤어롤을 말고 있었지만, 복장은 일주일 전과 달리 어깨를 훤히 드러낸 노란색 탱크톱에 빨간색 미니스커트, 선명한 보라색 레깅스를 입고 있었다.

히라이는 카운터석에 앉아 턱을 괴고 후미코의 이야기를 들었다.

"일주일 전 일이에요. 기억하시죠?"

후미코는 일어서서 카운터 너머의 웨이트리스에게 캐물었다.

"네, 그야 뭐."

웨이트리스는 곤혹스러운 표정으로 후미코의 얼굴을 외면하며 대답했다.

웨이트리스의 이름은 도키타 카즈. 카즈는 이 찻집 주인의 사촌 여동생으로, 미술 대학에 다니면서 웨이트리스로 일했다. 피부가 희고 눈꼬리가 길어 예쁘장했지만, 딱히 이렇다 할 특징은 없었다. 한 번 보고 바로 눈을 감으면 어떤 얼굴이었는지 금방 떠오르지 않았다. 한마디로 느낌이 희미하고, 존재감이 옅었다. 그러나 정작 카즈는 타인과 부대끼는 것을 귀찮아하는 성격이었기에 얼마 안 되는 친구 문제로 고민한 적은 한 번도 없었다.

"그래서, 지금 그 애인은 어디에 있는데?"
히라이가 별 흥미 없다는 듯이 커피 잔을 만지작거리며 물었다.
"미국이요."
후미코가 부루퉁하게 대꾸했다.
"말하자면 애인이 일을 택했다는 거네?"
후미코의 얼굴도 보지 않고 히라이가 천연덕스럽게 정곡을 찔렀다.
"아니에요!"
후미코는 눈을 치켜뜨며 부인했다.
"응? 아니긴 뭐가 아니야? 미국에 가 버렸다며?"
히라이가 놀란 얼굴로 되물었다. 후미코도 한사코 반론했다.
"지금 제 설명을 듣고도 모르시겠어요?"
"뭘 몰라?"

"자존심 때문에 가지 말라고 말 못한 여자의 마음이요!"

"그걸 자기 입으로 말하네?"

히라이는 그렇게 말하며 몸을 뒤로 젖히다가 하마터면 의자에서 떨어질 뻔했다.

"제 말 아시겠죠?"

히라이의 반응을 무시하고 후미코는 카즈에게 도움을 청했다.

"사실은 미국에 가지 않았으면 했던 거죠?"

카즈는 몇 초간 고민하는가 싶더니 역시 정곡을 찌르는 질문을 던졌다.

"물론 그건 맞는데……."

우물쭈물하는 후미코를 보며 히라이가 즐거운 듯이 "알 수가 없네."라고 일축했다. 만약 히라이였다면 그 자리에서 울며불며 가지 말라고 소리쳤을 것이다. 물론 거짓 울음이다. 눈물은 여자의 무기. 이것이 히라이의 지론이었다.

후미코는 눈을 반짝이며 카운터 안에 있는 카즈에게 진지한 표정으로 애원했다.

"어쨌든 저를 그날로, 일주일 전의 그날로 돌아가게 해 주세요!"

일주일 전으로 돌아가게 해 달라는 터무니없는 소리를 듣고도 히라이는 카즈의 곤혹스러운 얼굴을 보면서 "이거야, 원."이라며 중얼거렸고, 카즈도 "아, 그게……."라고 대답할 뿐 더는 아무 말도 하지 않았다.

이 찻집이 과거로 돌아갈 수 있다는 소문으로 유명해진 것은 수년 전의 일이다. 당시에는 별다른 관심이 없었기에 후미코의 기억에서는 어느새 사라진 상태였다. 일주일 전 이 찻집에 들어온 건 그저 우연이었다.

어젯밤 후미코는 아무 생각 없이 예능 프로그램을 보고 있었다. 초반에 사회자가 꺼낸 '도시 전설'이라는 말에 별안간 머릿속에서 번개가 친 것처럼 후미코의 기억이 퍼뜩 떠올랐다. 단편적인 기억이기는 했지만, '과거로 돌아갈 수 있는 찻집'이라는 키워드는 생생하게 살아났다.

'과거로 돌아간다면 관계를 회복할 수 있을지도 몰라. 고로와 다시 한번 얘기할 수 있을 거야.'

머릿속에서 되풀이되는 비현실적인 희망이 후미코의 냉정한 판단력을 흐려 놓았다. 이튿날, 아침밥을 먹는 것도 잊은 채 출근했으나 일은 손에 잡히지 않고 온통 시간에만 신경이 쓰였다. 1초라도 빨리 확인하고 싶었다. 중간에 동료가 괜찮으냐고 물어볼 정도로 집중력이 떨어져서 사소한 실수를 연발했다. 퇴근 시간이 다가오자 후미코의 조바심은 최고조에 달했다.

회사에서 찻집까지는 전철로 30분이 걸린다. 전철역에서 찻집까지는 거의 달리다시피 했다. 숨을 헉헉거리며 가게로 들어온 후미코는 "어서 오세요."라는 인사가 끝나기도 전에 카즈에게 "과거로 돌아가게 해 주세요!"라며 우겼는데, 그 기세는 설명이 끝날 때까지 이어졌다.

그러나 두 사람의 반응을 눈앞에서 보자 후미코는 불안해졌다. 히라이는 후미코를 빤히 바라보며 히죽거릴 뿐이고, 냉담한 표정의 카즈는 후미코와 눈도 마주치려 하지 않았다.

게다가 만약 과거로 돌아갈 수 있다는 소문이 사실이라면 가게가 북새통을 이뤄야 할 터였다. 하지만 이곳에 있는 사람은 일주일 전과 마찬가지로 하얀 원피스를 입은 여자와 여행 잡지를 보는 남자, 그리고 히라이와 카즈가 전부였다.

"돌아갈 수…… 있죠?"

후미코는 불안한 마음으로 물었다. 오히려 이것부터 먼저 확인해야 했을지도 모른다고 생각했으나, 이미 엎질러진 물이었다.

"맞는 거죠?"

후미코는 카운터 너머에서 카즈를 추궁했다.

"아, 네, 뭐……."

카즈는 이번에도 후미코의 눈을 쳐다보지 않고 모호하게 대답했다.

하지만 그 대답을 들은 순간, 후미코의 두 눈이 반짝반짝 빛나기 시작했다. '노(No).'가 아니다. '노.'가 아니었다. 후미코는 갑자기 흥분에 휩싸였다.

"돌아가게 해 주세요!"

카운터를 뛰어넘을 기세였다.

"돌아가서 뭘 어쩔 건데?"

식은 커피를 홀짝이며 히라이가 차갑게 물었다.

"다시 잘해 볼 거예요!"

후미코의 눈은 진지했다.

"그렇군."

히라이는 어깨를 움츠리며 말했다.

"부탁할게요!"

한층 커진 후미코의 목소리가 가게 안에 울렸다.

후미코는 최근 들어 고로와의 결혼을 생각하기 시작했다. 올해 스물여덟 살인 후미코는 그간 하코다테에 사는 부모님으로부터 "결혼은 언제 할 거냐.", "괜찮은 사람은 없느냐."며 압력을 받아 왔는데, 작년에 스물다섯 되는 여동생이 시집간 뒤로는 부모님의 채근이 더욱 심해져 일주일에 한 번꼴로 메일이 날아오는 형편이었다. 후미코에게는 여동생 말고도 스물세 살짜리 남동생이 있는데, 이미 고향에서 속도위반으로 결혼을 한지라 남은 사람은 후미코뿐이었다.

후미코는 결혼에 조바심을 내는 성격은 아니었지만, 여동생의 결혼은 후미코의 의식에 조금이나마 변화를 가져왔다. 그리고 결국, 고로라면 결혼해도 괜찮겠다는 생각에 이르렀다.

"제대로 설명해 줘야 하는 거 아니야?"

히라이가 호피 무늬 파우치에서 담배를 꺼내 사무적으로 말하고는 불을 붙였다.

"그래야겠네요."

카즈가 억양이 없는 목소리로 대답한 후, 카운터를 빙 돌아 후미코의 앞까지 걸어왔다. 카즈는 마치 우는 아이를 달래는 듯한 다정한 눈빛으로 후미코를 바라보았다.

"지금부터 제 얘기 잘 들어 주세요."

"뭐, 뭔데요?"

후미코는 긴장했다.

"돌아갈 수 있어요. 돌아갈 수 있긴 한데……."

"한데?"

"과거로 돌아가서 아무리 노력해도, 지금의 현실은 바뀌지 않아요."

후미코는 불시에 날아든 '현실은 바뀌지 않는다.'는 말이 무슨 뜻인지 이해되지 않아, 무심코 "뭐라고요?" 하고 큰 소리로 되물었다.

카즈가 침착하게 설명을 계속했다.

"손님이 과거로 돌아가서 미국으로 떠났다는 애인한테 속마음을 전해도……."

"전해도?"

"현실은 바뀌지 않아요."

"그럴 리가."

듣고 싶지 않다며 후미코는 귀를 막았지만, 카즈는 가장 듣고 싶지 않은 대사를 선뜻 못 박았다.

"애인이 미국으로 떠난다는 사실은 변함없어요."

후미코의 몸이 파르르 떨렸다. 그러나 카즈는 매정할 정도로 담담히 설명을 이어갔다.

"손님이 과거로 돌아가서 애인에게 떠나지 말라고 솔직히 고백한들, 마음은 전해질지 몰라도 현실은 전혀 바뀌지 않아요."

"그럼 의미가 없잖아요!"

가차 없는 카즈의 말에 후미코는 저도 모르게 큰소리로 항의했다.

"무턱대고 떼써 봤자 소용없어."

히라이는 이렇게 될 줄 알았다는 듯 담배를 피우며 냉정하게 꼬집었다.

"왜요?"

후미코가 매달리는 눈빛으로 카즈에게 말했다.

"왜라니요."

후미코의 물음에 카즈는 간단히 대답했다.

"……그게 규칙이니까요."

통상 영화나 소설 속의 시간 여행에는 '과거로 돌아가서 현실에 영향을 끼칠 만한 간섭은 해선 안 된다.'는 규칙이 있다. 만약 과거로 돌아가서 부모님의 결혼이나 만남을 방해하면, 자신이 태어나는 고리가 없어져 현실의 자신이 사라져 버리기 때문이다.

이는 시간 여행을 소재로 한 여러 작품에서 다루는 일반적인 정의이고, 물론 후미코도 '과거를 바꾸면 현실이 바뀐다.'는 정의를 믿는 사람이었다. 그렇기에 과거로 돌아가서 다시 바로잡아야겠다고 생각했던 것이다.

하지만 이제 물 건너간 꿈이 되었다.

후미코는 '과거로 돌아가서 어떠한 노력을 하더라도 현실은 바뀌지 않는다.'라는 믿기 힘든 규칙을 납득할 만한 설명이 필요했다. 그런데 카즈는 "그게 규칙이니까요."라는 한마디로 정리해 버렸다. 심술을 부리려고 안 가르쳐 준다거나, 설명하기 힘들 정도로 난해해서가 아니다. 단지 규칙이 그랬다. 이유는 카즈도 모를 것이다. 태연한 얼굴이 그렇게 말하고 있었다.

"안타깝게 됐습니다!"

히라이가 후미코의 얼굴을 보며 싱글벙글 말하고는, 담배 연기를 유쾌하게 내뿜었다. 그녀는 후미코가 설명을 시작했을 때부터 이 결정적인 대사를 날리기 위해 기다리고 있던 것이다.

"그럴 수가……."

온몸에서 힘이 빠졌다. 후미코는 의자에 털썩 주저앉으며 잡지에 소개된 이 찻집의 기사를 그제야 선명하게 기억해 냈다.

〈도시 전설로 유명해진 '과거로 돌아갈 수 있는 찻집'의 진상을 밝히다〉라는 제목으로 시작하는 기사는 대략 다음과 같은 내용이었다.

찻집의 이름은 '푸니쿨리 푸니쿨라'. 과거로 돌아갈 수 있다는 소문으로 연일 장사진을 이룰 만큼 유명해졌으나, 실제로 경험해 봤다는 사람은 거의 전무하다. 왜냐하면, 과거로 돌아가는 데는 몇 가지 성가신, 아주 성가신 규칙이 존재하기 때문이다.

먼저 첫 번째 규칙은 '과거로 돌아가도 이 찻집을 방문한 적이 없는 사람은 만나지 못한다.'는 것이다. 따라서 목적에 따라서는 과거로 간다 해도 의미가 없는 셈이다.

또한, '과거로 돌아가서 어떠한 노력을 할지언정 현실은 바뀌지 않는다.'는 규칙도 있다. 왜 이러한 규칙이 있느냐는 질문에 가게 측에서는 "모릅니다."라는 답변으로 일관했다.

실제로 취재 중에 과거로 돌아가 봤다는 사람은 만날 수 없었다.

다시 말해, 이 찻집의 소문이 사실인지는 불명확하다. 가령 돌아갔다손 치더라도 현실을 바꿀 수 없다면 무슨 의미가 있을까? 도시 전설로서는 흥미롭지만, 존재의 의미를 찾기는 힘들다. 기사는 이렇게 결론지었다.

그 밖에도 과거로 돌아가기 위해서는 여러 규칙이 있는 모양이나, 상세한 내용은 불투명하다는 보충 설명도 적혀 있었다.

문득 정신을 차려 보니 히라이가 후미코의 테이블 맞은편 자리에 앉아서 신나게 다른 규칙들을 설명하고 있었다.

테이블 위로 축 늘어진 후미코는 눈앞에 놓인 설탕 단지를 멍하니 바라보며 '왜 이 가게 설탕은 각설탕이 아닐까?'라는 엉뚱한 생각에 잠겨 이야기를 들었다.

"그게 끝이 아니야. 여기에 온 적이 없는 사람은 만날 수가 없어. 또 이 찻집의 어느 한 자리에서만 과거로 돌아갈 수 있지. 그리고 과거로 돌아가도 그 자리에서 움직일 수 없고······."

히라이는 다섯 번째 손가락을 접으며 "또 뭐였지?" 하고 카즈에게 물었다.

"시간제한이 있어요."

카즈는 유리컵을 닦는 데 신경을 집중하며 혼잣말하듯이 덧붙였다.

"시간제한?"

후미코는 무심코 고개를 치켜들고 물었으나, 카즈는 살짝 미소 지으며 끄덕이기만 했다.

"솔직히 이런 얘기를 듣고도 과거로 돌아가고 싶어 하는 사람, 거의 없겠지?"

히라이가 테이블을 손가락으로 콕 짚으며 즐거운 듯이 말했다. 아니, 실제로 히라이는 후미코를 보며 즐거워하고 있었다.

"오랜만에 봤어. 너처럼 곧이곧대로 믿고서 '과거로 돌아갈래요!' 하며 무턱대고 찾아오는 손님……."

"히라이 씨!"

카즈가 히라이를 나무랐다.

"세상은 그렇게 만만치 않다는 뜻이야. 단념해."

히라이의 공격은 쉴 새 없이 이어졌다.

"히라이 씨!"

카즈는 재차 목소리에 힘을 주며 나무랐다.

"괜찮아, 괜찮아. 이런 건 똑바로 얘기해 주는 게 서로에게……, 어라?"

히라이의 말이 채 끝나기도 전에 후미코는 온몸에서 힘이 쭉 빠져 다시 테이블 위로 늘어졌다.

히라이는 까르르르 소리 내며 웃었다.

그때였다.

"커피 한 잔 더."

입구에서 가장 가까운 테이블석에 앉아 여행 잡지를 보고 있던 남자가 카즈에게 말을 걸었다.

"아, 네······."

딸그랑딸그랑.

"어서 오세요."

카즈의 목소리가 실내에 울리자 한 여자가 들어왔다. 연한 하늘색 바이오 원피스에 베이지색 카디건, 감색 스니커즈 차림에 하얀 토트백을 들고 있었다. 여자는 피부가 희고, 동그란 눈은 소녀처럼 빛났다.

"다녀왔습니다."

"언니!"

카즈는 소녀처럼 동글동글한 눈을 가진 여자를 '언니'라고 불렀는데, 사촌 오빠의 아내이므로 정확히 말하면 새언니다. 그녀의 이름은 도키타 케이였다.

"벚꽃이 다 졌네."

케이는 말투와는 달리 그리 아쉽진 않은 모양인지 생글생글 웃고 있었다.

"그러게요."

카즈는 가볍게 대답했으나, 후미코에게처럼 남을 대하는 태도가 아니라 어쩐지 부드러운 표정을 지어 보였다.

"왔니?"

히라이가 말했다.

"어디 갔다 왔어?"

후미코를 놀리는 일도 질렸는지 히라이는 후미코의 맞은편 의자에서 일어나 카운터로 자리를 옮기며 케이에게 물었다.

"병원이요."

"정기검진?"

"네."

"오늘은 안색이 좋은데?"

"그렇죠?"

케이는 테이블에 널브러진 후미코를 힐끔 쳐다보고 갸우뚱거렸으나, 히라이가 고개를 가로젓자 카운터 안쪽 방으로 모습을 감췄다.

딸그랑딸그랑.

케이가 안쪽 방으로 들어가고 잠시 후, 커다란 체구의 남자가 문에 부딪히지 않도록 머리를 깊숙이 숙이면서 들어왔다. 하얀 조리사 유니폼 위에 얇은 점퍼를 걸치고 검은 바지를 입었으며, 오른손에는 짤랑거리는 열쇠 꾸러미가 들려 있었다. 남자의 이름은 도키타 나가레. 이 찻집의 주인이다.

"어서 와."

카즈가 나가레에게 말했다. 나가레는 고개를 살짝 끄덕이고, 실처럼 가는 눈을 입구 쪽 테이블석에 앉아 잡지를 보는 남자에게로 향했다.

카즈는 히라이가 말없이 내민 잔에 커피를 따르기 위해 주방 안으로 들어갔다. 히라이는 한쪽 팔꿈치를 괴고, 나가레의 모습을 조용히 지켜보았다.

"후사기 씨."

나가레는 잡지를 보는 남자 앞에 서서 상냥하게 말을 걸었다.

후사기라고 불린 남자는 순간 자신을 부른 건지 아닌지 모르겠다는 듯 천천히 나가레를 올려다보았다.

"오셨어요?"

나가레는 가볍게 허리를 숙이며 인사했다.

"……안녕하세요."

후사기라고 불린 남자는 무표정으로 대답한 후 다시 잡지로 눈을 돌렸다. 나가레는 후사기라는 남자를 잠시 바라보다가 주방을 향해 소리쳤다.

"카즈!"

"왜?"

카즈가 주방에서 고개만 내민 채 대꾸했다.

"고타케 씨한테 전화 걸어 줘."

순간 카즈는 어리둥절한 표정을 지었다.

"찾고 계셨거든."

나가레는 그렇게 말하고, 다시금 후사기에게로 눈을 돌렸다.

"아, 응."

카즈는 나가레가 한 말의 의미를 알아듣고 얼른 대답한 뒤 히라이에게 커피를 따르고 전화를 걸기 위해 안쪽 방으로 들어갔다.

나가레는 테이블에 엎드려 있는 후미코를 본체만체하고 카운터를 빙 돌아 안으로 들어가서는, 식기 선반에서 유리컵을 꺼내고 카운터 밑 냉장고에서 오렌지주스 팩을 꺼내 대충 컵에 따라 들이마셨다.

나가레가 유리컵을 씻으려고 주방으로 들어가니 곧바로 카운터를 손톱으로 톡톡 두드리는 소리가 들렸다.

'······?'

주방에서 얼굴을 내밀자 히라이가 손짓으로 슬며시 불렀다. 나가레는 젖은 손 그대로 느릿느릿 걸어 나왔다.

"어땠어?"

히라이가 몸을 살짝 앞으로 내밀며 속삭였다.

"음?"

나가레가 키친타월을 찾으며 대꾸했다. 질문에 대한 답인지 키친타월이 보이지 않는 데 따른 불만인지 종잡을 수 없는 반응이었다.

"검사 말이야······."

히라이가 목소리를 한 톤 낮추며 말했다.

나가레는 그녀의 질문엔 대답하지 않고 코끝을 살짝 긁적였다.

"안 좋았어?"

히라이는 진지한 얼굴로 걱정스레 물었다.

"이번엔 입원할 정도는 아니라네요."

나가레가 별다른 표정 없이 혼잣말하듯 중얼거렸다.

"그렇구나."

히라이는 가느다랗게 한숨을 내쉬며 케이가 들어간 안쪽 방을 바라보았다.

케이는 선천적으로 심장이 약해서 입원과 퇴원을 반복해 왔다. 그러나 붙임성이 좋고 낙천적인 성격 또한 타고난지라 아무리 컨디션이 나빠져도 얼굴에서 미소가 떠나는 법이 없었다. 히라이는 그런 케이의 성격을 잘 알기에 일부러 나가레에게 확인한 것이다.

나가레는 그제야 발견한 키친타월로 손을 닦으며 화제를 바꿨다.

"히라이 씨는 괜찮습니까?"

"뭐가?"

히라이는 무슨 소린지 통 모르겠다는 듯 눈을 동그랗게 뜨고 물었다.

"여동생분, 여러 번 오셨잖아요."

"……아, 응."

히라이는 공연히 가게를 둘러보며 모호하게 대답했다.

"고향에서 여관을 운영하신다고 했던가요?"

"뭐, 그럭저럭."

나가레도 자세히 알지는 못했지만, 히라이가 집을 나온 탓에 여동생이 여관을 물려받았다는 이야기를 들은 바 있었다.

"여동생분 혼자로는 힘들지 않을……."

"에이, 괜찮아. 내 여동생 야무지니까."

"그래도……."

"인제 와서 못 돌아가."

히라이는 딱 잘라 말하고 호피 무늬 파우치에서 사전만큼 두꺼운 지갑을 꺼내 짤그랑짤그랑 동전을 찾기 시작했다.

"어째서 그렇습니까?"

"가 봤자 할 줄 아는 것도 없고……."

히라이는 장난기 어린 얼굴로 고개를 비스듬히 기울이며 대답했다.

"하지만……."

"잘 먹었습니다!"

히라이는 무언가 얘기하려는 나가레의 말을 가로막고 커피값을 카운터 위에 올려둔 채 도망치듯 나가 버렸다.

딸그랑딸그랑.

나가레는 히라이가 남기고 간 동전을 모으며 테이블에 엎드린 후미코를 흘끗 쳐다보았다. 하지만 그뿐이었다. 엎드린 여자가 누군지 관심이 없는 듯 커다란 손바닥 위에서 동전을 짤랑짤랑 만지작거렸다.

"오빠……."

카즈가 얼굴을 내밀고 나가레를 불렀다. 카즈는 나가레를 오빠라고 불렀지만, 둘은 친남매가 아니라 사촌지간이다.

"응?"

"언니가 불러."

나가레는 가게 안을 둘러본 후 알겠다고 대답하며 손에 쥔 동전을 카즈의 손에 대충 건넸다.

"고타케 씨 금방 오신대."

카즈의 말에 나가레가 고개만 끄덕였다.

"가게 부탁할게."

그리고 나가레는 안쪽 방으로 사라졌다.

"알았어."

대답은 그렇게 했지만, 가게에는 소설을 읽는 여자와 테이블에 엎드린 후미코, 잡지를 펼쳐 놓고 무언가 메모를 끄적이는 후사기라는 남자밖에 없었다.

카즈는 건네받은 돈을 계산대에 넣고 히라이가 쓰던 잔을 정리했다.

가게 안의 오래된 괘종시계 세 개 중 하나가 댕, 댕, 묵직하게 다섯 번 울렸다.

"커피······."

후사기가 커피 잔을 들고 카운터 안의 카즈에게 말했다. 조금 전에 부탁한 커피가 아직 안 나온 것이다.

"아, 참."

카즈는 황급히 주방으로 달려가 커피가 담긴 투명한 유리 커피포트를 들고 나왔다.

"그래도 좋아."

테이블 위에 한참 엎드려 있던 후미코가 중얼거렸다.

카즈는 후사기에게 커피를 따르며 후미코의 모습을 곁눈으로 바라보았다.

"그래도 좋다고."

후미코가 상체를 벌떡 일으켰다.

"바뀌지 않아도 좋아. 지금 이대로도 상관없어."

그렇게 말하더니 휙 일어나서 카즈의 코앞까지 성큼성큼 다가갔다.

"아, 이런……."

카즈는 커피 잔을 후사기 앞에 살포시 내려놓고 미간을 찌푸리며 두어 걸음 물러났다.

후미코는 더욱 거리를 좁혔다.

"그러니까 돌아가게 해 줘요. 일주일 전으로!"

무언가 훌훌 털어 버린 듯 후미코의 말에는 망설임이 없었다. 단순히 과거로 돌아갈 수 있다는 기회를 앞에 두고 흥분하고 있는지도 몰랐다. 콧김이 거칠었다.

"아, 그런데."

후미코의 결연한 표정을 보고 난처해진 카즈는 그녀의 곁을 슬쩍 지나쳐 카운터 안으로 도망치듯 들어갔다.

"한 가지 더 중요한 규칙이……."

"또 있다고?!"

후미코는 카즈의 말을 듣고 눈썹을 여덟 팔 자로 만들며 소리쳤다.

이 찻집에 온 적이 없는 사람은 만나지 못한다. 현실은 바뀌지 않는다. 과거로 돌아갈 수 있는 자리가 정해져 있으며 그 자리에서 이동하지 못한다. 그리고 시간제한이 있다. 후미코는 손가락으로 꼽아 보며 넌더리를 쳤다.

"이게 가장 큰 문제일지도 몰라요."

지금까지 들은 규칙만으로도 신물이 나는데 여기에 '가장 큰 문제'까지 출현하자 후미코는 맥이 턱 풀렸다.

그러나 곧 입술을 꽉 깨물었다.

"이렇게 된 이상 상관없어요. 뭐든 말해 봐요."

후미코는 카즈에게 자신의 각오를 드러내기 위해 팔짱을 낀 채 고개를 끄덕끄덕해 보였다.

카즈는 허락의 의미로 나지막이 한숨을 쉬더니 손에 들고 있는 커피포트를 정리하러 주방으로 들어갔다.

홀로 남은 후미코는 마음을 가라앉히기 위해 심호흡했다.

처음에 과거로 돌아가려던 목적은 고로의 미국행을 막는 것이었다. 막는다고 하니 심술궂게 들리지만, '떠나지 않으면 좋겠다.'고 고백하면 고로가 미국행을 포기해 줄지도 몰랐다. 운 좋게 헤어지지 않을 가능성도 있었다. 다시 말해 과거로 돌아가고 싶은 이유는 '현실을 바꾸기 위해서'였다.

하지만 현실이 바뀌지 않는다면 고로가 미국으로 떠난다는 사실도, 두 사람이 이별한다는 사실도 달라지지 않는다.

그런데도 후미코는 지금 과거로 돌아가겠다고, 그래 보겠노라고 간절히 바랐다. 이제 과거로 돌아가는 것 자체가 목적으로 변하고 있었다. 불가사의한 현상을 체험한다는 사실에 후미코는 가슴이 뛰었다. 그게 옳은 일인지 아닌지는 판단이 서지 않았다. 그러나 과거로 돌아가는 체험은 득이 될지언정 실은 아닐 거라고 자신을 달랬다.

 후미코가 심호흡을 하고 나자 카즈가 돌아왔다.
 후미코는 판결을 기다리는 피고인처럼 얼굴이 굳어 있었으나, 카즈는 카운터 안에서 담담하게 입을 열었다.
 "과거로 돌아갈 수 있는 건 이 찻집의 어느 자리에 앉을 때만 가능해요."
 "어디요? 어디에 앉으면 돼요?"
 카즈의 말이 끝나기가 무섭게 후미코는 휙휙 소리가 날 정도로 고개를 세게 저으며 가게 안을 둘러보았다.
 카즈는 그런 후미코의 반응과는 달리 하얀 원피스를 입은 여자를 말없이 바라보았다.
 후미코가 눈치채고 그 시선을 따라 고개를 돌렸다.
 "저 자리예요."
 카즈가 조용히 말했다.

"……저 여자가 앉아 있는 자리요?"

후미코는 원피스를 입은 여자에게서 시선을 떼지 않은 채 카운터 너머로 속삭이듯 물었다.

"네."

카즈의 대답은 간결했다.

그 짤막한 대답이 끝나기도 전에 후미코는 이미 하얀 원피스를 입은 여자 앞으로 걸어가고 있었다.

투명할 정도로 하얀 피부, 그와 대조적으로 새카만 긴 머리를 가진, 무언가 사연이 있어 보이는 여자였다. 봄이라도 아직 날씨가 쌀쌀한데, 반소매 원피스를 입은 여자의 주변에는 외투 비스름한 옷이 보이지 않았다. 후미코는 다소 위화감을 느꼈지만, 지금은 그런 것을 따질 때가 아니었다. 후미코는 원피스를 입은 여자에게 말을 걸었다.

"저, 자리 좀 바꿔 주실 수 있으세요?"

후미코는 초조한 마음을 억누르며 실례가 되지 않도록 최대한 깍듯하게 말을 걸었다. 그러나 원피스를 입은 여자는 아무런 반응을 보이지 않았다. 마치 아무 소리도 들리지 않는다는 듯했다. 후미코는 약이 올랐으나 책을 읽는 데 정신이 팔린 나머지 주변 소리가 들리지 않는 경우도 더러 있다. 분명 그런 것이라 여기고 다시 말을 붙였다.

"저기요, 듣고 계세요?"

"……."

원피스를 입은 여자는 역시 아무런 반응이 없었다.

"소용없어요."

후미코의 등 뒤에서 뜻밖의 말이 날아왔다. 카즈의 목소리였다. 후미코는 "소용없어요."라는 말의 의미를 이해하는 데 시간이 걸렸다.

'자리를 바꿔 달라는 것뿐인데「소용없어요.」라니, 대체 그게 무슨 뜻이지? 자리를 바꿔 달라고 정중하게 부탁하고 있는데「소용없어요?」잠깐, 이것도 뭔가 규칙인가? 그 규칙을 완수하지 않으면 안 된다는 소린가? 그렇다면「소용없어요.」라는 말은 좀 아닌 것 같은데?'

후미코의 머릿속은 순간 어지러울 정도로 빠르게 회전했다. 그것치고 입 밖으로 나온 질문은 의외로 평범했다.

"왜요?"

후미코는 어린애처럼 순박한 눈빛으로 카즈를 보았다.

"그 사람……, 유령이거든요."

카즈는 후미코의 눈을 똑바로 바라보며 말했다. 농담이

나 거짓이라는 느낌이 들지 않는 단호한 어조였다.

후미코는 또다시 머리를 풀가동해야 했다.

'유령? 밤 12시에 나타나는 유령? 여름이면 버드나무 밑에서 모습을 드러낸다는 그 유령 말이야? 분명 태연하게 말한 것 같은데, 내가 잘못 들었나? 유령, 구령……, 고령? 이 여자가 고령이라서 못 일어난다? 의미는 맞아떨어지지만, 아니 아무리 뜯어봐도 이 여잔 20대 정도로밖에 안 보이잖아. 고령일 리가 없어.'

후미코의 머리는 혼란스러운 가운데 빠르게 돌아갔으나, 그런 보람도 없이 입 밖으로 나온 말은 역시 평범한 질문이었다.

"유령이요?"

"네."

"농담하는 거죠?"

"사실이에요."

후미코는 어안이 벙벙했다. 영감(靈感)이 있느냐 없느냐의 문제가 아니었다. 후미코의 눈앞에 앉은 여자는 존재감이 너무 뚜렷했다.

"근데 이렇게 또렷이……."

"보여요."

카즈가 미리 준비한 듯이 재빨리 대답했다.

"하지만······."

후미코는 카즈의 대답에 당황하며 얼떨결에 원피스를 입은 여자의 어깨로 손을 뻗었다.

"만져져요."

카즈는 후미코의 손이 여자에게 닿기도 전에 말했다. 이번에도 준비된 듯한 대답을 듣고 후미코는 정말로 만져지는지 확인하기 위해 여자의 어깨에 손을 올렸다. 원피스를 입은 여자의 어깨와 그 부드러운 살갗을 덮은 천의 감촉이 똑똑히 느껴졌다. 이 여자가 유령이라고는 믿기지 않았다. 천천히 손을 뗴었다가 다시 여자의 어깨에 손을 올리고는 '이렇게 생생하게 느껴지는데 유령일 리가 없잖아?'라는 표정으로 카즈를 돌아보았다. 하지만 카즈는 담담한 얼굴로 입을 열었다.

"유령이에요."

"······진짜 유령이라고요?"

후미코는 원피스를 입은 여자의 얼굴을 무례할 정도로 빤히 바라보았다.

"네."

카즈는 고민하지 않고 대답했다.

"말도 안 돼."

후미코는 눈앞의 여자가 유령이라는 사실을 도저히 믿을 수 없었다. 눈에는 또렷이 보이되 만져지지 않는다면 그나마 이해가 간다. 하지만 그렇지 않았다. 손으로 만져지거니와 발도 달려 있었다. 여자가 읽고 있는 책도 본 적 없는 제목이긴 하지만, 어디에서든 팔 성싶은 평범한 책이었다. 따라서 후미코는 한 가지 가설을 세웠다.

실제로는 과거로 돌아갈 수 없다.

이 찻집은 과거로 돌아갈 수 있다는 소문을 이용하고 있는 게 아닐까. 아마도 숱한 규칙들은 과거로 돌아가고 싶어서 찾아오는 손님에게 좌절을 안기는 첫 번째 관문일 것이다. 그런데도 첫 번째 관문을 통과해 과거로 돌아가겠다고 나오는 손님에게는 두 번째 관문이 주어진다. 유령이라는 말로 을러대서 단념하게 하는 것이다. 원피스를 입은 여자의 반응은 유령처럼 보이기 위한 연출이다. 그렇게 생각한 후미코는 오기가 생겼다. 거짓이라면 그 거짓을 폭로해야만 성에 찰 것 같았다.

후미코는 원피스를 입은 여자에게 정중히 부탁했다.

"죄송한데요, 이 자리 잠깐만 양보해 주시면 안 될까요?"

하지만 원피스를 입은 여자는 후미코의 말 따윈 귀에도 들어오지 않는다는 듯이 꼼짝 않고 책 읽기에만 열중했다.

후미코는 이번에도 무시당하자 부아가 치밀어 원피스를 입은 여자의 팔을 붙잡았다.

"앗, 안 돼요!"

카즈는 큰 목소리로 말렸지만, 후미코는 여자를 억지로 자리에서 끌어내리려고 잡아당겼다.

"이봐, 무시하지 말라고!"

그때였다.

'!'

원피스를 입은 여자가 돌연 눈을 휙 부릅뜨고 후미코를 쏘아보았다. 후미코는 별안간 자신의 몸이 몇 곱절이나 무거워진 감각에 휩싸였다. 마치 이불 수십 장에 깔린 느낌이었다. 가게 안의 조명이 촛불처럼 흔들리며 어두워지더니 사방에서 불길한 망령의 목소리가 울려 퍼졌다. 후미코는 옴짝달싹 못 하고 무릎이 꺾여 제자리에서 네발로 기는 자세가 되었다.

"꺅! 뭐야? 어떻게 된 거야?"

무슨 일이 벌어졌는지 후미코는 짐작조차 할 수 없었다.

"저주예요."

카즈가 기가 막힌다는 표정으로 말했다.

"뭐라고……?"

후미코는 저주라는 말이 얼른 이해가 되지 않아 신음하듯이 소리를 냈으나, 보이지 않는 힘이 점점 무거워져 급기야 바닥에 찰싹 엎드리고 말았다.

"뭐야? 어? 이게 도대체 무슨 일이야?"

"저주예요……. 억지로 끌어내려 하면 저주를 받아요."

카즈는 그렇게 말한 후 엎드린 후미코를 내버려 두고 주방으로 들어갔다. 납작 엎드린 자세로는 주방으로 향하는 카즈의 모습이 보이지 않았지만, 바닥에 한쪽 귀가 딱 붙어 있었기 때문에 카즈의 발소리가 멀어지는 것만은 확실히 알았다. 후미코는 온몸에 찬물을 뒤집어쓴 사람처럼 공포에 떨었다.

"거짓말이지? 그렇지? 나 어떻게 되는 거야?"

아무런 대답도 없었다. 몸이 부들부들 떨렸다. 원피스를 입은 여자는 아직 매서운 얼굴로 후미코를 노려보고 있었다. 방금까지 다소곳이 책을 읽고 있던 여자와는 완전히 딴 사람 같았다. 후미코는 주방을 향해 소리쳤다.

"도와줘! 도와 달라고!"

그 소리가 들렸는지 카즈가 순순히 돌아왔다. 후미코에게는 보이지 않았지만, 손에는 커피가 담긴 유리 커피포트가 들려 있었다.

후미코는 가까워지는 발소리를 들으며 도대체 뭐가 어떻게 된 일인지 머릿속이 복잡해졌다. 규칙, 유령, 저주. 혼란이 극에 달했다. 더구나 도와줄 건지 아닌지 카즈에게서 아무런 대답도 없었다. 후미코는 다시 한번 큰 소리로 도와달라고 외치려 했다.

그때였다.

"커피 한 잔 더 드릴까요?"

태평하기 그지없는 카즈의 목소리가 들려왔다. 후미코는 부아가 치밀었다.

카즈는 후미코를 나 몰라라 하고, 손을 내밀려고도 하지 않은 채 원피스를 입은 여자에게 커피를 권하고 있었다.

'유령이라는 말을 듣고도 믿지 않은 건 명백한 내 실수야. 여자를 억지로 끌어내리려고 팔을 붙든 것도 내 잘못이야. 아무리 그래도 도와 달라고 소리치는 나를 무시하고 만사태평하게 커피나 권하다니, 어떻게 사람이 그럴 수가 있어? 유령이 커피를 더 달라고 할 리 없잖아!'

후미코는 이렇게 생각했으나 입 밖으로는 그저 "말도 안 돼!"라는 소리만 터져 나왔다.

그런데 바로 그때 청명한 목소리가 들려왔다.

"부탁합니다."

원피스를 입은 여자의 목소리였다. 그 순간 후미코의 몸이 홀연히 가벼워졌다.

"아……."

저주가 풀렸다. 후미코는 숨을 헉헉 헐떡이며 무릎을 꿇은 채 상체를 일으켜 카즈를 쏘아보았으나, 카즈는 마치 '무슨 일이세요?'라는 태연한 얼굴로 고개를 갸웃였다. 원피스를 입은 여자는 새로 따른 커피를 한 모금 마시고는 다시 조용히 책에 빠져들었다.

카즈는 아무 일도 없었다는 듯이 커피포트를 정리하기 위해 주방으로 들어갔다.

후미코는 원피스를 입은 여자의 어깨로 다시 한번 주춤주춤 손을 뻗었다. 손가락이 떨렸다. 역시 이곳에 있다. 존재한다.

너무 갑작스러운 일에 머리가 아직 혼란스러웠다. 하지만 직접 체험했다. 보이지 않는 힘이 분명히 후미코의 몸을 억눌렀다. 머리는 미처 상황을 따라가지 못했지만, 심장은 이미 다 받아들이고 온몸으로 많은 양의 피를 내뿜었다.

비틀비틀 일어서서 카운터로 다가가자 카즈가 주방에서 돌아왔다.

"진짜, 유령이에요?"

후미코가 불안한 눈빛으로 조심스레 물었다.

"네."

카즈는 짧게 대답하더니 카운터 위의 설탕 단지를 채우기 시작했다.

후미코에게는 첫 체험이었지만, 카즈에게는 설탕 단지를 채우는 일과 다를 바 없는 일상의 한 장면이었다.

믿을 수 없는 사건이기는 했으나 후미코는 한편으로 이렇게도 생각했다.

유령과 저주가 실재한다면 과거로 돌아갈 수 있다는 소문도 사실일 것이다. '저주'를 체험함으로써 '돌아갈 수 없을지도 모른다.'며 반신반의했던 후미코의 마음은 거의 '돌아갈 수 있다.'는 확신으로 바뀌었다.

하지만 문제가 있었다. 과거로 돌아가려면 정해진 자리에 앉아야 한다. 그런데 그 자리를 유령이 차지하고 있다. 말은 통하지 않는다. 억지로 끌어내려 하면 저주를 받는다. 도대체 어떻게 하면 좋단 말인가?

"기다리는 수밖에 없어요."

후미코의 의문을 꿰뚫어 본 것처럼 카즈가 대답했다.

"무슨 말이에요?"

"저분은 하루에 꼭 한 번 화장실에 가거든요."

"유령이 화장실에?"

"그 틈에, 앉기."

후미코는 카즈의 눈을 뚫어져라 쳐다보았다. 카즈가 고개를 살짝 끄덕였다. 이 방법뿐인 듯했다.

유령이 화장실에도 가느냐는 후미코의 의문인지 추궁인지 모를 질문은 자연스레 무시되었다.

"……."

후미코는 크게 심호흡했다. 지푸라기를 붙잡은 손을 놓을 순 없었다. 와라시베 장자(가난한 사내가 지푸라기를 가지고 물물교환을 한 끝에 부자가 되었다는 전래 동화의 주인공)라면 이 지푸라기를 허투루 쓰지는 않을 것이다.

"알겠어요. 기다릴게요. 기다릴 거예요!"

"참고로 저 여자분은 밤낮 구분이 없어요."

"네, 그러시겠죠."

후미코는 거의 자포자기하는 심정이었다.

"여기 몇 시까지 해요?"

"원래는 저녁 8시까진데, 기다리실 거면 더 계셔도 상관 없어요."

"오케이!"

후미코는 세 개의 테이블 중 가운데 자리에 털썩 앉았다. 원피스를 입은 여자와 마주 보는 위치였다. 팔짱을 끼고 숨을 거칠게 내쉬며 앞을 노려보았다.

"누가 이기나 해보자고."

원피스를 입은 여자는 여전히 말없이 소설을 읽었다.

"……."

카즈가 작게 한숨을 내쉬었다.

딸그랑딸그랑.

"어서 오세요."

문을 열고 들어온 사람은 마흔이 조금 넘어 보이는 여자였다.

"아, 고타케 씨."

고타케라고 불린 여자는 간호사복에 감색 카디건을 걸치고 수수한 숄더백을 들고 있었다. 숨이 찬 것으로 보아 뛰어온 모양이었다.

"전화 고마워."

그녀는 가슴에 손을 얹고 가쁜 숨을 고르며 조금 빠른 어조로 말했다.

카즈는 생긋 웃으며 주방으로 사라졌다.

고타케는 입구에서 제일 가까운 테이블 자리에 앉은 후사기 옆으로 두세 걸음 다가갔다. 후사기는 고타케의 존재를 알아차리는 기색조차 없었다.

"후사기 씨."

고타케는 마치 어린아이를 대하듯 다정한 목소리로 말을 걸었다.

후사기는 순간 자신을 부르는지 모르는 사람처럼 아무런 반응도 보이지 않았으나, 눈 끝에서 인기척이 느껴지자 멀거니 고개를 들어 올렸다.

"고타케 씨."

그녀의 존재를 확인한 후사기가 의아하다는 얼굴로 중얼거렸다.

"네, 저 고타케예요."

고타케가 또박또박 대답했다.

"무슨 일이신지요?"

"쉬는 시간이라 커피라도 마실까 싶어서……."

"그렇군요."

말을 마치고 후사기는 다시 잡지로 눈을 돌렸다.

고타케는 그런 후사기를 바라보며 천천히 맞은편 자리에 앉았으나, 후사기는 별다른 반응 없이 잡지를 넘겼다.

"요즘 자주 오시나 봐요."

고타케가 마치 처음 온 손님처럼 가게 안을 찬찬히 둘러보면서 물어보자 후사기가 "예."라고만 대답했다.

"여기가 마음에 드시나 보네요."

"딱히 그런 건……."

부인은 했지만, 마음에 드는 곳이라는 지적은 틀리지 않은 모양이었다.

"기다리고 있습니다."

후사기가 살며시 미소 지으며 고타케에게 속삭였다.

"뭘요?"

고타케가 물어보자 후사기는 원피스를 입은 여자가 앉은 테이블로 시선을 돌렸다.

"저 자리가 비기를……."

후사기의 표정은 소년처럼 빛이 났다.

일부러 엿들을 생각은 아니었지만, 워낙에 좁은 가게였다. 당연히 후사기의 말이 후미코의 귀에도 들어왔다.

"앗!"

후미코는 후사기 또한 과거로 돌아가기 위해 원피스를 입은 여자가 화장실에 가기만을 기다리고 있다는 사실을 알고 외마디 비명을 질렀다.

그 소리를 듣고 고타케는 후미코 쪽으로 슬쩍 고개를 돌렸으나 후사기는 썩 마음에 두지 않는 듯했다. 고타케가 "그렇군요." 하고 받아 주자 후사기는 "예."라고만 대답한 후 커피를 한 모금 홀짝였다.

'설마……, 라이벌 출현?'

후미코는 동요했다. 목적이 같다면 자신이 불리하다는 것을 직감했기 때문이다. 후미코가 이 찻집에 왔을 때 후사기는 이미 그 자리에 앉아 있었다. 순서를 따지자면 후사기가 먼저여야 마땅하다. 사람 된 도리로서 순서를 무시할 수는 없었다. 원피스를 입은 여자는 하루에 한 번 화장실에 간다고 했으니 기회는 하루에 단 한 번뿐이다. 당장에라도 과거로 달려가고 싶은 후미코에게 하루를 더 기다리는 일은 고역이었다. 예기치 못한 전개에 후미코는 동요를 감출 수 없었다.

후미코는 후사기가 정말 과거로 돌아가려고 이곳에 왔는지 확인하기 위해 몸이 옆으로 기울어질 만큼 노골적으로 엿듣기 시작했다.

"오늘은 앉으셨나요?"
"못 앉았습니다."
"그러셨군요."
"예."

두 사람의 대화는 후미코의 불길한 예감이 적중했음을 의미했다. 후미코의 얼굴이 일그러졌다.

"후사기 씨는 과거로 돌아가서 뭘 하고 싶으세요?"

틀림없었다. 후사기는 원피스를 입은 여자가 화장실에 가는 순간을 기다리고 있었다. 후미코의 충격은 컸다. 낙담한 얼굴로 다시 테이블 위에 고개를 파묻었다.

충격을 받은 후미코와는 상관없이 두 사람의 대화가 이어졌다.

"되돌리고 싶으신 일이라도 있나요?"
"그건……, 비밀입니다."

후사기는 잠시 생각에 잠겼다가 어린아이처럼 배시시 웃으며 대답했다.

"그렇군요."

"예."

비밀이라는데도 고타케는 흐뭇하게 미소를 지었다. 그리고 원피스를 입은 여자가 앉아 있는 자리로 슬쩍 눈길을 돌렸다.

"하지만 오늘은 더는 화장실에 안 갈지도 몰라요."

고타케의 입에서 청천벽력 같은 말이 나왔다.

"맙소사!"

후미코는 저도 모르게 덜컹 소리가 날 정도로 고개를 획 들었다.

설마 화장실에 가지 않는 날도 있을까? 카즈는 '꼭'이라고 말했다. 하루에 한 번은 '꼭' 화장실에 간다고 했다. '더는 화장실에 안 갈지도 모른다.'는 말에서 추측하자면 원피스를 입은 여자는 이미 오늘치의 볼일을 마친 것이다. 아니, 그럴 리 없다. 그래서는 안 된다.

'아니라고 말해요!'

후미코는 기도하는 심정으로 후사기의 다음 말을 기다렸다.

"그럴지도 모르겠군요."

후사기가 순순히 인정했다.

'거짓말!'

후미코는 입을 떡 벌리고 소리칠 뻔했으나 당황한 나머지 목소리가 나오지 않았다. 오늘은 어째서 원피스를 입은 여자가 화장실에 가지 않는다는 것일까? 고타케라고 불린 여자는 뭔가를 알고 있을까? 후미코는 그 답을 확인하고 싶었다.

그러나 후미코는 어쩐지 두 사람이 자아내는 분위기에 끼어들 수 없었다. 분위기를 읽는다는 말 그대로, 후미코의 눈에는 고타케가 온몸으로 방해하지 말라는 기운을 발산하고 있는 듯이 보였다. 무엇을 방해받기 싫은지는 알 수 없었다. 하지만 두 사람 사이에는 타인이 끼어들 수 없는 무언가가 있었다. 후미코는 두 손 놓고 망연자실했다.

"그럼, 오늘은 돌아갈까요?"
문득 고타케가 후사기에게 다정하게 말을 걸었다.
"앗!"
후미코에게 다시없을 기회가 찾아왔다. 원피스를 입은 여자가 이미 화장실에 다녀왔는지 아닌지는 차치하고, 후사기가 물러나 준다면 일단 경쟁자는 없어진다.

원피스를 입은 여자가 오늘은 화장실에 가지 않을 수도

있다는 고타케의 말에 후사기는 그럴지도 모르겠다며 순순히 인정했는데, 이는 어디까지나 추측에 불과하다. 후사기가 그래도 무작정 기다려 보겠다고 대답할 가능성은 충분히 있었다. 후미코는 자기라면 틀림없이 기다릴 거라고, 큰 기대는 하지 않으며 후사기의 대답에 온 신경을 집중했다. 마치 몸 전체가 귀라도 된 느낌이었다.

그러자 후사기는 원피스를 입은 여자에게 시선을 고정한 채 잠시 생각하다가 입을 열었다.

"그래야겠군요."

너무 무덤덤하게 말하기에 후미코는 맥이 빠졌지만, 그런데도 흥분이 몰려들어 심장이 콩닥콩닥 뛰었다.

"그럼 그거 다 마시면 갈까요?"

고타케가 아직 반쯤 남은 커피 잔을 쳐다보았으나, 후사기는 이미 돌아갈 생각으로 머리가 꽉 차 있었다.

"괜찮습니다. 어차피 다 식어서……."

그렇게 말하고 테이블 위의 잡지, 메모지, 연필, 봉투 따위를 주섬주섬 정리하고 일어난 다음, 주로 토목 작업공이 입는, 옷깃에 털이 달린 점퍼를 걸치며 계산대로 걸어갔다.

어느새 카즈가 주방에서 돌아와 후사기가 건네는 전표를 받았다.

"얼마입니까?"

후사기가 묻자 카즈는 오래된 수동 금전등록기에 딸깍딸깍 금액을 입력했다. 그동안 후사기는 보조 가방, 점퍼 윗주머니, 바지 뒷주머니 등을 뒤적거렸다.

"어? 지갑이……."

아무래도 지갑을 놓고 온 모양이었다. 몇 번이나 똑같은 곳을 뒤적였으나 지갑이 보이지 않자 당장에라도 눈물을 쏟을 듯한 표정이 되었다.

그때 고타케가 후사기에게 지갑을 불쑥 내밀었다.

"……여기요."

손때 묻은 남자용 가죽 지갑이었다. 반지갑 안에는 영수증 같은 것이 두툼하게 들어 있었다. 후사기는 한동안 눈앞에 놓인 지갑을 물끄러미 바라보았다. 그렇다고 고타케가 내민 지갑을 받는 데 주저하는 기색도 아니었다. 다만 멍하니 바라볼 따름이었다.

이윽고 후사기는 군말 없이 지갑을 받아들고 익숙한 동작으로 지갑에서 동전을 찾기 시작했다.

"……얼마입니까?"

고타케는 그동안 후사기의 뒤에서 계산이 끝날 때까지 잠자코 지켜보았다.

"삼백팔십 엔입니다."

후사기는 동전 하나를 꺼내서 카즈에게 내밀었다.

"오백 엔 받았습니다."

카즈는 후사기에게 받은 돈을 계산대에 넣고 잔돈을 잘그랑잘그랑 집어 들었다.

"거스름돈 백이십 엔입니다."

그리고 정중한 동작으로 후사기의 손바닥에 거스름돈과 영수증을 함께 건넸다.

"잘 먹었습니다."

후사기는 인사를 한 뒤 거스름돈을 지갑에 고이 넣고 지갑을 가방에 넣은 다음, 고타케가 기다린다는 사실도 잊은 듯이 허둥지둥 밖으로 나가 버렸다.

딸그랑딸그랑.

고타케도 그런 태도에 얼굴색 하나 바꾸지 않은 채 카즈에게 고맙다는 말만 남기고 후사기를 따라나섰다.

딸그랑딸그랑.

"이상한 사람들이네."

후미코가 중얼거렸다. 카즈는 후사기가 앉았던 테이블을 치우고 다시 주방으로 들어갔다.

느닷없이 경쟁자가 나타나는 바람에 다소 혼란스럽기는 했지만, 가게에 원피스를 입은 여자와 단둘이 남게 되자 후미코는 자신의 승리를 확신했다.

"라이벌은 사라졌어. 이제 저 자리가 날 때까지 기다리기만 하면 돼······."

하지만 창문이 없는 데다 가게 안의 괘종시계 세 개는 저마다 다른 시각을 가리키고 있어서 손님의 출입이 없으면 시간 감각이 마비되고 만다.

후미코는 꾸벅꾸벅 졸면서 과거로 돌아가기 위한 규칙을 상기했다.

먼저 첫 번째 규칙. 과거로 돌아가도 이 찻집을 방문한 적이 없는 사람은 만나지 못한다. 후미코와 고로가 이별한 곳은 우연히도 이 찻집이었다.

두 번째 규칙. 과거로 돌아가서 어떠한 노력을 할지언정 현실은 달라지지 않는다. 즉, 일주일 전의 그날로 돌아가서 고로를 붙들어도 그가 미국으로 떠난다는 사실은 변함없다. 후미코는 왜 이런 규칙이 있느냐며 새삼 한탄했다가,

규칙이라니까 어쩔 도리가 없다고 재차 단념했다.

세 번째 규칙. 과거로 돌아가려면 정해진 자리에 앉아야 한다. 지금 원피스를 입은 여자가 앉아 있는 자리다. 더불어 억지로 끌어내리려고 하면 저주를 받는다.

네 번째 규칙. 과거로 돌아가도 앉은 자리에서 이동할 수 없다. 무슨 이유가 있든 간에 과거에 머무는 동안에는 화장실조차 가지 못한다.

다섯 번째 규칙. 시간제한이 있다. 그러고 보니 후미코는 이 규칙에 관해 자세한 설명을 듣지 못했다. 긴지 짧은지 불명확하다.

후미코는 규칙들을 곱씹어 생각했다. 그때마다 '괜히 과거로 돌아간다고 한 거 아닐까?'라든가 '현실이 안 바뀔 바에야 욕이나 실컷 퍼부어야겠다.'라는 등의 상념에 빠졌다.

규칙을 몇 번이나 확인했는지 헷갈려졌을 무렵, 후미코는 결국 테이블에 엎드린 채 잠들고 말았다.

☕

고로의 꿈에 대해 알게 된 건 후미코가 고집을 부려서 만난 세 번째 데이트 때였다.

고로는 시쳇말로 '게임 오타쿠'였다. 많은 종류의 게임 중에서도 MMORPG(Massive Multiplayer Online Role Playing Game. 대규모 다중 사용자 온라인 롤 플레잉 게임)라는 컴퓨터 온라인 게임을 좋아했는데, 고로의 작은아버지는 세계적으로 판매되는 〈arm of magic〉이라는 MMORPG의 개발자 중 한 명이었다. 물론 고로가 어렸을 때부터 작은아버지의 영향을 받아 왔다는 사실은 말할 나위도 없다. 고로의 꿈은 작은아버지의 게임 회사인 'TIP·G'에 입사하는 것이었다. 단, TIP·G의 입사 시험을 치려면 5년 이상의 의료계 시스템 엔지니어 경력과 개인이 개발한 미발표 신작 게임 프로그램이 필요했다. 의료계 시스템은 사람의 생명과 밀접한 관련이 있는 만큼 업계에서도 특히 실수가 용납되지 않는다. 현재 대다수 게임이 발매 후에도 업데이트를 할 수 있어 다소의 실수는 눈감아 주는 경향이 있으나, TIP·G는 더욱 뛰어난 프로그래머를 확보하기 위해 의료계 출신자를 전형 대상으로 한정했다.

그 이야기를 들었을 때 후미코는 장대하고 멋진 꿈이라고 생각했지만, TIP·G의 본사가 미국에 있다는 사실은 몰랐다.

일곱 번째 데이트 날, 고로가 도착하기 전에 두 남자가 후미코에게 말을 걸어 왔다. 흔히 말하는 '작업'이었다. 두 사람은 외모가 훤칠했으나 후미코는 상대하지 않았다. 길에서 남자들이 말을 거는 일은 후미코에게 일상다반사였기에 대처하는 방법도 터득하고 있었다. 그러나 마침 그 자리에 나타난 고로는 어딘가 불편한 표정으로 우두커니 서 있었다. 후미코가 곧바로 고로에게 달려가자 두 남자는 멸시하는 표정으로 고로를 '저런 하찮은 녀석'이라고 부르며 후미코에게 한층 적극적으로 구애하기 시작했다. 고로는 말없이 고개를 떨어뜨렸지만, 후미코는 두 사람에게 쏘아붙였다.

"(영어로) 당신들은 이 사람의 매력을 몰라. (러시아어로) 이 사람은 자기 일을 위해서라면 역경을 마다하지 않는 용기가 있어. (프랑스어로) 포기하지 않는 정신력이 있다고. (그리스어로) 불가능을 가능케 하는 실력도 갖췄지. (이탈리아어로) 그 실력을 얻기 위해 얼마나 노력했는지 나는 잘 알아. (스페인어로) 내가 아는 한 이 사람보다 매력적인 남자는 없어."

그리고 이번에는 일본어로 말했다.

"자, 내가 말한 걸 모두 이해했다면 당신들하고 어울려 줄게."

두 남자는 당황하여 멀뚱멀뚱 서 있다가 서로 얼굴을 마주 본 후 멋쩍게 그 자리를 떠났다.

후미코는 고로에게 빙긋이 미소를 지어 보였다.

"고로는 내가 무슨 얘기 했는지 전부 알아들었지?"

새로 배운 포르투갈어로 말하자 고로는 부끄러운 듯이 고개를 끄덕였다.

열 번째 데이트에서 고로는 지금껏 여자와 사귀어 본 적이 없다는 사실을 털어놓았고, "그럼 내가 첫 번째 여자 친구네?"라며 기뻐하는 후미코의 고백을 고로는 눈을 동그랗게 뜬 채 듣고만 있었다.

두 사람의 연애는 그때부터 시작되었다.

후미코가 잠들고 얼마나 지났는지는 모르나, 갑자기 원피스를 입은 여자가 읽고 있던 책을 탁 덮었다. 그리고 한숨을 깊이 내쉬더니 하얀 포셰트백(pochette bag)에서 새하얀 손수건을 꺼내어 천천히 일어섰다. 여자는 화장실 쪽으로 소리 없이 걸어갔다.

"……."

후미코는 원피스를 입은 여자가 화장실에 간 줄도 모르고 잠들어 있었다.

잠시 후 카즈가 안쪽 방에서 나왔다. 아직은 영업시간이었는지 유니폼인 하얀 셔츠와 까만 나비넥타이, 커머 베스트(cummer vest), 까만 바지 차림에 소믈리에 앞치마를 두르고 있었다.

카즈는 원피스를 입은 여자가 앉았던 테이블 위를 정리하며 후미코에게 말을 걸었다.

"손님……."

"……."

"손님."

"……네!"

후미코는 흠칫 놀라 상체를 일으켰다. 아직 반쯤 감긴 눈을 끔뻑거리며 괜스레 가게를 둘러보다가 마지막에서야 맞은편의 변화를 알아차렸다. 원피스를 입은 여자가 없었다.

"아!"

"자리가 비었습니다. 앉으시겠어요?"

"다, 당연하죠!"

후미코는 부랴부랴 일어나서 과거로 돌아갈 수 있다는 자리 앞으로 갔다. 그리고 잠시 그 의자를 구석구석 훑어보았다. 겉보기에는 특별한 점이 없는 보통 의자였다. 후미코의 심장박동이 빨라졌다.

숱한 규칙과 저주를 감수하고 드디어 손에 넣은 과거행 티켓이었다.

"이제 일주일 전으로……."

후미코는 심호흡을 크게 한 번 내쉬었다. 들뜬 마음을 가라앉히고 천천히 의자와 테이블 사이로 몸을 집어넣었다.

"……."

이 의자에 앉는 순간 일주일 전으로 돌아간다고 생각하니 후미코의 긴장과 흥분은 최고조에 달했다.

"자, 일주일 전으로!"

후미코가 반동으로 튕겨 나갈 듯이 의자에 털썩 앉으며 소리쳤다.

'……!'

후미코는 기대에 부푼 가슴으로 가게 안을 둘러보았다. 창문이 없어서 낮인지 밤인지 감이 오지 않았다. 낡은 괘종시계 세 개가 제각각 다른 시각을 가리키는 탓에 몇 시인지도 알 수 없었다. 그래도 무언가 다를 터였다. 후미코는 자신이 일주일 전으로 돌아간 증거를 찾으려고 필사적으로 두리번거렸다. 그러나 달라진 것이 하나도 없었다. 만약 일주일 전으로 돌아왔다면 고로가 있어야 했다. 한데, 고로는 눈을 씻고 찾아봐도 없다.

"똑같잖아."

후미코가 중얼거렸다. 아직 과거가 아니었다.

'역시 허무맹랑한 말을 믿은 내가 바보였을까…….'

동요하는 후미코의 옆에는 어느새 은쟁반에 새하얀 커피 잔과 은주전자를 받쳐 든 카즈가 서 있었다.

"이봐요! 과거가 아니잖아요!"

후미코는 저도 모르게 불만조로 내뱉었으나, 카즈는 얼굴색 하나 바꾸지 않고 선뜻 입을 열었다.

"또 한 가지 규칙이 있습니다."

보기 좋게 당했다. 아직 남아 있었다. 이 자리에 앉기만 해서는 과거로 돌아갈 수 없는 것이다.

"또 있어요?"

후미코는 새로운 규칙에 넌더리를 내며 물었으나, 한편으론 과거로 돌아가지 못하는 건 아니라는 사실에 안도감이 들었다.

카즈는 후미코의 그런 심경 따위는 아랑곳하지 않고 설명을 계속했다.

"지금부터 제가 커피를 따라 드릴 거예요."

카즈는 후미코 앞에 커피 잔을 내려놓으며 말했다.

"커피? 웬 커피?"

"과거로 돌아가는 건 이 잔에 커피를 따른 후부터……."

후미코의 질문은 완전히 무시당했다. 이렇게까지 철저하게 나오니 오히려 상쾌하다고 생각했다.

"그리고 커피가 식기 전까지."

상쾌함은 순식간에 사라졌다.

"네? 그렇게 짧다고요?"

"마지막으로 아주 중요한 규칙이……."

여기서 끝이 아니었다.

"규칙 너머 규칙이네……."

후미코도 이제 적응이 되어 눈앞에 놓인 커피 잔을 손에 들고 중얼거렸다. 그냥 평범한 커피 잔이었다. 다만, 커피를 따르기 전이기는 하나 어쩐지 다른 도기보다 싸늘하다는 느낌이 들었다.

카즈가 설명을 이어갔다.

"아시겠죠? 과거로 돌아가면 커피가 식어 버리기 전에 다 마셔 주세요."

"네? 저 커피 잘 못 마시는데……."

"이것만큼은 반드시 지키셔야 돼요."

카즈는 후미코의 코끝에서 불과 몇 cm 떨어진 곳까지 얼굴을 쑥 들이밀더니 눈을 치켜뜨고 낮은 목소리로 말했다.

"네?"

"그렇지 않으면 신변에 큰일이······."

"뭐? 뭐라고요?"

후미코는 몹시 당황했다. 예상하지 못한 바는 아니다. 과거로 돌아가는 것은 자연의 법칙에 어긋나는 일이다. 그만큼 위험 부담이 있으리라 생각했다. 하지만 설마 이 순간에 그런 얘기를 들으리라고는 예상하지 못했다. 그야말로 다 된 밥에 재를 뿌리는 꼴이었다.

그렇다고 여기까지 왔는데 그냥 빈손으로 물러날 수는 없었다. 후미코는 겁먹은 표정으로 카즈의 얼굴을 바라보았다.

"······뭔데요? 큰일이라는 게."

"완전히 식기 전에 다 마시지 못하면······."

"다 마시지 못하면?"

"이번에는 손님이 유령으로 변해서 이 자리에 계속 앉게 될 거예요."

후미코의 머릿속에서 벼락이 쳤다.

"네?"

"실은 방금까지 여기에 앉아 있던 여자분도······."

"규칙을 못 지켜서?"

"네……. 그분은 고인이 된 남편을 만나러 가셨는데, 어쩌다 보니 시간이 가는 줄 몰랐겠죠. 정신을 차렸을 땐 이미 커피가 다 식어서……."

"……유령으로?"

"네."

침착하게 대답하는 카즈를 보며 후미코는 상상 이상으로 위험하다고 생각했다.

과거로 돌아가기 위한 성가신 규칙은 한둘이 아니었다. 유령을 목격하고 저주도 겪었지만, 일시적인 일이었다.

하지만 이번에는 차원이 달랐다. 과거로 돌아갈 수는 있다. 제한시간은 커피가 식을 때까지다. 뜨거운 커피가 완전히 식을 때까지 몇 분이나 걸릴지는 모르지만, 그렇게 길지는 않을 것이다. 그렇다고 커피를 다 못 마실 만한 시간도 아니다. 그러니 여기까지는 좋다. 하지만 다 마시지 못했다는 이유로 유령이 되어야 한다면 얘기가 달라진다. 과거로 돌아가서 아무리 노력해도 현실이 바뀌지 않는다 한들 위험 부담은 없다. 얻는 것은 없지만, 손해 볼 일도 아니다. 그러나 유령이 되는 건 명명백백한 손해다.

후미코의 마음이 흔들렸다. 그리고 몇 가지 걱정이 떠올랐다. 가장 무서운 상황은 카즈가 내린 커피가 심각하게 맛

없는 경우다. 커피 맛이라면 그나마 낫다. 만약 입도 못 댈 정도로 맵거나 고추냉이 맛이 난다면 어떻게 마실 수 있단 말인가.

설마……. 생각이 지나쳤다. 후미코는 마음에 설핏 스친 불안을 떨쳐 내듯이 머리를 흔들었다.

"어쨌든 커피가 식기 전에 마시면 된다는 거죠?"

"네."

후미코는 마음을 굳혔다. 아니, 오기가 생겼다.

카즈는 잠자코 서 있을 뿐이었다. '아무래도 그만둘래요.'라고 말해도 얼굴색 하나 달라지지 않을 것이다.

후미코는 눈을 한 번 감고, 주먹 쥔 손을 무릎 위에 올린 후 정신을 집중하기 위해 코로 깊게 숨을 들이마셨다.

"……좋아요. 커피, 따라 주세요……."

카즈의 눈을 쳐다보며 힘을 주고 말했다.

카즈는 고개를 살짝 끄덕이더니 쟁반 위의 은주전자를 오른손으로 천천히 들어 올렸다. 그리고 눈을 내리뜨며 후미코를 바라보았다.

"그럼……."

카즈가 한마디 운을 떼고 이렇게 속삭였다.

"커피가 식기 전에……."

카즈가 느릿하게 커피를 따르기 시작했다. 무심한 동작이었지만 일련의 움직임은 아름다웠고, 마치 의식(儀式)처럼 숭고함마저 감돌았다.

잔에 담긴 커피에서 김이 스르르 올라오는가 싶더니 그와 동시에 후미코가 앉은 테이블 언저리가 출렁출렁 일그러지기 시작했다.

후미코는 두려워서 눈을 질끈 감았으나, 자신이 연기처럼 출렁이는 감각은 더욱 뚜렷해졌다.

주먹을 쥔 손에 힘이 들어갔다. 현재에도 과거에도 머물지 못한 채 이대로 연기처럼 사라져 버리는 건 아닐까. 그런 불안감이 엄습하는 와중에도 후미코는 고로와 만났을 무렵의 기억을 떠올렸다.

두 사람은 2년 전 봄에 처음 만났다. 후미코가 스물여섯, 고로가 스물세 살이었을 때다.

후미코가 파견을 나간 근무지에 다른 회사에서 파견된

고로가 있었다. 후미코는 그 파견지 프로젝트에서 팀장을 맡았다.

후미코는 업무상 나이 많은 선배를 상대하더라도 일절 타협하지 않았다. 그로 인해 동료나 상사와 말다툼이 생긴 적도 있다. 하지만 대쪽 같은 성격과 부단히 노력하는 태도는 인정을 받아서, 후미코를 손가락질하는 사람은 아무도 없었다.

고로는 후미코보다 세 살이나 어린데도 이미 30대의 차분한 인상을 풍겼다. 단도직입적으로 말하면, 나이가 들어 보였다. 처음엔 연하인 줄 모르고 후미코가 존댓말을 썼을 정도다.

그러나 팀에서 나이는 제일 어리지만, 누구보다 일을 잘했다. 엔지니어로서 실력이 뛰어날 뿐 아니라 맡은 일을 묵묵히 처리하여 후미코조차 든든하게 여겼다.

그런데 어느 날, 납기일이 촉박한 프로그램에서 골치 아픈 버그 하나가 발견됐다. 버그란 컴퓨터 프로그램의 오류나 착오를 뜻한다. 아무리 사소한 버그라도 의료계 시스템에는 치명적이다. 그대로 납품할 수는 없었다. 하지만 버그의 원인을 찾아내기란 25m 풀장에 떨어뜨린 잉크 한 방울을 증류하여 건져내는 일보다 어려웠다. 게다가 시간이 촉박했다. 마감일을 맞추지 못하면 팀장인 후미코의 책임이었다.

마감일까지는 일주일이 남아 있었다. 처리하는 데 최소한 달은 걸리는 실수가 발견되자 다들 시간 내에 끝내지 못할 거라며 백기를 들었고, 후미코도 사표 낼 각오를 다졌다.

그러던 중, 고로가 파견지에서 모습을 감추고 연락이 두절됐다. 그러자 모두 이 버그는 고로의 실수가 아닐까 의심하기 시작했다. 책임감을 느끼고 출근하지 않는 것이라 여겼다. 물론 고로의 실수라고 확인된 것은 아니었다. 다만, 사람은 책임과 과실이 무거울수록 다른 사람의 탓으로 돌리고 싶어 한다. 그 자리에 없는 고로는 책임을 전가하기에 알맞은 표적이었다. 후미코 역시 고로의 소행일지도 모른다는 의심을 더해 갔다.

그런데 고로가 연락이 끊어진 지 나흘 만에 나타나서 버그를 찾아냈다고 했다. 수염이 덥수룩하게 자라고 퀴퀴한 냄새도 났지만, 이를 지적하는 사람은 아무도 없었다. 수척해질 대로 수척해진 얼굴에서 그간 한숨도 자지 못했음을 대번에 알 수 있었기 때문이다. 후미코를 비롯한 전 팀원이 포기했던 난제를 고로는 혼자서 해결해 보였다. 그야말로 기적이었다. 무단으로 회사를 빠지고 연락을 끊는 등 고로는 사회인으로서 규범에 어긋난 행동을 보였지만, 일에 관해서는 누구보다 진지하고 유능한 프로그래머였다.

후미코는 고로에게 진심으로 고맙다는 인사와 함께 이번 일로 한순간이라도 고로를 의심했던 점에 대해 사과했다.
하지만 머리를 숙인 후미코에게 고로는 웃는 얼굴로 한마디 할 뿐이었다.
"그럼, 커피라도 한잔 사 주세요."
후미코가 사랑에 빠진 순간이었다.
프로젝트가 끝나고 파견지가 바뀌자 고로와 만날 일이 거의 없었다. 그러나 후미코는 행동파였다. 시간이 나기만 하면 커피를 사 주겠다는 핑계로 고로를 여기저기 데리고 다녔다.

일이든 무엇이든 고로는 한 가지에 묵묵히 몰두하는 사람이었다. 목표를 정하면 그것밖에는 보지 않았다.
MMORPG를 개발하는 TIP·G가 미국 회사라는 사실은 후미코가 처음 고로의 집에 갔을 때 알게 됐다.
밝은 표정으로 TIP·G에 입사하는 것이 꿈이라고 말하는 고로를 보며 후미코는 불안해졌다.

'만약 고로의 꿈이 이뤄지면, 그는 나와 일 중에 어느 쪽을 선택할까? 아니, 이런 생각은 하면 안 돼. 비교할 일도 아니야. 그렇지만……..'

시간이 갈수록 상실감의 크기를 체감하면서 후미코는 고로의 마음을 확인할 수 없어졌다.

그러다가 올해 봄, 고로는 당당하게 TIP·G에 합격했다. 자신의 꿈을 이룬 것이다.

후미코의 불안은 적중했다. 고로는 미국행을 선택했다. 꿈을 선택했다. 후미코가 그 사실을 들은 건 일주일 전 이 찻집에서다.

잠에서 깬 사람처럼 후미코가 몽롱하게 눈을 떴다.

연기처럼 혼이 흔들리던 감각은 온데간데없이 사라지고 어렴풋하던 손발의 감각이 돌아와 있었다. 후미코는 자신의 얼굴과 몸을 황급히 더듬으며 그곳에 존재하는 자신을 확인했다.

정신을 차리고 보니 좌불안석하는 후미코의 모습을 의아하게 쳐다보는 남자가 있었다. 착각이 아니라면, 고로였다.

미국에 있어야 할 고로가 눈앞에 있었다. 후미코는 자신이 정말 과거로 돌아왔음을 실감했다.

고로가 의아하게 쳐다본 이유는 곧 이해했다.

틀림없이 일주일 전으로 돌아왔다. 가게 안의 모습도 기억한 대로다. 입구에서 가장 가까운 자리에는 잡지를 펼쳐 놓은 후사기가, 카운터에는 히라이와 카즈가 있었다. 그리고 둘이서 마주 앉아 있던 테이블의 맞은편 자리에는 고로가 있었다.

그러나 한 가지가 달랐다.

바로 후미코가 앉은 자리다. 일주일 전에는 고로의 맞은편 의자였다. 그런데 지금은 원피스를 입은 여자의 자리에 있었다. 물론 고로와 똑바로 마주 보고 있기는 하지만, 테이블이 달랐다. 멀다. 멀리 떨어졌다. 부자연스럽기 짝이 없었다. 고로가 이상한 표정을 짓는 게 당연했다.

"……."

어색하기는 해도 이 자리에서 일어날 수는 없었다. 그게 규칙이니까. 하지만 왜 그 자리에 앉아 있느냐고 물으면 대답할 말이 궁색했다. 후미코는 침을 꿀꺽 삼켰다.

"나, 이제 갈 시간이라……."

고로는 여전히 의아한 표정이었지만, 어색한 위치에 대

해서는 언급하지 않고 언젠가 한 번 들었던 말을 내뱉었다. 이는 과거로 돌아갔을 때의 암묵적인 규칙인지도 모른다. 후미코는 제멋대로 해석하고, 고로의 대사로 자신이 돌아온 시간을 가늠했다.

"아, 괜찮아, 괜찮아. 시간 없지? 나도 없으니까……."

"뭐?"

"미안……."

대화가 맞물리지 않았다. 돌아온 시간은 이해했으나 아무래도 과거로 돌아오는 일이 처음이다 보니 후미코의 머리는 다소 혼란스러웠다.

"……."

후미코는 일단 마음을 가라앉힐 요량으로 눈을 치켜뜨고 고로의 안색을 살피면서 커피를 한 모금 마셨다.

"미지근해! 이 커피 미지근하다고! 이러면 금방 식어 버리잖아!"

후미코는 경악했다. 이미 단숨에 마셔 버릴 수 있을 정도의 온도였다. 뜻밖의 함정이었다. 후미코는 그 자리에 있는 카즈를 휙 째려보았다. 변함없이 태연한 얼굴이 더욱 얄미웠다.

"……아, 쓰잖아."

엎친 데 덮친 격으로 예상했던 것보다 씁쓸했다. 여태까지 후미코가 마신 커피 중에서도 유난히 썼다.

종잡을 수 없는 후미코의 말에 고로는 난처한 표정을 지었다.

"……."

고로는 오른쪽 눈썹 위를 긁적이며 손목시계를 보았다. 시간을 신경 쓰고 있었다. 후미코는 그 이유를 알고 있었다.

"아, 그러니까, 이게 다 피치 못할 사정이……."

초조해진 후미코는 무심코 그렇게 말한 후, 눈앞의 설탕 단지에서 설탕을 푹푹 잔에 퍼 넣고 우유를 잔뜩 따라 부은 다음 달그락달그락 소리를 내며 다급하게 휘저었다.

"사정?"

고로가 눈썹을 찌푸렸다. 후미코가 넣은 설탕의 양이 너무 많다고 비난하는 것인지, 피치 못할 사정 따위는 듣고 싶지 않다는 것인지 얼른 감이 오지 않았다.

"……어쨌든 제대로 이야기하고 싶어."

고로가 또다시 시계를 확인했다.

"잠깐만……."

후미코는 맛이 어떤지 보려고 커피를 한 모금 마신 후 만족스럽게 고개를 끄덕였다.

후미코가 커피를 마시기 시작한 건 고로와 만나고 나서부터다. 버그 사건 이후 커피를 사 주겠다는 핑계로 고로를 끌고 다닌 일이 계기였다. 커피를 못 마시던 후미코는 번번이 설탕과 우유를 잔뜩 넣어 고로의 실소를 자아냈다.

"어, '얘는 왜 이렇게 중요한 순간에 커피나 마시고 있는 거야.'라는 얼굴이네……."

"……아니야."

"맞잖아! 네가 무슨 생각하는지 얼굴 보면 다 알아!"

후미코가 칭얼대는 목소리로 다그쳤다.

"……."

"……."

아니나 다를까, 대화가 끊어지고 후미코는 후회했다. 모처럼 과거로 돌아왔는데 이번에도 일주일 전과 똑같이 토라진 아이의 말투로 고로를 위축시키고 말았다.

"……."

고로는 머쓱하게 일어나서 카운터 안에 있는 카즈에게 말을 걸었다.

"여기, 얼만가요?"

그리고 전표로 손을 뻗었다. 이대로 있으면 고로는 계산을 끝내고 나가 버린다는 사실을 후미코는 이미 알고 있다.

"잠깐만!"

"괜찮아, 이 정도쯤은."

"이런 말 하려고 온 게 아니야."

"뭐?"

'가지 마.'

"왜 나랑 상의하지 않았어?"

'안 갔으면 좋겠어.'

"그건……."

"네가 일을 얼마나 중요하게 여기는지 잘 알아……. 미국에 가는 건 별로 상관없어……. 반대하지 않아."

'언제까지나 함께할 수 있을 거로 생각했어.'

"그래도, 적어도……."

'나만 그렇게 생각한 거야?'

"나한테 얘기해 주길 바랐어. 한마디 상의도 없이 맘대로 가 버리는 건 좀……."

'나는 당신을 진심으로…….'

"그건 좀……."

'사랑했는데.'

"섭섭하다고 해야 할까……."

"……."

"내가 하고 싶었던 말은……."

"……."

'인제 와서 소용없겠지…….'

"그게 다야."

후미코는 현실이 바뀌지 않을 바에야 솔직하게 말하자고 생각했지만, 끝내 털어놓지 못했다. 솔직히 말하는 사람이 지는 거란 생각이 들었다. 일과 나, 어느 쪽을 선택할래? 그렇게 따지는 듯해서 내키지 않았다. 고로를 만나기 전까지 일만 하며 살아왔기에 그 말만큼은 입에 담고 싶지 않았다. 세 살 어린 애인에게 그런 연약한 소리를 하고 싶지 않았다. 자존심도 있었다. 일에서 뒤처졌다는 질투가 작용했을지도 모른다. 그래서 솔직해지지 못했다. 하지만 이제 모든 것이 너무 늦었다.

"좋아, 가……. 이제 됐어……. 어차피 무슨 말을 해도 너는 미국으로 떠날 거잖아……."

"……."

후미코는 그렇게 말하고 커피를 단숨에 들이켰다.

"휴우."

커피를 다 마시자 또다시 현기증 같은 출렁임이 후미코를 휘감았다.

'대체 뭘 하러 왔담.'

후미코가 그렇게 생각했을 때였다.

"아직……."

고로가 한마디 중얼거렸다.

"아직, 나는 너한테 어울리지 않는 사람이라고…… 생각했어."

후미코는 고로가 무슨 말을 하는지 잘 이해하지 못했다.

고로가 말을 이었다.

"네가 커피를 사 주겠다고 할 때마다, 너를 좋아하면 안 된다고 스스로 다짐했어."

"뭐?"

"난 이러니까……."

고로는 오른쪽 눈썹 위를 가리기 위해 기른 앞머리를 들어 올렸다. 오른쪽 눈썹 위에서 귀까지 이어진 커다란 화상 자국이 있었다.

"너를 만나기 전까진 여자들이 징그럽다고 말도 제대로 안 붙였어."

"나는……."

"사귀고 나서도……."

"(나는 그런 거 신경 쓴 적 없어!)"

그렇게 소리쳤지만, 기체가 되어 버린 후미코의 말은 이제 고로에게 가닿지 않았다.

"네가 언젠가…… 다른……, 그러니까 멋있는 남자를 좋아하게 될 거라고……."

"(말도 안 돼!)"

"생각했어……."

"(아니라고!)"

후미코는 처음 듣는 고로의 고백에 충격을 받았다. 하지만 듣고 보니 짚이는 구석도 있었다. 후미코가 고로를 좋아하면 좋아할수록, 결혼을 의식하면 의식할수록 보이지 않는 벽 같은 것을 느끼곤 했다. 자기를 좋아하냐고 물으면 고개를 끄덕이기는 하되 고로의 입으로 직접 '좋아한다.'는 말을 들은 적은 없었다. 함께 길을 걸어가다 보면 이따금 고로가 미안하다는 듯이 오른쪽 눈썹 위를 긁으며 고개를 떨어뜨릴 때가 있었다. 고로는 지나가는 남자들이 후미코를 바라보는 시선을 눈치채고 있던 것이다.

'설마 그런 걸 신경 쓰고 있었다니.'

하지만 그 생각이 스친 순간 후미코는 후회했다. 후미코에게는 '그런 것'일지 몰라도 고로에게는 오랫동안 자신을 괴롭혀 온 콤플렉스였다.

'나는 고로의 기분 같은 건 전혀 몰랐어.'

후미코의 의식이 흐려져 갔다. 현기증 같은 출렁임이 온몸을 감싸 안았다.

고로는 전표를 들고 한 손으로 캐리어를 끌며 계산대로 걸어갔다.

'현실은 아무것도 바뀌지 않아. 바뀌지 않는 게 맞아. 고로는 올바른 선택을 했어. 나는 그의 꿈과 비교할 만한 가치가 없는걸. 고로는 이제 단념하자. 단념하더라도, 적어도 그의 성공만은 진심으로 바라자.'

후미코는 충혈된 눈을 천천히 감으려 했다.

그때였다.

"3년······."

고로가 후미코에게 등을 돌린 채 중얼거렸다.

"······3년만, 기다려 줬으면 해······. 나, 반드시 돌아올 테니까."

조용한 목소리였지만, 워낙에 좁은 가게였다. 고로의 목소리는 기체로 변한 후미코의 귀에도 똑똑히 들렸다.

"돌아오면······."

고로는 오른쪽 눈썹 위를 긁는 듯한 동작으로 후미코에게 등을 돌린 채 무언가 중얼중얼 말했다.

"……뭐?"

그 순간 후미코의 의식은 출렁이는 연기처럼 홀연히 사라졌다.

의식이 사라지려는 찰나, 찻집을 나가기 직전에 뒤돌아본 고로의 얼굴이 보였다. 한순간이기는 했지만, 그의 얼굴은 "커피라도 한잔 사 주세요."라고 말했던 그날처럼 다정하게 웃고 있었다.

☕

정신을 차리고 보니 그 자리에 혼자 있었다.

꿈이라도 꾼 기분이었으나 눈앞의 커피 잔은 텅 비어 있고, 입 안은 무척 달았다.

"……."

잠시 후 원피스를 입은 여자가 화장실에서 돌아왔다. 후미코가 자기 자리에 앉아 있는 모습을 수상하게 쳐다보고는 소리 없이 스르륵 다가왔다.

"비켜."

어쩐지 압박이 느껴지는 낮은 목소리였다.

"죄, 죄송해요."

후미코는 당황하며 자리에서 일어났다. 아직 꿈을 꾸는 듯한 감각은 사라지지 않았다. 정말 과거로 돌아갔다 온 걸까? 현실은 바뀌지 않는다고 했으니, 과거에서 돌아와 아무런 변화도 느끼지 못하는 건 어찌 보면 당연했다.

주방에서 커피 향이 풍겼다. 그쪽을 보니 카즈가 새로 커피를 따른 잔을 쟁반에 받쳐 들고 나타났다.

마치 아무 일도 없었다는 듯이, 카즈는 우두커니 서 있는 후미코를 지나쳐 원피스를 입은 여자의 테이블로 가서 후미코가 마신 잔을 치우고 갓 내린 커피를 여자 앞에 내려놓았다. 원피스를 입은 여자는 가볍게 인사한 후 다시 책을 읽기 시작했다.

카즈는 카운터로 돌아가며 지나가는 말로 물었다.

"……어떠셨어요?"

후미코는 이 한마디로 역시 자신이 과거로 돌아갔다 왔음을 실감했다. 그날, 일주일 전의 그날로. 그렇다면.

"……저기요."

"네."

"현실은 아무것도 달라지지 않죠?"

"네."

"그럼 그다음은요?"

"무슨 말씀이시죠?"

"그다음……."

후미코는 조심스레 단어를 선택하며 이렇게 물었다.

"……그다음, 미래의 일은요?"

"미래는 아직 일어나지 않은 일이니, 그건 손님 하시기에 달리지 않았을까요."

카즈는 살짝 후미코 쪽을 돌아보며 처음으로 생긋 웃어 보였다.

"……."

후미코의 눈이 빛났다.

"커피값은 심야 요금 포함해서 사백이십 엔입니다."

카즈가 조용히 말하며 계산대 앞에 섰다. 후미코는 고개를 크게 한 번 끄덕이고 계산대로 향했다. 발걸음이 가벼웠다.

"……고마워요."

후미코는 사백이십 엔을 내고 카즈의 눈을 똑똑히 바라보다가 깊이 머리 숙여 인사했다.

그리고 천천히 가게 안을 둘러보고는 어느 누구한테가 아닌 무언가에, 굳이 말하자면 찻집 전체를 향해 다시 한번 머리를 숙인 다음 씩씩하게 나갔다.

딸그랑딸그랑.

카즈는 평상시처럼 태연한 얼굴로 계산대를 두드리고, 원피스를 입은 여자는 아주 살며시 미소 지으며 《연인》이라는 제목의 소설을 조용히 덮었다.

제2화
부부

"결혼합시다."

"그래요."

이 찻집에는 에어컨이 없다.

메이지 7년(1874년)에 개업하여 140여 년이 흘렀건마는, 내부 인테리어에 약간 손을 댄 것 외에는 당시 모습을 거의 그대로 간직하고 있다. 참고로 메이지 7년은 세간에 석유램프가 보급된 시기다. 현대에서 흔히 보이는 찻집이 문을 연 해는 공식적으로 메이지 21년이라고 하니, 그보다 14년 빠른 셈이다.

커피는 에도 시대의 도쿠가와 쓰나요시(에도 시대 제5대 쇼군)가 통치하던 시기에 일본으로 들어왔다. 다만, 당시 사람들의 입에는 안 맞았는지 즐겨 마시는 일은 없었다. 그야 새카맣고 쓰기만 한 물이니 전혀 이해가 안 가는 바는 아니다.

전기가 보급됨에 따라 개점 당시의 조명 기구인 석유램프도 교체되었지만, 에어컨만큼은 가게 분위기를 해친다는 이유로 설치되지 않은 채 지금에 이른다.

그런 찻집에도 여름은 찾아온다. 지하에 있어 한낮에 30도가 넘으면 통상 실내는 푹푹 찌기 마련이다. 이 찻집 천장에는 그런대로 실링 팬이 붙어 있다. 날개가 큰 선풍기나 다름없는 이 기계는 전기로 움직이는 것으로 보아 나중에 설치되었을 것이다.

하지만 실링 팬은 썩 강한 바람을 일으키진 않는다. 기본적으로 주 역할은 공기의 순환이다.

일본의 역대 최고기온은 2013년 8월 12일, 고치현 에카와사키에서 관측된 41도다. 실링 팬은 그런 불볕더위에는 아무런 쓸모가 없다.

하지만 이 찻집은 한여름에도 한기를 느낄 만큼 항상 서늘하다.

누가 서늘하게 하는지 점원 외에는 알지 못한다. 물론 알 길도 없다.

아직 초여름인데도 지상은 이미 한여름에 버금갈 정도로 무더운 어느 오후였다.

가게 안에는 젊은 여자가 카운터 자리에 앉아 무언가 끄적이고 있었다. 옆에는 얼음이 녹아 묽어진 아이스커피가 있다. 여자는 여름에 어울리는 하얀 프릴 티셔츠와 회색 타이트 스커트, 끈 샌들 차림으로 등을 반듯하게 펴고서 묵묵히 연분홍색 편지지에 펜을 휘갈기고 있었다.

그 모습을 피부가 희고 가녀린 여자가 카운터 안에서 소녀처럼 눈을 반짝이며 바라보았다. 도키타 케이였다. 케이는 편지지 내용이 궁금한지 이따금 아이처럼 해맑은 표정으로 여자의 손 주변을 힐끔힐끔 쳐다보았다.

가게 안에는 카운터에서 편지를 쓰는 여자 외에 하얀 원피스를 입은 여자가 예의 그 자리에, 후사기라는 남자가 입구에서 가장 가까운 테이블 자리에 앉아 있었다. 후사기는 오늘도 테이블 위에 잡지를 펼쳐 놓은 채였다.

편지를 쓰던 여자가 한숨을 푹 내쉬었다. 케이도 덩달아 한숨을 쉬었다.

"죄송해요. 너무 오래 앉아 있어서."

여자는 막 다 쓴 편지를 봉투에 집어넣으며 말했다.

"……아니에요."

케이는 자신의 발밑을 힐끗 내려다보고 대답했다.

"이거, 저희 언니한테 전해 주시겠어요?"

여자는 그렇게 말하며 편지가 든 봉투를 케이에게 두 손으로 예의 바르게 내밀었다.

여자의 이름은 히라이 쿠미. 이 찻집의 단골손님인 히라이 야에코의 여동생이다.

"앗, 근데 언니라면……."

무언가 말하려다 케이는 도중에 얼버무렸다.

"……?"

쿠미는 고개를 갸웃하며 케이의 얼굴을 의아하게 쳐다보았다. 케이는 아무것도 아니라는 듯이 생긋 웃으며 쿠미가 들고 있는 편지로 시선을 던졌다.

"그 편지, 언니한테 드리면 되나요?"

"아마 제대로 안 읽을 것 같지만……, 그래도 부탁드릴게요."

쿠미는 잠시 주저하다가 머리를 깊이 숙였다.

"알겠습니다."

케이는 지극히 정중한 여자의 태도에 어쩔 줄 몰라 하면서, 무슨 귀한 물건이라도 만지듯이 허리를 굽히고 두 손으로 편지를 받았다.

"얼마인가요?"

쿠미는 계산대 앞으로 가서 전표를 내밀며 물었다.

케이는 방금 받은 편지를 카운터 위에 조심스레 내려놓은 뒤 전표를 받아 들고 금전등록기를 두드리기 시작했다.

이 가게의 금전등록기는 아마 현재 사용되는 사양 중에서 가장 오래되었을 것이다. 아무리 낡긴 했지만, 개점 당시부터 쓰던 기계는 아니다. 이 찻집에서 금전등록기를 쓰기 시작한 건 쇼와 시대에 들어선 이후다. 겉보기에는 타자기와 비슷하다. 이 등록기는 도난 방지를 위해 본체만 무려 40kg이나 나갔고, 금액을 두드릴 때마다 딸깍딸깍 요란한 소리가 났다.

"커피랑 토스트……, 카레라이스……, 믹스 파르페……."

케이는 딸깍딸깍, 딸깍딸깍 리드미컬하게 요란한 소리를 내며 금액을 입력했다.

"크림소다……, 피자 토스트……."

쿠미는 상당히 먹은 모양이었다. 전표는 한 장이 아니었다. 케이는 두 번째 주문 내역을 금전등록기에 입력하기 시작했다.

"카레 필래프……, 바나나 플로트……, 돈가스 카레…….."

보통은 소리 내서 읽지 않을 테지만, 케이는 신경 쓰지 않았다. 금액을 누르는 모습이 마치 아이가 장난감을 가지고 노는 양 천진난만하고 즐거워 보였다.

"그리고 고르곤졸라 뇨키에 치킨과 차조기가 들어간 크림 파스타……."

"너무 많이 먹었죠?"

일일이 듣고 있기가 민망했는지 쿠미는 조금 큰 목소리로 끼어들었다. '인제 그만 읽어도 괜찮아요.'라고 말하고 싶었는지도 모른다.

"너무 많이 먹었군."

그렇게 말한 사람은 케이가 아니었다. 주문 내역을 듣고 있던 후사기가 잡지에 눈을 고정한 채 중얼거렸다.

케이는 멀뚱멀뚱 바라보았으나 쿠미는 귀가 새빨갛게 물들었다.

"얼만가요?"

쿠미가 물었다. 하지만 아직 끝나지 않았다.

"아, 음, 그리고 믹스 샌드위치랑 구운 주먹밥, 추가한 카레라이스, 마지막으로 아이스커피까지 총 만 이백삼십 엔입니다."

케이는 동글동글한 눈을 빛내며 미소를 지었다. 악의는 없는 모양이다.

"여기요."

쿠미가 재빨리 지갑에서 지폐 두 장을 꺼내 건넸다. 케이는 익숙한 손놀림으로 지폐를 탁탁 세었다.

"만 천 엔 받았습니다."

그러고는 다시 딸깍딸깍 금전등록기를 두드렸다. 그동안 쿠미는 고개를 숙이고 있었다.

찰카닥. 금전등록기의 서랍이 기운차게 열리자 케이가 잔돈을 꺼냈다.

"거스름돈 칠백칠십 엔입니다."

케이는 잔돈을 건네고 또다시 동글동글한 눈을 반짝이며 미소 지었다. 쿠미는 이번에도 정중하게 머리를 숙였다.

"잘 먹었습니다."

자기가 먹은 음식들이 공공연히 드러난 게 퍽이나 창피했던지 부랴부랴 도망치듯 떠나려 했다.

"저기요!"

케이가 쿠미를 불러 세웠다.

"네?"

쿠미가 발걸음을 멈추고 돌아보았다.

"언니한테……."

케이는 시선을 힐끗 발밑으로 떨어뜨리더니 무의미하게 두 손을 공중에서 휘휘 저으며 말을 이었다.

"전해 드릴 말 없을까요?"

"괜찮아요. 편지에 썼거든요."

쿠미는 주저 없이 대답했다.

"아, 그러셨죠……."

케이는 안타깝다는 듯이 어깨를 움츠렸다.

쿠미는 케이의 배려가 고마웠는지 생긋 웃으며 잠시 생각하다가 입을 열었다.

"혹시 전해 주실 수 있으면……."

"네!"

케이의 표정이 환하게 밝아졌다.

"아버지랑 어머니도 이제 화내지 않는다고……."

"아버지랑 어머니는 이제 화내지 않는다."

케이는 일부러 소리 내어 쿠미의 말을 따라 했다.

"……그렇게 전해 주세요."

"알겠습니다!"

케이는 동그란 눈을 반짝이며 고개를 두 번 끄덕끄덕하고는 흔쾌히 말했다.

쿠미는 가게 안을 천천히 둘러본 후 다시 한번 케이에게 정중히 인사하고 찻집에서 나갔다.

딸그랑딸그랑.

케이는 쿠미가 나가는 모습을 입구까지 확인하러 갔다가 몸을 휙 돌리고 텅 빈 카운터를 향해 말하기 시작했다.
"……싸웠어요? 부모님하고……?"
그러자 아무도 없어야 할 카운터 밑에서 허스키한 목소리가 들려 왔다.
"의절 당했어."
히라이가 얼굴을 쑥 내밀었다.
"들으셨죠?"
"뭘?"
"아버지랑 어머니는 이제 화가 풀리셨다잖아요."
"글쎄 모르지……."
히라이는 장시간 카운터 밑에서 쭈그리고 있었기 때문인지 마치 허리가 굽은 할머니처럼 비틀비틀 걸어 나왔다. 여전히 헤어롤을 매달고 호피 무늬 캐미솔과 분홍색 타이트 스커트, 비치 샌들의 화려한 차림새였다.

"괜찮은 여동생이네요."

"남 보기엔 그렇지."

히라이는 어깨를 움츠리며 말하고는 조금 전까지 쿠미가 앉아 있던 카운터에 자리를 잡고 호피 무늬 파우치에서 담배를 꺼내 불을 붙였다.

담배 연기가 공중으로 피어올랐다. 히라이는 그 담배 연기를 바라보며 웬일로 진지한 표정을 지었다. 의식이 저 멀리 어딘가로 빠져나간 듯이 망연한 얼굴이었다.

"무슨 일이에요?"

케이는 물어보며 히라이의 뒤편을 빙 돌아서 카운터 안으로 들어갔다.

"원망하는 거야."

히라이가 담배 연기를 훅 내뿜으며 중얼거렸다.

"원망한다니요?"

케이는 가뜩이나 큰 눈을 더욱 크게 뜨고 물었다.

"물려받기 싫었던 거야, 그 애는……."

히라이의 말을 얼른 이해하지 못한 케이가 고개를 갸웃했다.

"여관 말이야……."

히라이의 집은 미야기현 센다이시에서 유명한 고급 여관을 경영했다. 부모님은 히라이에게 여관을 물려 줄 생각이었으나, 13년 전에 히라이가 가출해 버리자 여동생인 쿠미가 가업을 잇게 되었다. 부모님은 정정했지만, 나이가 나이인지라 지금은 쿠미가 젊은 안주인으로서 여관을 꾸려나가고 있었다.

쿠미는 안주인이 된 후, 정기적으로 상경하여 히라이에게 고향으로 돌아가자고 설득했다.

"돌아갈 생각 따위 없다는 데도 귀에 못이 박히도록……."

히라이는 양쪽 손가락을 꼽아 가며 신물이 난 표정으로 말했다.

"얼마나 끈질긴지 말도 못 해."

"그렇다고 숨을 것까지야……."

"보고 싶지 않아."

"뭘요?"

"얼굴."

케이는 고개를 갸우뚱했다.

"얼굴에 쓰여 있어. 언니 때문에 원치도 않은 여관 안주인 노릇을 하고 있다고. 언니만 돌아오면 난 자유로워진다고."

히라이는 넌덜머리를 내며 설명했다.

"엥? 그런 거 안 쓰여 있던데요?"

케이가 진지한 얼굴로 대꾸했다.

"여하튼."

히라이는 케이의 천연덕스러운 발언을 이미 예상했는지 딱 잘라 말했다.

"원망받는 건 질색이야."

그리고 찡그린 얼굴로 담배 연기를 내뿜었다.

케이가 연신 고개를 갸웃였다.

"어머, 벌써 시간이 이렇게 됐네. 가게 열어야지."

히라이는 일부러 그렇게 말한 후 담배꽁초를 재떨이에 비벼 끄고 일어나서 허리를 쭉 폈다.

"세 시간이나 숨어 있었더니 허리가 아프네……."

허리를 툭툭 두드리고 비치 샌들을 끌면서 문으로 걸어갔다.

"아, 편지……."

고개를 갸웃이던 케이가 생각났다는 듯이 맡아 둔 편지를 조심스레 들어 히라이에게 내밀었다.

하지만 히라이는 편지에 눈길도 주지 않고 오른손을 휘휘 저었다.

"버려 줘."

"안 읽어요?"

"내용은 읽으나 마나야. 나 혼자선 여관을 꾸리기 힘드니까 슬슬 돌아와라, 일은 지금부터 배우면 된다……. 뭐, 그런 거지."

히라이는 호피 무늬 파우치에서 이번에는 사전만큼 두꺼운 지갑을 꺼내 카운터 위에 커피값을 잘그랑 내려놓았다.

"또 보자고."

그렇게 짧게 인사한 후 도망치듯 나가 버렸다.

딸그랑딸그랑.

"어떻게 버리라는 거야……."

케이는 곤혹스러운 얼굴로 쿠미에게 받은 편지를 바라보았다.

딸그랑딸그랑.

케이가 멍하니 서 있자, 다시 카우벨이 울리면서 도키타 카즈가 히라이와 스치듯이 들어왔다. 카즈는 이 찻집의 주인 도키타 나가레의 사촌 여동생으로, 미술 대학에 다니면서 수업이 없을 때면 이곳에서 웨이트리스로 일했다.

오늘은 나가레와 둘이 식재료를 사러 나갔다가 들어오는 길이었다. 양손에 비닐봉지 여러 개를 들고 왼손 약지에는 차 키 따위가 달린 키홀더를 걸고 있었다. 편안하게 티셔츠에 청바지를 입고 있으니 나비넥타이와 소믈리에 앞치마 차림으로 일할 때보다 훨씬 어려 보였다.

"수고했어."

케이는 편지를 든 채 생글생글 말했다.

"늦어져서 미안해요."

"괜찮아, 괜찮아. 한가했어."

"바로 옷 갈아입고 올게요."

카즈는 나비넥타이를 매고 있을 때보다 표정이 풍부했다. 혀를 쏙 내밀고 안쪽 방으로 들어갔다.

"그이는?"

케이가 편지를 든 채 찻집 입구를 바라보며 안쪽 방에 있는 카즈에게 물었다.

찻집 식재료 구매는 카즈와 나가레의 담당이었다. 가짓수가 많지 않은데도 매번 두 사람이 함께 사러 갔다. 나가레는 식재료를 고르는 기준이 깐깐했기 때문이다. 너무 깐깐하게 따져서 예산을 크게 웃도는 것이다. 그래서 재료를 사러 갈 때는 카즈가 감시하러 따라가고 그동안 케이는 홀로 가게를 지켰다. 나가레는 가끔 마음에 드는 재료를 손에 넣지 못하면 그 길로 술을 마시러 가기도 했다.

"아, 그게 조금 늦는다고……."

카즈가 대답을 얼버무렸다.

"또 술 마시러 갔지?"

"……제가 가게 볼게요."

카즈가 고개만 내밀고 미안하다는 듯이 말했다.

"이 인간이!"

케이는 동글동글한 눈을 크게 뜨고 부루퉁한 표정으로 편지를 들고서 안쪽 방으로 모습을 감췄다.

손님은 조용히 소설을 읽고 있는 원피스를 입은 여자와 후사기가 전부였다. 두 사람 다 여름인데도 따뜻한 커피를 마셨다. 아마도 이유는 두 가지일 것이다.

따뜻한 커피는 무료로 리필을 해 준다는 점과 가게 안이 항상 서늘하다는 점이다. 고로 장시간 머무는 두 사람에게는 따뜻한 커피라도 별문제가 없다.

얼마 후 카즈가 평상시처럼 웨이트리스 복장을 하고 나타났다.

아직 초여름이지만, 밖은 30도가 넘는 불볕더위였다. 겨우 수십 미터 떨어진 주차장에서 걸어왔을 뿐인데 이마에 맺히는 구슬땀이 멈추지를 않았다. 카즈는 손수건으로 이마를 닦으며 한숨을 "후-." 내쉬었다.

"저기요······."

잡지를 보던 후사기가 고개를 들고 홀연히 말을 걸었다.

"네!"

카즈는 깜짝 놀랐는지 다소 격앙된 목소리로 대답했다.

"커피······, 한 잔 더 주실 수 있나요?"

"아, 네!"

평소의 차분한 태도가 아니었다. 어쩐지 티셔츠를 입고 있을 때의 천진난만한 분위기가 묻은 대답이었다.

"······."

후사기는 주방으로 들어가는 카즈의 모습을 계속 눈으로 좇았다.

이 후사기라는 사내는 늘 똑같은 자리에 앉았다. 먼저 온 손님이 있으면 다른 자리에 앉지 않고 돌아갔다. 매일 오는 건 아니었다. 일주일에 두세 번, 점심시간 이후에 나타나서 여행 잡지를 펼치고 이따금 메모하면서 첫 페이지부터 마지막 페이지까지 훑었다. 그 과정이 끝나면 돌아가는 식이었다. 그동안 주문하는 것은 따뜻한 커피뿐이다.

이 찻집의 커피는 일반적으로 모카라고 불리는 아주 향긋한 에티오피아산 원두를 사용했다. 산미가 강하고 독특한 풍미가 있어서 꺼리는 사람도 있으나 나가레의 고집으로 이곳에서는 모카만 취급했다.

후사기는 이 찻집의 커피를 즐겨 마셨다. 천천히 시간을 들여 잡지를 읽기에는 최적의 공간인 셈이다.

카즈가 커피를 따르기 위해 커피포트를 들고 주방에서 돌아왔다.

카즈는 후사기의 테이블 옆에 서서 잔을 받침째 들어 올렸다.

평소의 후사기라면 잡지에 시선을 고정한 채 커피가 다 따라질 때까지 기다렸을 텐데, 이날은 달랐다. 호기심 어린 표정으로 카즈의 얼굴을 빤히 쳐다보았다.

"……."

"뭐 필요하세요?"

카즈는 여느 때와 다른 후사기의 태도에 커피 말고 빠뜨린 것이라도 있나 싶어 웃는 얼굴로 물었다.

"……새로 온 직원분이신가요?"

후사기는 쑥스러운 듯 어색하게 웃으며 카즈에게 슬며시 물었다.

"……."

카즈는 표정 변화 없이 후사기 앞에 잔을 내려놓았다.

"……아, 네."

"그러시군요."

후사기는 조금 수줍어하며 대답했다. 단골손님인 자신의 존재를 살며시 어필한 게 기쁜 모양이었다. 하지만 그뿐이었다. 곧바로 평소처럼 잡지로 눈을 돌렸다.

카즈는 별일 없었다는 듯이 태연한 얼굴로 일을 계속했다. 다른 손님이 없으니 일이라야 씻어 둔 유리컵과 접시를 행주로 훔쳐서 선반에 되돌려 두는 것뿐이다.

그 일을 담담히 하면서 카즈는 카운터 안에서 후사기에게 말을 걸었다. 좁은 가게였다. 소리를 크게 내지 않아도 충분히 대화할 수 있었다.

"여기엔……."

"……."

"여기엔 자주 오세요?"

"예……."

카즈는 후사기에게 맞춰 대화를 이어갔다.

"그거 아세요? 이 찻집의 전설……."

"예. 잘 압니다."

"그 자리도 아시나요?"

"예."

"그럼 손님도 과거로 돌아가려고 오신 건가요?"

"예."

후사기는 망설임 없이 대답했다.

카즈는 일손을 멈추고 조금 사적인 질문을 던졌다.

"과거로 돌아가서, 뭘 하실 생각이세요?"

평소의 카즈라면 절대로 입에 담지 않을 질문이었다.

"아, 죄송합니다."

카즈도 스스로 자기답지 않은 질문이라고 생각한 듯 이내 머리를 숙이고 다시 일손을 움직이며 후사기에게서 시선을 돌렸다.

"……."

후사기는 머리를 숙인 카즈를 보고 천천히 보조 가방을 꺼내더니 안에서 아무런 무늬가 없는 누런색 봉투를 꺼냈다. 몇 년쯤 가지고 다녔는지 누런 봉투의 네 귀퉁이가 너덜너덜해져 있었다. 수신인은 적혀 있지 않지만, 편지처럼 보였다.

후사기는 그 봉투를 두 손으로 조심스레 들고 카즈에게 보여 주기 위해 가슴 앞에서 살짝 들어 올렸다.

"그게 뭔가요?"

카즈는 다시 일손을 멈추고 물었다.

"아내에게······."

후사기의 목소리는 중얼거리는 양 조용했다.

"아내에게 이걸······."

"······편지인가요?"

"예."

"아내분께······?"

"네. 미처 전해 주질 못해서······."

"그럼 편지를 전하려던 날로 돌아갈 생각이세요?"

"예."

이번에도 후사기의 대답에는 망설임이 없었다.

"그럼 아내분은 지금 어디에 계시죠?"

카즈의 이 질문에 후사기는 선뜻 대답하지 못하고 잠시 입을 다물었다.

"그게……."

카즈는 후사기를 가만히 바라보며 대답을 기다렸다.

"……모릅니다."

후사기는 알아듣기 힘든 나지막한 목소리로 대답한 후 머리를 북북 긁기 시작했다.

자기도 아내가 어디에 있는지 모른다고 말한 데 당혹감을 느꼈는지 표정이 조금 굳어졌다. 카즈는 아무 말 하지 않았다.

"아, 그렇지만 정말로 있었어요. 아내가……."

후사기는 변명하듯이 황급히 덧붙였다.

"이름은 분명……."

손가락으로 이마를 톡톡 두드리며 어떻게든 생각해 내려고 애썼다.

"어? 이름이 뭐였더라……."

후사기는 고개를 갸웃거리다가 재차 입을 다물었다.

어느새 케이가 안쪽 방에서 나와 있었다. 지금까지의 대화를 들었는지 얼굴이 눈에 띄게 창백했다.

"거, 이상하네. 죄송합니다."

후사기는 그렇게 말하더니 "하하하!" 하고 웃어 보였다.

"괜찮아요."

카즈는 침착하다고도 애통하다고도 할 수 없는 복잡한 표정으로 말했다.

딸그랑딸그랑.

"아······."

말없이 입구 쪽으로 시선을 돌린 카즈가 무심코 한마디 내뱉었다. 들어온 사람은 고타케였다.

고타케는 인근 종합 병원에서 일하는 간호사였다. 오늘은 퇴근길에 들렀는지 간호사복이 아니라 연한 카키색 주름 튜닉과 감색 칠 부 스트레치 바지를 입고 검정 숄더백을 어깨에 멘 채, 연보라색 손수건으로 이마의 땀을 닦으며 들어왔다.

고타케는 카운터 안에 있는 두 사람에게 가볍게 인사하고 곧바로 후사기의 테이블로 다가갔다.

"후사기 씨, 오늘도 여기에 계셨네요."

후사기는 자기 이름을 부른 고타케를 물끄러미 쳐다보며

어리둥절한 표정을 지었다. 그리고 눈을 한 번 내리깔더니 고개를 숙인 채 입을 다물었다.

고타케는 평상시와 다른 후사기의 태도에 당황했지만, 컨디션이라도 안 좋은가 보다고 생각하며 다시 한번 나긋나긋 말을 걸었다.

"후사기 씨? 괜찮으세요?"

그러자 후사기는 고타케의 얼굴을 올려다보며 미안하다는 듯이 입을 열었다.

"……우리가 구면이던가요?"

"……."

그 순간 고타케의 표정에서 웃음기가 사라지고, 흐르는 땀을 닦던 연보라색 손수건이 소리 없이 바닥으로 툭 떨어졌다.

후사기는 약년성 알츠하이머형 치매로 기억 장애를 일으키고 있었다.

알츠하이머형 치매는 뇌 신경 세포의 급격한 감소로 인해 뇌가 병적으로 위축되어 지능이 떨어지거나 사람에 따라서는 성격이 바뀌기도 하는 병으로, 뇌 기능이 부분적으로 저하되기 때문에 어떤 일은 기억하고 어떤 일은 잊어버리는 등 기억력 감퇴 증상이 들쭉날쭉한 것이 특징이다.

후사기에게는 새로운 기억부터 서서히 지워지고 신경질적인 성격이 유순해지는 증상이 나타났다.

즉, 후사기는 아내가 있다는 사실은 기억했지만, 눈앞에 서 있는 고타케가 자신의 아내라는 것은 기억하지 못했다.

"아, 아니에요."

고타케는 힘없이 말하며 그 자리에서 한두 걸음 뒤로 물러났다.

카즈는 입을 다문 채 우두커니 서서 고타케를 바라보았고, 케이는 창백한 얼굴로 고개를 떨어뜨렸다.

고타케는 천천히 뒤로 돌아 후사기와 가장 멀리 떨어진 카운터 끝자리로 얼른 걸어가서 앉았다.

손수건이 떨어진 건 그 후에 알았다. 하지만 고타케는 마치 자기 물건이 아닌 것처럼 보고도 못 본 체했다.

후사기가 발밑에 떨어진 손수건을 발견하고는 천천히 집어 들었다.

그리고 잠시 손수건을 바라보다가 의자에서 일어나 고타케가 앉은 카운터석으로 다가와서 머리를 조아리며 사과했다.

"죄송합니다. 요즘에 깜빡하는 일이 잦아서……."

"아니에요."

고타케는 후사기를 외면한 채 대답하고 떨리는 손으로 손수건을 받았다.

후사기는 다시 한번 가볍게 머리를 숙이고 맥없이 제자리로 돌아갔다. 앉은 후에도 당최 집중이 안 되는 모양이었다. 잡지를 몇 페이지 휙휙 넘기다가 머리를 긁적였다.

잠시 후 후사기가 커피로 손을 뻗었다.

"……커피가 다 식었군."

한 모금 마시더니 조금 전에 갓 따른 커피인데도 그렇게 중얼거렸다.

"새로 따라 드릴까요?"

카즈가 재빨리 물었지만, 후사기는 허둥지둥 자리에서 일어났다.

"오늘은 그만 가 보겠습니다."

말이 끝나기가 무섭게 후사기는 테이블 위에 펼쳐 놓은 잡지 따위를 정리하기 시작했다.

"……."

고타케는 무릎 위에서 손수건을 꽉 쥐고 고개를 떨군 채 움직이지 않았다.

후사기가 계산대로 가서 전표를 내밀었다.

"얼마인가요?"

"······삼백팔십 엔입니다."

카즈가 곁눈으로 고타케를 의식하며 금전등록기에 딸깍딸깍 금액을 입력했다.

"삼백팔십 엔이라······."

후사기는 손때 묻은 남자용 가죽 지갑에서 천 엔짜리 지폐 한 장을 꺼내 카즈에게 건넸다.

"······여기요."

"천 엔 받았습니다."

카즈가 돈을 받아 금전등록기를 두드리는 동안 후사기는 고타케의 모습을 힐끔힐끔 쳐다보았다. 그렇다고 무슨 행동을 하려는 것도 아니었다. 그저 안절부절못하면서 잔돈을 받을 때까지 기다렸다.

"······."

"거스름돈 육백이십 엔입니다."

"잘 먹었습니다."

후사기는 손을 성큼 뻗어 잔돈을 챙기고 면목 없다는 듯이 인사한 후 재빨리 나가 버렸다.

딸그랑딸그랑.

"감사합니다……."

후사기가 나가고 한동안 아무도 말문을 열지 못했다. 원피스를 입은 여자만 무슨 일이 있었느냐는 무심한 얼굴로 조용히 책을 읽었다.

가게 안은 찬물을 끼얹은 듯 정적이 감돌았다.

이 찻집은 원래 음악을 틀지 않는다. 괘종시계의 추가 똑딱똑딱 움직이는 소리와 원피스를 입은 여자가 책장을 넘기는 소리만 들릴 따름이었다.

잠시 침묵이 흐른 후 카즈가 카운터 자리에 앉은 고타케에게 말을 걸었다.

"고타케 씨……."

그러나 다음 말은 잇지 못했다. 카즈도 무슨 이야기를 해야 할지 몰랐다.

"괜찮아. 각오했던 일이니까……."

카즈의 기분을 헤아렸는지 고타케가 그렇게 말하고 두 사람을 향해 웃어 보였다.

"걱정하지 마."

그러나 대화는 더 이상 이어지지 않았고, 고타케도 숨 막히는 공기에 못 이겨 고개를 떨어뜨리고 말았다.

후사기의 병에 관해서는 이미 오래전부터 카즈와 케이에게 설명해 두었다. 물론 나가레와 히라이도 알고 있었다. 고타케는 후사기가 자신을 완전히 잊어버리는 날이 오리라 예상했기 때문에, 평소에 "그렇게 되더라도 난 간호사로서 그이를 보살필 거야. 간호사라서 할 수 있는 일이 있어."라며 넌지시 각오를 비쳤다. 이 찻집에서 카즈와 케이에게 옛 성(姓)인 '고타케'라고 부르게 한 까닭도 후사기의 혼란을 막기 위해서였다. 이전에는 카즈와 케이도 고타케를 '후사기 씨'라고 불렀다.

약년성 알츠하이머는 연령이나 성별, 원인과 대응에 따라 진행 속도가 천차만별이지만, 후사기의 병은 다른 사람보다 훨씬 빠르게 진행됐다.
고타케는 후사기의 기억에서 사라졌다는 충격을 받아들이지 못한 채 이 무거운 분위기를 어떻게 해야 좋을지 몰라서 망설였다.

그러자 케이가 주방으로 불쑥 들어가서는 따지 않은 술병 하나를 가지고 돌아왔다.

"손님한테 받은 거예요."

케이는 병을 내려놓으며 생글생글 말했다.

"마실래요?"

눈은 웃고 있지만, 새빨갰다. 술병의 라벨에는 '나나코(七幸)'라고 쓰여 있었다.

생각지도 못한 케이의 행동으로 무거운 공기에 미세한 틈이 생겼다. 세 사람의 긴장이 풀렸다고 해도 좋았다. 고타케는 당황스러웠으나 이 기회를 놓칠 수 없었다.

"그럼, 조금만······."

고타케는 그 자리의 분위기가 바뀐 것만으로도 감사했다. 케이가 종종 돌발적으로 행동한다는 사실은 고타케도 알고 있었지만, 설마한들 이 시점에 그렇게 나오리라고는 예상하지 못했다. 그야말로 히라이가 입버릇처럼 말하던 '케이의 행복하게 사는 재능'인지도 모른다고 생각했다.

이제 케이의 표정에는 조금 전까지의 진중함은 없었다. 동글동글 큰 눈을 반짝이며 고타케를 쳐다보았다.

그 눈을 바라보고 있노라니 고타케는 신기하게도 마음이 차분해지는 것을 느꼈다.

"안줏거리가 있었나?"

카즈가 주방으로 모습을 감췄다.

"데워 마실래요?"

"아니."

"자, 그럼 이대로······."

케이가 솜씨 좋게 병을 따서 유리잔에 술을 가득 따랐다.

고타케는 '도대체 얼마나 마시게 할 작정일까?'라고 생각하며 무심코 쿡쿡 웃었다.

케이가 청주를 유리잔에 넘칠 듯이 따라서 고타케에게 쑥 내밀었다.

"고마워."

웃음을 참으며 고타케가 대답했다.

카즈가 피클 병조림을 들고 돌아왔다.

"이런 거밖에 없지만······."

"그거면 충분하지."

케이가 그렇게 말하며 피클용 접시를 카즈에게 건넸다.

카즈는 피클을 접시에 담고 작은 포크를 세 개 준비했다.

"난 이거 마실게."

케이는 카운터 밑의 냉장고에서 오렌지주스 팩을 꺼내 컵에 따랐다. 오렌지주스도 넘칠 듯이 가득 따랐다. 고타케는 웃음을 꾹 참으며 잔으로 손을 뻗었다.

이 세 사람은 그다지 청주에 정통한 부류가 아니었다. "마실래요?"라며 권한 케이마저 술을 못 마셔서 오렌지주스를 꺼내는 형편이었다.

케이가 손님에게 받은 '나나코'라는 이름은 마시면 일곱 가지 행복을 손에 넣을 수 있다는 뜻에서 유래한다. '나나코'는 긴조슈(60% 이하로 정미한 백미를 저온에서 발효하여 빚은 청주)로 무색투명하다. 초심자의 눈으로는 분간이 되지 않으나 은은하게 푸른빛이 감돌아 '아오자에(青冴え)'라 불리는 빛깔의 고급술이다. 화려한 과일 향이 나고 목 넘김이 산뜻해서 이름처럼 마시면 행복한 기분에 젖어 드는 술이다.

고타케는 달콤한 향을 즐기며 이 찻집을 처음 방문했던 5년 전 여름날의 기억을 떠올렸다. 전국에서 기록적인 무더위가 이어져 TV에서 연일 지구 온난화가 원인이라고 운운하던 해였다.

우연히 휴일이 겹친 남편을 데리고 쇼핑하러 나갔으나,

그날은 찌는 듯한 폭염이 기승을 부렸다. 마지못해 따라온 남편은 얼마 못 가 시원한 곳에서 쉬자며 들어갈 만한 가게를 찾았다. 그러나 다들 생각이 비슷했다. 아무리 돌아다녀도 카페와 패밀리 레스토랑은 더위를 식히는 손님으로 만석이었다.

그런데 문득 뒷골목에서 작은 간판이 눈에 들어왔다. 찻집 이름은 푸니쿨리 푸니쿨라. 예전에 그런 노래를 부른 적이 있었다. 오래전 일인데도 멜로디가 생생히 기억났다. 가사는 화산에 올라가자는 내용이었다. 불볕더위 속에서 이글이글 타오르는 용암이 머리를 스치자 구슬땀이 흘렀다.

하지만 묵직한 나무 문을 열고 안으로 들어가자 서늘하다 싶을 만큼 시원했다. 딸그랑딸그랑 울리는 카우벨 소리도 상쾌했다. 더구나 2인용 테이블이 세 개, 카운터 자리가 세 개뿐인 작은 가게인데도 손님은 입구에서 제일 떨어진 자리에 앉은 하얀 원피스를 입은 여자가 유일했다. 운이 좋기도 했고, 숨은 명소를 찾은 셈이기도 했다.

남편은 "살았다."고 안도하며 입구에서 가장 가까운 테이블 자리에 털썩 앉아 찬물을 가져다준 눈이 동글동글한 여자에게 재빨리 아이스커피를 한 잔 주문했다.

고타케도 아이스커피를 주문하며 맞은편 자리에 앉았으

나, 얼굴을 마주하고 앉은 것이 남세스럽다고 여겼는지 남편은 카운터로 자리를 옮겼다.

고타케는 그런 남편의 행동이 익숙한 터라 신경 쓰지 않았다. 그것보다 자신이 일하는 병원 근처에 이런 차분한 분위기의 찻집이 있다는 데 놀랐다.

짙은 갈색의 육중한 기둥과 천장에서 교차하는 자연목 대들보는 밤껍질처럼 광택이 흘렀고, 커다란 괘종시계가 세 개 있었다. 고타케는 앤티크니 뭐니 하는 것은 잘 모르지만, 오래된 귀한 물건이라는 것은 눈에 보였다. 콩가루처럼 엷은 흙빛 벽에서는 오랜 시간에 걸쳐 희미하게 번진 얼룩이 멋스러움을 자아냈다. 한낮인데도 시간을 가늠할 수 없는 까닭은 창문이 없기 때문일 것이다. 어슴푸레한 조명이 가게를 세피아빛으로 물들여 복고풍 분위기가 포근하게 느껴졌다.

그런데 이렇게 시원한데도 아무리 둘러봐야 에어컨 비스름한 것은 없었다. 다만 천장에서 목제 실링 팬이 천천히 움직일 따름이었다. 하도 이상해서 케이와 나가레에게 물어본 적이 있는데, 그들도 "옛날부터 그랬어요."라고만 할 뿐이라 납득할 만한 답을 얻지는 못했다.

여하간 고타케는 이 찻집의 분위기와 케이 일행의 성품이 마음에 쏙 들어 일하면서 짬짬이 얼굴을 내밀게 되었다.

☕

"건……."

카즈가 무심코 건배를 외치려다가 '아뿔싸!' 하는 표정을 지었다.

"……건배할 일이…… 아니잖니?"

케이가 어색하게 고타케의 안색을 살피며 말했다.

"그렇게 신경 쓰지 않아도 괜찮아."

고타케는 카즈 앞에 잔을 내밀었다.

"죄송해요……."

"괜찮대도."

고타케는 상냥하게 웃으며 자기 잔을 카즈의 잔에 살짝 부딪쳤다. 뜻밖에 맑고 경쾌한 소리가 가게 안에 울렸다.

고타케는 '나나코'를 한 모금 마셨다. 부드럽고 달차근한 맛이 입 안에 가득 퍼졌다.

"반년 전부터였나? 나를 예전 성으로 부른 게……."

고타케가 드문드문 말을 꺼내기 시작했다.

"소리도 없이 서서히, 서서히 사라지는 거야. 그 사람의 기억에서 내가……."

고타케는 후후후, 작게 웃으며 중얼거렸다.

"각오는 했지만……."

그 말을 듣자 케이의 눈이 또다시 붉어졌다.

"아, 그래도 진짜 괜찮아."

고타케가 다급히 손을 휘저으며 말했다.

"난 간호사잖아. 설령 그 사람의 기억에서 내 존재가 사라져도, 간호사로서 곁에 있을 거야. 곁에 있을 수 있어."

고타케는 두 사람에게 허세를 부리는 것처럼 들리지 않도록 담담하게 말했다. 물론 허세가 아니었다. 그렇게 들리지 않게끔 신경을 쓰긴 했지만, 그 생각은 진심이었다. 간호사이기 때문에 이어갈 수 있는 관계가 있다고.

카즈는 무표정으로 잔을 만지작거렸고 케이는 또다시 눈물을 글썽였다.

탁.

고타케의 뒤편에서 책을 덮는 소리가 들렸다. 원피스를 입은 여자가 읽고 있던 소설을 덮었다.

뒤돌아보니 원피스를 입은 여자는 책갈피가 꽂힌 소설책을 테이블에 올려놓고, 하얀 포셰트백에서 손수건을 꺼내어 일어나는 참이었다. 화장실에 가려는 모양이었다. 원피스를 입은 여자는 일어나서 소리 없이 화장실 쪽으로 스르륵 걸어갔다. 책을 덮는 소리가 들리지 않았다면 눈치채지 못했을 것이다.

고타케는 원피스를 입은 여자의 행동에서 눈을 떼지 못했지만, 케이는 흘끔 쳐다볼 뿐이고 카즈는 눈길도 주지 않은 채 '나나코'를 마셨다. 두 사람에게는 일상적인 장면이었기 때문이다.

"그러고 보니, 그이는 과거로 돌아가서 도대체 뭘 하려고 했을까?"

고타케는 원피스를 입은 여자가 사라진 자리를 유심히 쳐다보며 중얼거렸다.

물론 고타케는 그곳이 과거로 돌아가는 자리임을 알고 있었다.

알츠하이머 증상이 현저히 나타나기 전의 후사기는 이런 유의 이야기를 믿는 사람이 아니었다. 고타케가 이 찻집의 '과거로 돌아갈 수 있다.'는 소문을 듣고 후사기에게 들떠서 이야기했을 때만 해도 "어리석은 소리!"라며 한마디로 일축했다. 심령 현상이나 초자연 현상 따위도 당연히 믿지 않았다.

그런 후사기가 기억을 잃기 시작하면서 가끔 이곳에 찾아와 원피스를 입은 여자가 일어나기만을 기다린다는 소리를 들었을 땐 귀를 의심했다. 물론 알츠하이머병이 진행되면 인격이 바뀌기도 한다. 실제로 후사기는 성격이 무던해졌다. 신념이나 사상이 변했다고 해도 이상한 일은 아니다. 그렇다면 도대체 무슨 생각으로 과거로 돌아가려는 것일까?

궁금해서 물어본 적도 있지만, 매번 "비밀입니다."라며 가르쳐 주지 않았다.

"……, 고타케 씨한테 꼭 전해 주고 싶은 편지가 있다고 하던데……."

카즈가 고타케의 생각을 안다는 듯이 대답했다.

"나한테?"

"네."

"편지를?"

"네. 후사기 씨가 미처 전해 주지 못했다고 하셨어요……."

"……."

고타케는 잠시 입을 다물고 있다가 마치 남의 일처럼 "그렇군." 하고 대답했다.

고타케의 반응이 너무 냉담하자 카즈는 당혹스러운 표정을 지었다. 괜한 말을 꺼냈다고 생각하는 모양이었다.

그러나 후사기가 과거로 돌아가고 싶어 하는 이유를 듣고 고타케가 냉담한 반응을 보인 데는 과거로 돌아가려는 이유를 알게 되어서가 아니라 후사기가 자기한테 편지를 썼다는 말이 도저히 믿기지 않았기 때문이다.

사실 후사기는 글자를 읽고 쓰는 데 서툴렀다.

후사기의 고향은 과소화가 진행되는 마을이었고, 게다가 어렸을 때 형편이 어려워 부모님의 김 장사를 거드느라 학교를 제대로 다니지 못한 탓에 히라가나는 쓸 수 있었지만, 한자는 초등학교 저학년 수준에 머물렀다.

고타케와 후사기는 23년 전 한 지인의 소개로 만났다. 고타케가 스물한 살, 후사기가 스물여섯 살 때의 일이다.

당시는 휴대폰이 널리 보급되지 않은 시대라 연락은 집 전화나 편지로 했다. 후사기는 정원사를 꿈꾸며 더부살이로 지냈기 때문에 두 사람의 연락 수단은 주로 편지였다.

고타케도 간호 학교에 다니기 시작하여 만날 기회는 드물었지만, 대신 편지를 자주 썼다.

고타케의 편지는 화제가 풍부했다. 자기소개는 물론이고 간호 학교에서 있었던 일, 책의 감상과 장래의 꿈, 주변에서 벌어진 사소한 일부터 큰 사건 이야기, 그때 느낀 소감과 대처한 방법 따위를 편지에 상세히 적었다. 많을 땐 편지지가 열 장에 달하기도 했다.

하지만 후사기의 답장은 늘 짧았다. 편지지 한 장에 "재미있었다." 혹은 "그랬군." 하고 한 줄만 적혀서 오는 때도 있었다. 처음에는 일이 바빠서 편지 쓸 시간조차 없으려니 생각했지만, 몇 통을 보내도 제대로 된 답장은 오지 않았다. 고타케는 후사기가 답장을 짧게 쓰는 이유를 자신에게 호감이 없기 때문이라고 생각하기 시작했다. 그리고 호감이 없다면 억지로 답장을 쓰지 않아도 된다, 답장이 오지 않으면 단념하겠다는 내용의 편지를 보냈다.

여느 때 같으면 일주일 안에 도착했을 답장이 이번에는 한 달이 지나도 오지 않았다. 고타케는 충격을 받았다. 후사기의 답장은 짧기야 짧았다. 그러나 싫다는 인상은 아니었다. 체면치레가 아니라 인품이 느껴지는 솔직함이 묻어났다. 답장이 오지 않으면 단념하겠다고 썼건마는 한 달 반이 지나도 여전히 단념하지 못한 채 답장을 기다렸다.

두 달이 지난 어느 날, 후사기에게서 편지가 왔다. 편지에는 한 문장이 쓰여 있었다.

결혼합시다.

이 한 문장에 고타케는 생전 경험한 적이 없을 만큼 가슴이 설레었다. 하지만 고타케는 자신의 마음을 들여다본 듯한 후사기에게 성의껏 답장하기가 억울해서 한 줄짜리 편지를 보냈다.

그래요.

후사기가 읽고 쓰는 데 서툴다는 사실은 그 후에 알게 되었다. 사정을 안 고타케가 여태까지 편지를 어떻게 읽었냐고 물어보자, 후사기는 못 읽는 한자가 많은 편지를 그저 멍하니 바라보았노라고 대답했다. 멍하니 바라보고 느낀 점을 답장에 썼다고 했다. 마지막 편지는, 멍하니 바라보고 있었더니 소중한 무언가를 잃을 것 같다는 느낌에 사로잡혀 단어를 하나하나 지인에게 확인해 가며 읽었다고 했다. 그런 연유로 답장이 늦었다는 것이다.

☕

"……."

고타케는 아직도 믿기지 않는다는 얼굴이었다.

"이 정도 크기의 누런 봉투였어요."

카즈가 손가락으로 허공에다 봉투를 그리면서 말했다.

"누런 봉투?"

누런 봉투라는 말을 듣고 참 후사기답다는 생각을 하면서도 역시 짚이는 구석은 없었다.

"혹시 러브레터?"

케이가 말했다. 그녀는 동글동글한 눈을 해맑게 반짝이고 있었다.

"아니야, 그럴 리가."

고타케는 쓴웃음을 지은 채 손을 크게 휘저으며 애써 부인했다.

"만약에 진짜 러브레터면 어떻게 하실 거예요?"

평소라면 타인의 사적인 화제에는 끼어들지 않았을 카즈가 방금까지의 어두운 분위기를 바꿔 보려는 듯 어색하게 웃으며 '러브레터 설'을 지지했다.

"그야……, 읽어 보고 싶겠지……?"

고타케도 화제를 바꿀 수 있을 성싶어 후사기가 읽고 쓰는 데 서툰 줄 모르는 두 사람의 러브레터 설을 받아들이며 수줍게 대답했다.

거짓말은 아니었다. 만약 그 편지가 정말 후사기가 쓴 러브레터라면 말이다.

"가 볼래요?"

케이가 말했다.

"응?"

고타케는 케이가 무슨 소리를 하는지 이해하지 못하고 어리둥절한 표정을 지었다.

"언니!"

카즈 역시 밑도 끝도 없는 발언에 당황하여 유리컵을 카운터에 내려놓고 케이의 얼굴을 들여다보았다.

"받아야 돼요."

케이가 힘을 주어 말했다.

"케이, 잠깐만."

고타케는 케이의 폭주를 필사적으로 말리려고 했으나 이미 한발 늦고 말았다. 케이는 그런 고타케의 반응에 아랑곳없이 콧김을 거칠게 내쉬었다.

"후사기 씨가 고타케 씨한테 쓴 러브레터라면, 무슨 일이 있어도 받아야 돼요!"

케이는 후사기의 편지를 러브레터라고 단정했다. 이렇게 나오면 이제 누구도 말릴 수 없었다. 오랫동안 알고 지낸 고타케는 그 사실을 익히 알고 있었다.

카즈는 두 손 들었다는 듯 가볍게 미소를 띠며 한숨을 내쉬었다.

고타케는 다시 한번 원피스를 입은 여자가 앉아 있던 자리를 보았다.

"……."

과거로 돌아갈 수 있다는 소문은 들은 바 있었다. 귀찮은 규칙이 여러 가지 있다는 사실도 알았다. 하지만 자신이 돌아가야겠다는 생각은 한 번도 한 적이 없었다. 솔직히 말하면 그 소문을 반신반의했다.

그러나 정말로 과거로 돌아갈 수 있다면, 돌아가 보고 싶기도 했다.

무엇보다 편지가 신경 쓰였다. 카즈의 말이 사실이라면, 미처 전하지 못했다는 그날로 돌아간다면, 편지를 받을 수 있을지도 모른다는 한 줄기 희망이 일었다.

문제는 후사기가 직접 과거로 돌아가서 전하려는 편지를 자신이 과거로 가서 받아도 괜찮을까, 라는 점이었다. 고타케는 마치 가로채는 느낌이 들어 결심이 서지 않았다.

고타케는 심호흡을 하고 지금의 상황을 냉철하게 분석하기로 했다.

과거로 돌아가서 어떠한 노력을 해도 현실은 바뀌지 않는다는 규칙이 있으니, 편지를 받는다 한들 그로 인해 달라지는 일은 없다.

이에 관해 물어보자 카즈가 즉시 대답했다.

"바뀌지 않아요."

"……."

고타케의 마음이 크게 흔들렸다. 현실이 바뀌지 않는다는 말인즉, 고타케가 편지를 가로채더라도 후사기는 여전히 과거로 돌아가서 편지를 전하려고 한다는 것이다.

고타케는 유리잔에 담긴 '나나코'를 단숨에 들이마셨다. 기합을 넣었다고 해도 좋았다. 휴우, 한숨을 크게 내뱉고서 카운터 위에 잔을 툭 내려놓았다.

"그래, 그럴 거야."

스스로 타이르듯이 중얼거렸다.

"그 편지가 정말 나한테 쓴 러브레터라면 내가 읽어도 아무런 문제는 없겠죠?"

고타케는 구태여 '러브레터'라는 말을 써서 죄책감을 떨쳐 냈다.

케이는 고개를 힘차게 끄덕이고 그럴 필요가 없는데도 고타케를 따라 오렌지주스를 한입에 털어 넣었다. 콧김이 한층 거칠어졌다.

"……."

카즈는 두 사람처럼 잔을 비우는 대신 조용히 카운터에 내려놓고 천천히 주방으로 들어갔다.

고타케는 과거로 돌아가는 자리 앞에 섰다. 온몸에서 피가 빠르게 돌았다. 테이블과 의자 사이로 천천히 몸을 집어넣고 자리에 앉았다.

이 찻집의 의자는 앤티크 가구답게 고양이 다리처럼 부

드러운 곡선을 그렸고 방석과 등받이에는 연한 모스 그린 색 천이 덧대어 있었다.

고타케는 새삼 의자가 전부 새것과 다름없음을 깨달았다. 의자뿐만이 아니었다. 가게 안의 눈길 닿는 모든 곳이 반짝반짝 윤이 났다. 메이지 시대 초기에 문을 열었으니 이미 백 년 이상 영업을 하고 있는데도 퀴퀴한 냄새가 전혀 없었다.

날마다 어지간히 시간을 들여 청소하지 않으면 이렇게까지 유지할 수 없을 거라며 감탄하고 있자, 언제 돌아왔는지 카즈가 테이블 옆에 섬뜩할 정도로 조용히 서 있었다. 은쟁반 위에는 새하얀 커피 잔과 평소에 손님용으로 사용하는 유리 커피포트 대신 작은 은주전자가 놓여 있었다.

카즈의 표정을 보고 고타케는 가슴이 철렁 내려앉았다. 그녀의 표정에서 방금까지의 소녀 같은 천진난만함은 털끝만치도 느껴지지 않았다. 그윽하고 스산하며 엄숙한 분위기가 풍겼다.

"규칙은 알고 계시죠?"

차분하면서도 어쩐지 거리를 두는 듯한 목소리로 카즈가 물었다.

고타케는 서둘러 과거로 돌아가기 위한 규칙을 머릿속에서 정리했다.

먼저 첫 번째 규칙. 과거로 돌아가도 이 찻집을 방문한 적이 없는 사람은 만나지 못한다. 다시 말하면, 누군가와 만나기 위해 과거로 돌아가려면 상대방이 이 찻집을 방문한 적이 있느냐 없느냐가 중요한 포인트다. 고타케는 과거로 돌아갈 수 있다는 소문을 듣고 전국에서 사람들이 몰려와도 부질없노라고 다시금 생각했다. 후사기는 이 찻집에 자주 왔으니 문제가 없다.

두 번째 규칙. 과거로 돌아가서 어떠한 노력을 할지언정 현실은 달라지지 않는다. 이에 대해 고타케는 이미 확인을 끝냈다. 과거로 돌아가서 후사기가 미처 전해 주지 못했다는 편지를 받아도 현실은 바뀌지 않는다. 편지뿐만 아니라, 만약 알츠하이머병의 획기적인 치료법을 발견하여 과거로 돌아가서 후사기에게 적용한다고 치더라도, 후사기의 증상이 개선되는 일은 없다. 참으로 얄궂은 규칙이다.

세 번째 규칙. 과거로 돌아가기 위해서는 원피스를 입은 여자가 앉아 있던 이 자리를 확보해야 한다. 원피스를 입은 여자는 하루에 한 번 화장실에 간다고 들었다. 언제 갈지는 아무도 모른다. 우연히도 고타케는 그 순간에 있었다. 진짜

인지 아닌지는 불확실하지만, 그녀를 억지로 자리에서 끌어내면 저주에 걸린다고 한다. 우연이기는 하지만, 운이 좋았다.

성가신 규칙은 여기서 끝이 아니었다.

네 번째 규칙. 과거로 돌아가도 앉아 있는 의자에서 벗어날 수 없다. 엉덩이가 의자에 붙어 떨어지지 않는 것은 아니다. 엉덩이를 떼면 현실로 강제 소환되는 모양이다. 이 찻집은 지하라서 휴대폰 전파가 터지지 않는다. 과거로 돌아가서 이 찻집에 없는 누군가에게 휴대폰으로 연락하고 싶어도 통화권 이탈이라 불가능하다. 물론 자리에서 이동하지 못하니 지상으로 나갈 수도 없다. 이 역시 얄미운 규칙이다.

고타케는 수년 전 도시 전설이 입에 오르며 연일 과거로 돌아가고 싶다는 사람들이 몰려들었다는 이야기를 들었는데, 이렇게 성가신 규칙들이 많아서야 손님이 끊길 만도 하다고 생각했다.

"커피가 완전히 식기 전에 다 마시면 되는 거지?"

카즈가 말없이 대답을 기다리고 있는 줄 깨닫고 고타케가 소리 내어 확인했다.

"네."

"그리고?"

고타케가 기억하는 규칙은 여기까지였다. 규칙 외에 묻고 싶은 점이라면, 돌아가고 싶은 날과 시간을 어떻게 정하느냐는 것이다.

"돌아가고 싶은 날의 이미지를 구체적으로 떠올리세요."

카즈가 고타케의 궁금증을 꿰뚫어 본 듯이 명확하게 대답했다.

이미지라니, 말은 쉽지만 너무 막연했다.

"이미지?"

고타케는 얼결에 반문했다.

"후사기 씨가 고타케 씨를 잊기 전의 날, 편지를 건네려고 생각하는 날, 그리고 편지를 들고 이 찻집에 온 날……."

카즈는 군더더기 하나 없이 머릿속으로 떠올려야 할 이미지를 간결하게 일러 주었다. 고타케는 하나하나 놓치지 않고 떠올리기 위해 음미하듯이 되뇌었다.

"나를 잊기 전, 편지, 찻집에 온 날……."

후사기가 고타케를 잊기 전의 날. 고타케는 대략 지금으로부터 3년 전 여름을 떠올렸다. 후사기에게 아직 아무런 징조도 나타나지 않은 무렵이다.

후사기가 고타케에게 편지를 건네려고 생각하는 날. 이건 어려운 이미지였다. 편지를 받는 쪽인 고타케로서는 짐작조차 힘들기 때문이다. 하지만 후사기가 편지를 쓰기 이전으로 돌아가 봐야 의미가 없다. 고타케는 단순히 후사기가 편지를 쓰고 있는 모습을 상상하기로 했다.

그리고 후사기가 편지를 들고 이 찻집에 온 날. 이건 중요하다. 과거로 돌아가더라도, 후사기를 만나더라도, 편지를 들고 있지 않다면 무용지물이다. 다만 후사기는 평소에 중요한 물건을 검은색 보조 가방에 넣어 다녔다. 만약 정말로 러브레터라면 후사기는 그런 물건을 집에 놔둘 리 없었다. 고타케에게 들키지 않도록 반드시 보조 가방에 넣고 다닐 터였다.

편지를 건네려는 날이 언제인지는 모르지만, 가능성은 있었다. 고타케는 후사기가 보조 가방을 들고 있는 모습을 상상했다.

"준비되셨나요?"

카즈가 차분하고 조용한 목소리로 물었다.

"잠깐만!"

고타케는 심호흡을 하고 다시 한번 작은 목소리로 반복했다.

"나를 잊기 전, 편지, 찻집에 온 날……."

이제 아등바등해도 소용없었다.

"……준비됐어."

고타케는 마음을 다잡고 카즈의 눈을 똑바로 바라보며 대답했다.

카즈는 살짝 고갯짓을 하고 빈 커피 잔을 고타케 앞에 내려놓은 다음 오른손으로 쟁반 위의 은주전자를 천천히 들어 올렸다. 일련의 움직임은 발레 동작처럼 티 없이 우아하고 아름다웠다.

"그럼……."

카즈가 눈을 내리깔고 고타케를 바라보며 속삭였다.

"커피가 식기 전에……."

그 말이 고요한 가게 안에 울리자 공기가 팽팽하게 긴장되는 것이 고타케에게도 전해졌다.

카즈는 엄숙한 의식을 치르는 듯이 커피를 따르기 시작했다.

 은주전자의 부리는 무척 가늘어서 커피가 꼭 새카만 실선처럼 보였다. 입구가 넓은 유리 커피포트로 커피를 좔좔 따를 때 들리는 소리도 나지 않았다. 커피는 은주전자에서 새하얀 커피 잔으로 소리 없이 옮겨 갔다. 아주 천천히.
 고타케는 평소에 이 은주전자를 본 적이 없었다. 다른 찻집에서 쓰는 주전자보다 조금 작은 편이었다. 그런데도 격조가 있고 중량감이 느껴졌다. 어쩌면 커피도 특별할지 모른다.
 그런 생각을 하는 동안 잔에 따른 커피에서 한 줄기 김이 스르르 올라왔다.
 그 순간 주위 풍경이 출렁이며 일그러져 보였다. 고타케는 착시가 아닐까 생각했다. 조금 전 '나나코'를 한입에 털어 넣었음을 떠올렸다. 인제 와서 술기운이 도는 걸까.
 하지만 그렇지 않았다.
 고타케는 가슴이 철렁했다. 흔들리는 것은 자신의 몸이었다.
 고타케의 몸은 커피에서 피어오른 기체로 변해 있었다.

문득 살펴보니 고타케의 주변 풍경이 위에서 아래로 흘렀다. 기체가 되어 버린 고타케를 남겨 두고 시간이 거꾸로 흐르고 있었다.

고타케는 눈을 감았다. 무서워서가 아니었다. 정말 과거로 돌아가는 중이라면 마음의 준비를 해야겠다고 생각했기 때문이다.

☕

고타케가 처음 이상을 느낀 계기는 후사기가 내뱉은 단 한마디였다.

그날 고타케는 저녁 준비를 하며 후사기가 집에 들어오기를 기다리고 있었다.

후사기는 정원사였다. 정원사의 일은 그저 나뭇가지를 자르고 잎을 정리하는 데서 끝나지 않는다. 정원과 집의 균형을 고려해야 한다. 정원이 화려하기만 해서도 안 되고 너무 초라해서도 안 된다. 중요한 건 균형이다. 이것이 후사기의 입버릇이었다.

아침에는 일찍 일을 나가야 했고, 날이 저물면 끝났다. 그리고 후사기는 어지간히 중요한 일이 있지 않고서는 곧바로 귀가했다. 그러므로 고타케는 야근이 없는 날이면 항상 저녁을 먹지 않고 후사기가 돌아오기를 기다렸다.

그런 후사기가 날이 저물어도 돌아오지 않았다. 드문 일이기는 하나, 고타케는 동료와 한잔하러 갔을지도 모른다며 마음에 두지 않았다.

결국, 후사기는 평소보다 두 시간쯤 늦게 들어왔다.

후사기는 집에 들어올 때 반드시 초인종을 눌렀다. 그것도 딩동, 딩동, 딩동 세 번이었다. 고타케에게 자신의 귀가를 알리기 위해서였다.

하지만 그날은 초인종을 누르지 않았다. 문손잡이를 철컥철컥 돌리는 소리가 나는가 싶더니 밖에서 "나야."라는 목소리가 들려 왔다. 고타케는 깜짝 놀라서 문을 열었다. 초인종을 누르지 못할 정도로 다치기라도 한 줄 알았다.

그러나 문 앞에는 평소와 다름없는 후사기가 서 있었다. 통이 넓은 쥐색 외투에 감색 승마 바지를 입은 지극히 단출한 차림이었다. 도구 주머니를 어깨에 멘 채 멋쩍게 "길을 헤맸어."라고 말했다.

정확히 2년 전 한여름의 일이었다.

고타케는 간호사라는 직업상 여러 질병의 초기 증상에 민감했다. 후사기는 단순한 건망증이 아니었다. 확신이 들었다. 얼마 후 일을 하러 갔다 왔는지 아닌지 잊어버리게 되었다. 증상이 진행됐을 무렵에는 한밤중에 느닷없이 "중요한 일을 하러 가는 걸 깜빡했다."며 일어나기도 했다. 그런 때도 고타케는 핀잔하지 않고 날이 밝으면 확인하자며 우선 진정시키는 데 전념했다.

후사기에게는 비밀로 하고 전문의와 상담하기도 했다. 조금이라도 진행을 늦추기 위해 여러 방안을 모색했다.

하지만 후사기는 나날이 여러 기억을 잊어버렸다.

후사기는 여행을 좋아했다. 여행 자체를 좋아한다기보다 여행지에서 정원 구경하는 것을 좋아했다. 고타케는 되도록 휴일을 맞춰 따라갔다. 후사기는 업무상 가는 거라며 싫은 내색을 했지만, 고타케는 개의치 않았다. 여행 내내 후사기의 미간에는 주름이 잡혀 있었는데, 그의 기분이 좋을 때 나타나는 버릇임을 잘 알았기 때문이다.

증상이 진행되어도 후사기는 여행을 그만두지 않았다. 다만 똑같은 장소에 여러 번 가게 되었다.

두 사람의 생활에도 영향이 나타나기 시작했다. 자신이 산 물건인 걸 잊어버리곤 "이건 누가 샀어?" 하며 언짢아하는 날이 늘었다.

지금 사는 아파트가 결혼 후에 이사한 곳이라 외출했다가 돌아오지 못하고 경찰 신세를 진 적도 여러 번 있었다.

그리고 반년 전, 후사기는 마침내 아내를 '고타케 씨'라고 부르게 되었다.

어느 틈엔가 아득한 현기증 같은 감각이 사라져 있었다. 눈을 뜨자 천천히 돌아가는 실링 팬이 보였다. 손과 발도 더는 기체가 아니었다.

그러나 정말 과거로 돌아왔는지는 알 수 없었다.

이 찻집에는 창문이 없었다. 조명은 늘 가게 안을 어슴푸레하게 세피아빛으로 물들였다. 시계를 보지 않으면 낮인지 밤인지조차 감감했다. 믿음직한 괘종시계는 세 개나 있지만, 제가끔 다른 시각을 가리켰다.

차이가 있다면 커피를 따른 카즈와 케이가 없어진 점이었다. 마음을 가라앉히려고 애썼지만, 점점 빨라지는 심장 소리를 억누르기가 힘들었다.

"⋯⋯아무도 없네."

고타케는 다시 가게 안을 찬찬히 둘러보며 쓸쓸히 중얼거렸다. 과거로 돌아가면 후사기가 있으리라 기대한 만큼 고타케의 실망은 컸다.

고타케는 잠시 멍하니 실링 팬을 바라보며 생각했다.

안타깝기는 했지만, 오히려 잘 되었는지도 몰랐다. 솔직히 한편으로는 안심이 되었다. 편지를 읽고 싶은 욕심은 있었지만, 아무래도 가로채는 것 같다는 죄책감이 들었다. 편지를 읽으려고 미래에서 왔다는 사실을 알면 후사기가 언짢아할 것은 불을 보듯 뻔했다.

더구나 현실이 바뀌지 않는다니 읽으나 마나였다. 편지를 읽고 후사기의 증상이 좋아진다면, 설령 자신의 목숨을 내주어야 한다 하더라도 읽었을 것이다. 그러나 후사기의 증상과 편지는 아무런 관련이 없다. 후사기가 고타케를 잊어버린다는 현실도 변함이 없다.

고타케는 자신을 침착하게 분석했다. 조금 전에는 후사기가 갑자기 "우리가 구면이던가요?"라고 묻는 바람에 동요했다. 감정적으로 반응한 것이다. 이미 각오를 다졌음에도 이성이 무너지고 말았다. 단지 그뿐이었다.

고타케는 냉정함을 되찾았다.

여기가 과거라면 이제 볼일은 없다. 현재로 돌아가자. 후사기에게 생판 남일지라도 간호는 할 수 있다. 간호사로서 할 수 있는 일을 하자. 이렇게 다짐했던 기억을 다시 떠올렸다.

"러브레터일 리 없잖아."

고타케는 혼잣말을 하고 커피로 손을 뻗었다.

딸그랑딸그랑.

누군가 들어왔다. 이 찻집은 지상에서 계단을 내려오면 정면에 높이 2미터쯤 되는 나무껍질의 광택을 살린 커다란 문이 있다.

이 문을 열면 카우벨이 '딸그랑딸그랑' 울리는데, 들어오자마자 가게가 보이진 않는다. 조금 널찍한 현관 같은 공간이 나오고, 그곳 오른쪽 중앙에 가게 안으로 이어지는 입구가 있다. 나무문에서 입구까지 두세 발자국 떨어져 있을 뿐인데도 가게 안에서는 카우벨이 울리고 나서 들어오는 손님의 모습이 보이기까지 몇 초가 걸린다.

그런 연유로, 카우벨은 울렸지만, 고타케는 누가 들어왔는지 알 수 없었다. 나가레일까? 케이일까? 고타케는 다소 긴장했다. 정확히 말하면 설레었다. 이런 경험은 거의, 아니 이제 두 번 다신 없을 것이다. 케이라면 이유를 물어 올 테고, 카즈라면 평소와 다름없는 태도에 조금 섭섭해질지도 모른다.

고타케는 머릿속으로 이런저런 상상을 했다. 하지만 들어온 사람은 케이도 카즈도 아니었다. 문이 없는 입구에 모습을 드러낸 사람은 바로 후사기였다.

"아!"

고타케는 저도 모르게 탄식을 내뱉었다. 방심하고 있었다. 후사기를 만나러 왔으면서 정작 후사기가 들어오리라고는 생각하지 못한 것이다.

감색 폴로셔츠에 베이지색 반바지. 평소에 쉬는 날이면 후사기가 으레 입는 복장이었다. 밖이 더운지 손에 든 검은색 보조 가방을 부채 대신 팔랑팔랑 부치고 있었다.

고타케는 가위에 눌린 사람처럼 몸이 얼어붙었다. 후사기는 찻집 입구에 서서 말없이 그녀를 의아한 표정으로 바라보았다.

"저기……."

말문은 뗐지만, 고타케는 이제부터 어떻게 이야기를 꺼내야 할지 몰랐다. 서로 알고 지내고 부부가 된 후로 후사기가 이렇게 빤히 쳐다본 적이 없었기 때문이다. 기쁘면서도 쑥스러웠다.

게다가 막연히 3년 전이라는 이미지를 떠올리긴 했지만, 이곳이 3년 전이라는 확증은 아무것도 없었다. 틀어져서 3일 전으로, 그러니까 실수로 '3'만 맞아떨어졌을 가능성도 있었다. 애매모호한 이미지가 한탄스러웠다.

그때였다.

"……뭐야, 여기에 있었어?"

무뚝뚝한 말이 날아왔다. 평소의, 아니 병을 앓기 전 후사기의 말투였다. 이미지대로, 아니 고타케가 기억하는 그대로의 후사기였다.

"기다려도 안 오더니."

후사기는 그렇게 말하고 고타케의 얼굴에서 시선을 돌리더니 언짢은 듯이 미간의 주름을 찌푸리며 기침했다.

"여보……라고 해도 되죠?"

"뭐?"

"난 누구죠?"

"뭐라고?"

후사기는 어처구니없다는 표정으로 고타케를 빤히 바라보았다.

물론 고타케는 장난할 생각이 아니었다. 고타케에게는 확인해야 할 것이 있었다. 확실히 과거로 돌아오긴 했지만, 대체 언제로 돌아온 것일까? 후사기가 알츠하이머를 발병하기 전일까, 후일까?

"내 이름이 뭔지 말해 봐요."

"지금 나 놀려?"

후사기는 고타케가 묻는 말엔 대답하지 않고 화난 사람처럼 내뱉었다.

"아니에요. 됐어요……."

고타케는 기쁨의 미소를 지으며 고개를 저었다.

조금 전의 짧은 대화로 고타케는 모든 정황을 이해했다.

돌아왔다. 틀림없었다. 눈앞의 후사기는 기억을 잃기 전의 남편이었다. 이미지를 떠올린 대로라면 3년 전의 후사기다.

고타케는 공연히 커피를 달그락달그락 휘저으며 실실 웃었다.

"이상한 여편네군."

후사기는 그런 고타케를 보며 말하고는 가게 안에 둘밖에 없다는 사실을 깨닫고 주방 안을 향해 사람을 불렀다.

"주인 양반!"

아무 대답도 없자 셋타(대나무 껍질 바닥에 소가죽을 대어 만든 일본의 전통 슬리퍼)를 찰싹찰싹 끌며 카운터를 빙 돌아 들어가서 안쪽 방을 살펴보았다. 그러나 나오는 사람은 없었다.

"뭐야, 아무도 없나?"

후사기는 볼멘소리로 말하며 고타케가 있는 곳에서 가장 먼 카운터 의자에 앉았다.

고타케는 부러 헛기침을 했다. 후사기가 귀찮은 듯이 돌아보았다.

"뭔데?"

"왜 그런 데 앉아요?"

"아무렴 어때."

"여기 앉지 그래요?"

"……"

"여기요……."

고타케는 테이블을 톡톡 두드리며 자신의 맞은편 자리가 비어 있다고 알렸다. 하지만 후사기는 벌레라도 씹은 듯이 표정을 찌푸렸다.

"일없어."

"왜요?"

고타케가 부루퉁하게 물었다.

"나잇살 먹은 부부가 한자리에 앉는다고? 꼴사납게."

후사기가 반쯤 성난 어투로 미간에 주름을 잡으며 딱 잘라 말했다. 퉁명스러웠지만, 미간을 찌푸릴 때의 후사기는 기분이 나쁘지 않았다. 오히려 기분이 좋을 때 나타나는 버릇이자 쑥스러움을 감추려는 행동임을 고타케는 잘 알고 있었다.

"그러게요. 부부가 말예요……."

고타케는 생글생글 웃으며 맞장구쳤다. 무엇보다 후사기의 입에서 부부라는 말이 나온 것이 기뻤다.

"왜 그래? 기분 나쁘게."

지금은 무슨 말이든 그저 그리웠다. 그리고 행복했다.

고타케는 별생각 없이 커피를 마셨다.

"앗."

고타케는 미지근한 커피를 마시고 시간이 무한정 허락되지 않음을 떠올렸다. 이 커피가 완전히 식기 전에 해야 할 일이 있었다.

"여, 여보!"

"왜?"

"뭔가, 뭔가 나한테 줄 거 없어요?"

고타케의 가슴이 뛰었다. 후사기가 발병하기 이전에 쓴 편지라면 정말 러브레터일지도 몰랐기 때문이다. 머릿속으로는 그럴 리 없다고 생각했다. 하지만 만약 러브레터라면 읽어 보고 싶다는 마음이, 무슨 짓을 해도 현실이 바뀌지 않는다는 규칙에 힘입어 솟구치기 시작했다.

"뭐라고?"

"이렇게 생긴, 이 정도 크기의······."

고타케는 카즈가 해 보인 것처럼 손가락으로 공중에 봉투를 그렸다.

"······."

그러자 후사기는 무서운 얼굴로 고타케를 노려본 채 미동도 하지 않았다. 그 모습을 본 순간 고타케는 아뿔싸 싶었다.

결혼하고 얼마 안 되었을 무렵에 비슷한 일이 있었다. 고타케의 생일 때 후사기가 선물을 준비했다. 고타케는 하루 전날 우연히 후사기의 소지품에서 선물을 발견했다.

고타케는 좋아서 어쩔 줄 몰랐다. 후사기에게 선물을 받아본 적이 없었기 때문이다. 첫 번째 선물인 것이다.

당일 고타케는 기분이 좋은 나머지 퇴근하고 돌아온 후사기에게 "오늘 나한테 뭐 줄 거 없어요?" 하고 물었다.

후사기는 잠시 묵묵히 있다가 "아니."라고 말하더니 그것으로 끝이었다. 선물은 나중에 쓰레기통에서 발견되었다. 연보라색 손수건이었다.

고타케는 그때와 똑같은 실수를 하고 말았다. 후사기는 자기가 하려는 일을 미리 알아맞히면 싫어했다. 편지를 가지고 있어도 절대로 줄 리 없었다. 그것이 러브레터라면 말 다한 셈이었다.

물론 시간이 촉박하긴 했지만, 고타케는 자신의 경솔함을 후회했다. 후사기는 아직 무서운 얼굴로 노려보고 있었다.

"미안, 미안. 아무것도 아니에요. 잊어요."

고타케는 별 상관없지만, 그냥 물어봤을 뿐이라고 들리게끔 생긋 웃으며 가볍게 말했다.

"아, 참. 오늘 저녁 스키야키 먹을래요?"

후사기가 좋아하는 메뉴였다. 여전히 무뚝뚝한 얼굴을 하고 있으나 웬만하면 기분이 나아질 터였다.

고타케는 천천히 잔으로 손을 뻗어 손바닥으로 커피 온도를 확인했다. 아직, 괜찮았다. 아직, 시간은 있었다.

고타케는 후사기와의 귀한 시간을 소중히 보내기로 마음을 고쳐먹었다. 일단 러브레터는 잊자. 후사기의 반응으로 추측하건대 자신에게 편지를 쓴 사실은 의심할 여지가 없다. 만약 그렇지 않다면 '뭐? 무슨 소리야?'라고 조금 전처럼 퉁명스럽게 내뱉었을 것이다. 이대로 있다간 후사기는 편지를 버릴지도 모른다. 고타케는 후사기의 기분을 헤아리며 지난 생일의 전철을 밟지 않기 위해 작전을 바꾸기로 했다.

후사기를 보니 아직도 심각한 얼굴을 하고 있었다. 하지만 평소에도 그랬다. 스키야키라는 말을 듣고 금방 기분이 좋아진 것을 들키고 싶지 않기 때문이다. 솔직하지 않았다. 알츠하이머가 발병하기 전의 후사기였다. 무뚝뚝한 얼굴도 소중했다. 고타케는 되돌아간 시간에서 진심으로 행복을 느꼈다.

그러나 고타케의 착각이었다.

"그렇군……. 그런 거였어……."
후사기는 얼굴빛을 흐리며 중얼거리더니 카운터석에서

일어나 고타케 앞으로 성큼성큼 다가왔다.

"네? 뭐, 뭐가요?"

다리를 벌리고 서서 자신을 쏘아보는 후사기를 올려다보며 고타케가 새된 목소리로 물었다.

"왜, 왜 그래요?"

이런 반응은 처음이었다.

"미래에서 왔지?"

"……뭐라고요?"

후사기의 입에서 뜻밖의 말이 나왔다. 그러나 틀린 말이 아니었다. 실제로 고타케는 미래에서 온 것이다.

"아, 그러니까……."

고타케는 안간힘을 쓰며 기억을 되짚어 보았다. 과거로 돌아와서 만난 이에게 미래에서 온 사실을 비밀로 해야 한다는 규칙은 없었다.

"저기……."

"그 자리에 앉아 있는 게 이상하다 싶었지……."

"이건……."

"그렇다는 말은 내 병에 대해서도 안다는 거겠지?"

고타케의 심장이 튀어나올 뻔했다.

고타케는 후사기가 병을 앓기 전으로 돌아왔다고 생각했지만, 그렇지 않았다.

눈앞의 후사기는 자신의 병을 알고 있었다. 후사기의 복장으로 보건대 계절은 여름이다. 그렇다면 2년 전일지도 모른다. 후사기가 길을 헤매서 고타케가 처음 그의 병을 눈치챈 2년 전 여름으로 돌아온 것이다. 1년 전에는 이미 증상이 악화되어 후사기와 대화를 나누기가 어쩐지 어색해졌다.

제멋대로 3년 전이라고 생각했을 뿐, 사실 머릿속으로 떠올렸던 '후사기가 고타케를 잊어버리기 전에', '편지를 건네기 위해', '편지를 가지고 찻집에 와 있다.'라는 조건을 충족한 날로 돌아온 것이다. 3년 전이라는 조건이 어긋난 까닭은 아마도 그때는 후사기가 아직 편지를 쓰지 않았기 때문이리라.

즉, 편지는 알츠하이머병이 생긴 이후에 썼다는 말이다. 러브레터일 리가 없었다.

무엇보다 눈앞의 후사기가 자신의 병을 인지하고 있었다.

그렇다면 편지는 병과 관련된 내용이라고 추측된다. 조

금 전 고타케가 편지 얘기를 꺼냈을 때 보인 사나운 얼굴을 생각하면 십중팔구였다.

"알고 있지?"

고타케를 질책하듯이 후사기가 언성을 높였다.

이쯤 되면 어설프게 거짓말을 할 수는 없었다.

"……."

고타케는 말없이 고개를 살짝 끄덕였다.

"그렇군."

후사기가 힘없이 중얼거렸다.

고타케는 냉정함을 되찾았다. 설령 여기서 무슨 일이 벌어진대도 어차피 현실은 바뀌지 않는다. 그러나 눈앞에 있는 후사기의 마음을 어지럽히는 말은 절대로 꺼낼 수 없다.

이렇게 될 줄 알았다면 과거로 돌아오는 게 아니었다. 편지를 러브레터로 착각하고 소란을 피웠던 자신이 부끄러워졌다. 고타케는 마음속 깊이 후회했다. 하지만 지금은 그럴 때가 아니었다. 후사기는 잠자코 서 있었다.

"여보……."

고타케는 고개를 푹 숙인 후사기를 보고 무심코 말을 걸었다. 이렇게 풀이 죽은 후사기의 모습은 처음이었다. 가슴이 미어졌다.

그러자 후사기가 고타케에게 등을 돌리고 방금까지 앉아 있던 카운터 자리로 걸어갔다. 카운터에 올려 둔 검은색 보조 가방 안에서 누런 봉투를 하나 꺼내더니 고타케에게 돌아왔다. 웬일인지 그의 표정은 동요나 절망이 아니라 쑥스러워하는 듯이 보였다.

후사기는 알아듣기 힘든 잠긴 목소리로 우물쭈물 말하기 시작했다.

"지금의 당신은 내가 병에 걸린 줄 모르니까……."

후사기는 그런 줄 알고 있었다. 하지만 아마 '나'는 이미 알아챘거나 머지않아 알아챌 무렵이었다.

"어떻게 설명해야 할지 몰라서……."

후사기는 누런 봉투를 살짝 들어 보였다. 자신이 알츠하이머병에 걸렸다는 사실을 고타케에게 편지로 알리려고 했던 것이다.

그렇다면 이 편지는 내가 읽어도 의미가 없다. 나는 이미 알고 있다. 편지를 받아야 할 사람은 과거의 나다. 하지만 후사기는 과거의 내게 편지를 전해 줄 수 없다. 전해 줄 수 없었다. 이걸로 됐다. 이것이 현실이다.

고타케는 그만 돌아가기로 했다. 더 이상 병과 관련된 화제는 언급하지 않는 편이 나았다. 최악의 전개는 후사기가 증상을 물어보는 것이다. 증상이 악화된다는 현실을 알면 눈앞의 후사기가 얼마나 충격을 받을지 모른다. 후사기가 묻기 전에 돌아가야 한다. 현재로.

  커피는 한 번에 마실 수 있을 만한 온도였다.

  "커피, 식으면 안 되니까……."

  고타케는 그렇게 말하고 잔을 들어 입으로 가져갔다. 그때였다.

  "역시 잊어버리나? 나는, 당신을……."

  후사기가 고개를 숙인 채 나직이 중얼거렸다.

  그 말을 듣고 고타케의 머릿속이 새하얘졌다. 코앞까지 가져간 커피 잔이 무엇인지조차 잊어버렸다.

  '나를……?'

  고타케가 주춤주춤 후사기에게 시선을 돌리자 그가 쓸쓸한 표정으로 바라보고 있었다. 고타케는 후사기가 이런 표정을 보일 수 있다는 사실이 믿기지 않았다.

  할 말을 잃은 고타케는 차마 후사기를 똑바로 바라볼 수 없어 눈을 내리깔았다.

"……."

그러나 고타케의 묵묵부답은 후사기의 질문에 긍정을 한 셈이었다.

"그랬군……. 역시……."

후사기는 고타케를 보며 애처롭게 중얼거리더니 고개가 부러지지 않을까 싶을 정도로 푹 숙였다.

고타케의 눈에서 눈물이 흘렀다.

알츠하이머병 진단을 받은 후 기억이 나날이 사라져 가는 공포와 불안과 싸우면서, 그럼에도 아내가 눈치채지 못하도록 홀로 견뎌 온 남편.

그런 남편이 고타케가 미래에서 왔다는 사실을 알고 처음으로 물어본 질문이 아내인 자신을 잊어버렸느냐는 것이었다.

고타케는 그 사실이 기뻤다. 그리고 슬펐다.

그렇기에 고타케는 흐르는 눈물을 훔칠 겨를도 없이 얼굴을 들어 올렸다. 고타케의 눈물이 기쁨의 눈물로 보이도록 얼굴에 웃음을 한가득 띠었다.

"있죠, 실은, 당신 병이 좋아졌어요."

'지금이야말로 나는 간호사로서 굳세게 행동해야 해.'

"미래의 당신이 그러던데요?"
'무슨 말을 해도 현실은 바뀌지 않으니까.'

"불안했던 시기가 있었다고……."
'한순간이라도 좋아. 이런 거짓말을 해서라도, 이 사람의 불안이 사그라진다면…….'

고타케는 이 거짓말이 통한다면 죽어도 좋다고까지 생각했다. 고타케는 목이 메고 얼굴이 눈물로 뒤범벅되었지만, 그래도 환한 미소를 잃지 않고 말을 이었다.

"괜찮아요……."
'괜찮아요!'

"나으니까……."
'나으니까!'

"걱정하지 말아요……."
'나으니까, 꼭!'

고타케는 한마디, 한마디에 힘을 주며 후사기에게 전했다. 고타케는 진심이었다. 비록 후사기가 자신의 존재를 잊어버리고, 현실은 변하지 않는다는 것을 알면서도.

후사기는 고타케의 눈을 똑바로 바라보았다. 고타케 역시 눈 하나 깜빡이지 않고 마주 보았다. 아무리 눈물이 쏟아져도 개의치 않았다.
"그렇군……."
후사기는 기쁜 듯이 속삭였다.
"……그래요."
고타케는 고개를 힘껏 끄덕여 보였다.
후사기는 아주 부드러운 표정을 지으며 손에 들고 있던 누런 봉투로 시선을 옮기더니 천천히 고타케에게로 다가왔다. 두 사람의 거리는 손을 뻗으면 닿을 만큼 좁혀졌다.
"이거……."
후사기는 들고 있던 누런 봉투를 어린아이처럼 수줍게 내밀었다.
"나았으니까 됐어요……."
고타케는 누런 봉투를 살짝 밀어냈다.
"그럼 버려 줘……."

그렇게 말하며 후사기는 억지로 누런 봉투를 떠밀었다. 평소의 무뚝뚝한 말투가 아니라 너무나 다정한 목소리이기에 고타케는 무언가 중요한 점을 간과했나 싶어 불안해졌다.

후사기가 다시 한번 누런 봉투를 받으라며 고타케 앞으로 조금 내밀었다.

고타케는 떨리는 손으로 머뭇머뭇 편지를 받았다.

여전히 후사기의 의도는 짐작할 수 없었다.

"커피, 식으면 안 되니까……."

후사기는 규칙도 훤히 알고 있었다. 커피가 식기 전에 다 마시라며 고타케를 재촉했다. 후사기는 시종 다정하게 웃는 얼굴이었다.

고타케는 가볍게 고갯짓만 하고 말없이 커피 잔으로 손을 뻗었다.

"……."

후사기는 고타케의 손이 잔을 잡는 것까지 확인하고는 등을 휙 돌렸다.

부부의 시간이 다하려는 참이었다. 고타케의 눈에서 굵은 눈물방울이 떨어졌다.

"여보!"

고타케는 저도 모르게 후사기의 등을 향해 소리쳤다. 그러나 후사기는 뒤돌아보지 않았다. 가느다랗게, 후사기의 어깨가 떨리는 것처럼 보였다.

후사기의 등을 바라보며 고타케는 커피를 한입에 털어넣었다.

커피가 식고 있어서가 아니었다. 그의 등이 고타케를 미래로 무사히 돌려보내려는 배려임을 안 까닭이다. 어디까지나 후사기다운 배려였다.

"여보……."

고타케의 몸이 출렁이는 감각에 휩싸였다. 잔을 받침 위에 탁 내려놓자 잔을 잡고 있던 손이 기체로 변했다. 이제 현실로 돌아가는 일만 남았다. 부부의 시간은 한순간에 끝났다.

그때 후사기가 뒤로 휙 돌았다. 아마 잔이 받침에 놓이는 소리를 듣고 한 행동일 것이다.

고타케는 후사기의 눈에 자신이 어떻게 비치는지 몰랐다. 그러나 후사기는 고타케의 모습을 똑똑히 인식하고 있는 듯했다.

고타케는 출렁출렁 흔들리는 기체와 함께 희미해져 가는

의식 속에서 후사기의 입이 작게 움직이는 것을 보았다.

잘못 보지 않았다면, 그의 입은 이렇게 움직이고 있었다.

'고마워.'

고타케의 의식은 기체가 되어 과거에서 현재로 이동하기 시작했다. 가게 안의 풍경이 위에서 아래로 빠르게 재생하듯이 흘러갔다. 고타케는 내내 흐르는 눈물을 억누를 수 없었다.

정신을 차리고 보니 카즈와 케이의 모습이 고타케의 눈에 들어왔다. 돌아왔다. 후사기가 고타케를 완전히 잊어버린 그날로.

케이는 고타케의 표정을 보고 불안해졌는지 걱정스러운 얼굴로 '러브레터는?'이 아니라 "편지는?" 하고 물었다.

고타케는 누런 봉투로 시선을 떨어뜨렸다. 과거의 후사기에게 받은 편지였다.

누런 봉투 안에서 천천히 편지를 꺼냈다.

지렁이가 기는 듯한, 낯익은 후사기의 글씨가 보였다.

편지의 글씨를 따라 고타케의 눈이 위에서 아래로 몇 번쯤 오갔을 때, 고타케는 오른손으로 입을 막고 오열을 삼키며 눈물을 주르륵 흘리기 시작했다.

"고타케 씨?"

고타케가 갑작스럽게 울자 곁에 서 있던 카즈가 걱정스레 말을 걸었다. 하지만 고타케는 어깨를 부들부들 떨면서 서서히 목 놓아 울기 시작했다.

카즈와 케이는 어떻게 해야 좋을지 모르겠다는 표정으로 고타케를 가만히 바라보았다.

잠시 후 고타케가 읽고 있던 편지를 카즈에게 내밀었다.

"……."

카즈는 편지를 받아 들고 정말로 읽어도 될지 망설이며 카운터 안의 케이를 보았다.

케이가 진지한 표정으로 살며시 고개를 끄덕였다.

카즈는 울고 있는 고타케를 내리뜬 눈으로 힐끔 쳐다본 후 편지를 읽기 시작했다.

"……당신은 간호사니까, 내가 기억이 사라지는 병에 걸렸다는 사실을 이미 알아챘을지도 모르겠군……."

그러니 만약 내가 차츰 기억을 잃어서
어떤 말이나 행동을 하더라도,
설령 당신을 잊어버리는 일이 생기더라도,
당신은 분명 자신을 버리고
간호사로서 침착하게 날 대해 주겠지.
하 이것만은 기억해 주길 바라.
우린 부부니까,
부부로 함께하기 힘겨워지면 떠나도 돼.
내 앞에서 간호사로 있을 필요는 없어.
내가 남편으로서 싫어지면 손을 놓아도 돼.
아내로서 할 수 있는 만큼만 해.
우린 부부니까.
기억을 잃어도 나는 부부로 남고 싶으니까.
동정만으로 함께 있는 건 사양할게.

"……라고 얼굴을 보고 말하기 힘드니까 편지로 썼어."

카즈가 편지를 다 읽은 순간 고타케와 케이가 천장을 올려다보며 큰 소리로 흐느끼기 시작했다.

고타케는 후사기가 왜 이 편지를 미래에서 온 자신에게 주었는지 이해했다.

후사기는 고타케가 병을 알아차린 사실도, 알아차린 후 어떻게 행동할지도 모두 예상하고 있었다. 그리고 후사기가 예상한 대로 미래의 고타케는 그를 간호사로서 대하고 있었다.

점점 사라져 가는 기억, 그 불안과 공포 속에서 후사기가 고타케에게 바란 것은 그녀가 계속 아내로 남아 주는 것이었다. 설령 기억이 모두 사라진다 할지라도 후사기의 마음은 늘 고타케를 향해 있었다. 그렇게 생각하니 후사기가 항상 여행 잡지를 보며 수첩에 무언가 끄적이는 행동을 하는 것도 이해가 갔다.

고타케는 전에 한 번 그 메모를 본 적이 있었다. 메모에는 후사기가 정원을 보려고 갔던 여행지에 동그라미 표시가 되어 있었다. 고타케는 단순히 정원사라는 일을 사랑했던 그의 흔적이라고만 생각했다.

하지만 그렇지 않았다. 동그라미를 친 여행지는 모두 고타케와 함께 갔던 곳이었다.
그때는 미처 깨닫지 못했다. 아니, 깨달을 수 없었다.

그 메모는 고타케를 잊지 않겠다는 후사기의 마지막 저항이었다.

물론 고타케가 간호사로서 대해 왔던 방법도 틀렸다고는 할 수 없다. 그것이 최선이라고 믿었다. 후사기도 고타케를 비난하려고 편지를 쓴 것은 아니다. '병이 나았다.'는 고타케의 말이 설사 거짓이더라도 후사기는 그 거짓말을 믿고 싶어 했다. 그렇지 않으면 후사기는 마지막에 '고맙다.'고 말하지 않았을 것이다.

고타케가 한차례 울고 나자 화장실에서 원피스를 입은 여자가 돌아왔다.
"비켜."
원피스를 입은 여자가 고타케 앞에 서서 낮은 목소리로 말했다.
"……네."

고타케는 서둘러 일어나서 자리를 양보했다. 원피스를 입은 여자가 등장한 시점은 마침 고타케의 기분을 전환하기에 적당했다.

고타케는 부은 눈으로 카즈와 케이의 얼굴을 보았다.

"근데 말이야."

방금 카즈가 읽어 준 편지를 치켜들고 팔랑팔랑 흔들며 웃어 보였다.

케이는 여태껏 동그란 눈에서 폭포 같은 눈물을 쏟아 내며 고개를 끄덕끄덕했다.

"나, 뭘 했던 걸까?"

고타케는 편지를 쳐다보며 중얼거렸다.

"고타케 씨……."

케이가 콧물을 훌쩍이면서 불안한 얼굴로 바라보았다. 고타케는 들고 있던 편지를 조심스레 접어 봉투에 넣고 입을 열었다.

"갈게."

힘 있는 목소리였다.

카즈가 가볍게 고개를 끄덕였다. 케이는 아직 머뭇거리는 표정이었다. 고타케는 자기보다 오열하는 그녀를 보며 몸 안의 수분이 바닥나는 건 아닐까, 하고 조금 우스워졌다.

고타케가 한숨을 크게 내쉬었다. 미련 없는 홀가분한 얼굴이었다.

"고마워."

고타케는 카운터에 올려 둔 숄더백에서 지갑을 꺼내 카즈에게 동전으로 삼백팔십 엔을 건네며 인사했다.

카즈가 태연한 얼굴로 미소를 보내자 고타케는 고개를 살짝 끄덕이고 찻집 출구 쪽으로 걸어갔다.

그녀의 발걸음이 가벼웠다. 한시바삐 후사기의 얼굴을 보고 싶은 모양이었다.

문이 없는 출구를 지나 두 사람의 시야에서 모습이 사라졌을 때, 고타케가 "아!" 하고 소리치면서 되돌아왔다.

카즈와 케이는 무슨 영문인가 싶어 얼굴을 마주 보았다.

"내일부터 예전 성으로 부르는 거……, 금지야."

고타케가 어린애처럼 천진난만하게 웃으며 말했다.

애초에 케이와 카즈에게 '고타케 씨.'라고 부르게 한 사람은 그녀 자신이었다. 후사기가 '고타케 씨.'라고 부르게 되었을 때 혼란스러워하지 않게 하기 위한 배려였다. 그 배려는 이제 필요 없는 것이다.

"네!"

케이의 얼굴에도 이제야 웃음이 돌아와 동글동글한 눈을 크게 뜨고 힘차게 대답했다.

"다른 사람들한테도 전해 줘!"

고타케는 대답도 듣지 않고 오른손을 흔들며 시원스레 나갔다.

딸그랑딸그랑.

카즈는 혼잣말처럼 "알겠습니다."라고 대답한 후 고타케에게 건네받은 커피값을 집어넣으러 계산대로 향했다.

케이는 고타케가 마신 커피 잔을 치우고 원피스를 입은 여자에게 새 커피를 내기 위해 주방으로 모습을 감췄다.

딸깍딸깍, 카즈가 금전등록기를 두드리는 소리가 서늘한 가게 안에 울렸다.

천장의 실링 팬은 여느 때처럼 소리 없이 돌아갔다.

"올여름도 잘 부탁드립니다."

케이가 돌아와 원피스를 입은 여자에게 새 커피를 따르며 속삭였다.

원피스를 입은 여자는 대답 없이 조용히 소설을 읽었고, 케이는 자신의 배에 손을 올리고는 싱긋 미소 지었다.

본격적인 여름은 이제부터 시작이었다.

제3화
자매

"음, 커피랑 토스트,

　　　그리고 카레라이스랑 믹스 파르페 주세요."

한 소녀가 그 자리에 오도카니 앉아 있었다.

고등학생쯤으로 보이는 눈이 똥그란 소녀였다. 베이지색 터틀넥 스웨터와 타탄체크 무늬 미니스커트를 입고 검은색 타이츠와 암갈색 벨트 부츠를 신고 있었다. 등받이에는 다홍색 더플코트가 걸려 있었다. 복장만 보면 다소 어른스럽지만, 표정에서는 아직 앳된 티가 흘렀다. 턱밑에서 안으로 말린 단발머리는 새카맣고 예뻤으며 화장기가 없는데도 긴 눈썹 덕에 이목구비가 또렷해 보였다.

자리에서 이동하지 못한다는 성가신 규칙만 없으면, 미래에서 온 소녀가 이대로 가게 밖에 나간들 아무런 위화감이 없을 것이다.

다만 지금은 8월 초였다. 계절상으로는 대단히 위화감이 들었다.

소녀가 누구를 만나러 왔는지는 알 수 없었다. 지금 이 찻집에는 카운터 안에 조리사 유니폼을 입은 몸집이 크고 눈이 실처럼 가는 남자, 도키타 나가레밖에 없기 때문이다.

나가레는 이 찻집의 주인이다.

그러나 소녀는 그를 만나러 온 것 같진 않았다. 나가레를 보는 눈에서 아무런 감정이 느껴지지 않았다. 나가레를 만나러 왔다면 무언가 반응이 있어야 할 텐데, 그의 존재 자체를 무시하는 듯 보였다.

하지만 다른 손님은 없었다. 나가레도 딱히 할 일이 없는지 팔짱을 낀 채 우두커니 서 있을 따름이었다.

나가레는 거구의 사내였다. 보통 소녀라면, 아니 소녀가 아니라도 여성이라면, 이런 작은 가게 안에 둘만 있다는 데 적잖이 위협을 느낄 법하다. 그러나 소녀는 아무렇지 않은 얼굴로 태연하게 있었다.

"……"

"……"

소녀와 나가레는 시종일관 말이 없었다. 소녀가 이따금

괘종시계를 힐끗 쳐다보며 시간을 신경 쓸 뿐 별다른 움직임은 보이지 않았다.

문득 나가레가 코를 벌름거리며 왼쪽 눈을 크게 뜬 순간, 주방 안쪽에서 토스터가 땡 하고 신호를 보냈다.

나가레는 느릿하게 주방으로 들어가서 달그락달그락 무언가를 준비하기 시작했다.

소녀는 그 소리조차 신경 쓰지 않고 커피를 한 모금 마시며 만족스럽게 고개를 끄덕였다. 커피가 아직 따뜻한지 표정에 여유가 있었다.

나가레가 주방에서 돌아왔다. 손에는 토스트와 버터, 샐러드, 과일 요구르트를 받친 네모난 쟁반이 들려 있었다. 이 버터는 나가레가 자부심을 느끼는 수제품이었다. 헤어 롤을 말고 다니는 히라이 야에코가 밀폐 용기를 들고 얻으러 올 정도로 맛이 그만이었다.

나가레는 수제 버터를 먹은 손님이 맛있다고 신음을 내지르는 모습을 보면 행복했다. 다만 아쉬운 점이 있다면 비싼 재료로 만드는데 버터 자체는 무료나 다름없다는 것이다. 딸려 나가는 음식에는 돈을 받지 않는다는 것이 나가레의 철칙이었다. 정말이지 난처한 철칙이다.

나가레는 쟁반을 들고 소녀 앞에 섰다. 소녀는 체구가 작아서, 앉아 있는 소녀 앞에 몸집이 큰 나가레가 서자 꼭 담벼락처럼 보였다. 나가레는 소녀를 내려다보며 불쑥 본론으로 들어갔다.

"누구 만나러 왔니?"

"……."

소녀는 우뚝 서 있는 커다란 담벼락, 나가레를 똥그란 눈으로 빤히 쳐다보았다. 낯선 거구의 사내를 앞에 두고도 당당했다. 평소에 자신의 존재만으로 남들이 위협을 느끼고 겁을 먹는 상황에 익숙하던 나가레가 되레 당황했다.

"왜 그러니?"

나가레가 얼떨결에 물었다.

"그냥요……."

소녀는 별다른 내색 없이 시큰둥하게 대답하고는 또다시 커피를 한 모금 마셨다. 눈앞에 서 있는 나가레를 거들떠보지도 않았다.

"……."

나가레는 고개를 갸우뚱하면서도 들고 있던 쟁반을 테이블 위에 조심스레 내려놓고 말없이 카운터 안으로 돌아갔다. 그리고 다시 팔짱을 꼈다.

이번에는 소녀도 조금 당황한 기색이었다.

"저기요."

나가레를 불렀다.

"왜?"

"안 시켰는데요."

소녀가 약간 성가시다는 말투로 눈앞의 토스트를 가리켰다.

"서비스!"

소녀의 가벼운 항의에 맞서 나가레가 득의양양하게 말했다.

"……."

소녀는 눈앞의 서비스 음식을 물끄러미 바라보았다. 나가레는 팔짱을 풀더니 카운터에 양손을 올리고 상체를 쑥 내밀었다.

"너처럼 어린 여자애가 일부러 미래에서 왔는데, 아무것도 주지 않고 돌려보내면 좀 그렇잖아?"

나가레는 내심 감사의 인사라도 기대한 모양이지만, 소녀는 나가레의 얼굴을 빤히 쳐다만 보고 미소조차 짓지 않았다.

"왜, 왜 그래?"

소녀의 반응에 기가 눌린 나가레가 당혹스러운 듯이 물었다.

"아니에요. 그럼 잘 먹겠습니다."

"수, 순순히 나오는구나."

"뭐, 의심할 이유도 없잖아요."

"……."

소녀는 익숙한 손놀림으로 토스트에 버터를 쓱 바르더니 바삭바삭 소리를 내며 입에 한가득 넣었다. 잇따라 바삭, 바삭. 야무지게도 먹었다.

나가레는 소녀의 반응을 기다렸다. 물론 수제 버터를 먹은 감동이었다.

그러나 나가레의 기대는 완전히 빗나갔다. 소녀는 무표정으로 토스트를 바삭바삭 다 먹고 나자 샐러드를 우걱우걱, 과일 요구르트를 후루룩 먹어 치웠다.

마지막에 잘 먹었다는 뜻으로 두 손을 모았을 뿐 소녀는 시종 입도 뻥끗하지 않았다.

나가레는 실망하여 고개를 푹 떨어뜨렸다.

딸그랑딸그랑.

카즈가 돌아왔다. 열쇠 꾸러미가 달린 키홀더를 카운터 안의 나가레에게 내밀며 "다녀왔습니……"까지 말한 찰나, 그 자리에 앉아 있는 소녀를 발견했다.

"어이."

나가레가 키홀더를 받으면서 잘 다녀왔냐는 인사 대신 그렇게 대꾸했다.

"……누구야?"

카즈가 나가레의 팔을 카운터 밖으로 끌어당기며 목소리를 낮추고 물었다.

"글쎄?"

나가레가 퉁명스럽게 대답했다.

평상시의 카즈라면 그 자리에 누가 앉아 있든 별로 개의치 않는다. 미래에서 누군가를 만나러 왔다는 것은 쉬 추측할 수 있고, 이에 간섭하는 일은 없었다.

그러나 이렇게 어여쁜 손님은 처음이었기에 노골적으로 소녀를 관찰하며 눈을 반짝였다.

"안녕하세요."

카즈의 시선을 알아차린 소녀가 인사했다. 더구나 나가레에게는 보여 주지 않던 웃는 얼굴이었다. 나가레의 왼쪽 눈썹이 꿈틀거렸다.

"누구 만나러 왔니?"

"아, 네."

카즈의 질문에 소녀는 솔직히 대답했다. 대화를 듣고 나가레가 입을 비죽 내밀었다. 조금 전 똑같은 질문을 했을 때 소녀는 들은 체도 하지 않았던 것이다.

"근데 아무도 없었다고."

심드렁해진 나가레가 불복하듯이 딴 쪽을 바라보며 중얼거렸다.

'그럼 누굴 만나러 온 걸까?'

카즈는 집게손가락으로 턱을 톡톡톡톡 두드리면서 생각했다.

"앗, 설마?"

카즈는 턱을 두드리던 집게손가락을 그대로 나가레에게 향했다. 카즈를 제외하면 이 가게 안에 있는 사람은 나가레뿐이었다.

"……나?"

나가레도 자기를 가리키더니 팔짱을 끼고 큰 소리로 "흐음." 신음을 냈다. 아마도 소녀가 나타난 이후의 정황을 떠올리는 모양이었다.

소녀가 그 자리에 나타난 시각은 10여 분 전이다. 오늘은 케이가 산부인과에 간다기에 카즈에게 따라가 달라고 부탁했다. 평소의 정기검진이라면 나가레가 동행할 테지만, 오늘만은 예외였다. 나가레는 산부인과를 여성의 성역, 즉 '남자가 갈 수 없는 장소'라고 생각했기 때문이다.

그런 연유로 나가레는 혼자서 가게를 지키고 있었다.

'나 혼자 있는 시간을 노리고 왔나?'

갑자기 나가레의 마음이 술렁였다.

'아, 지금까지의 태도는 부끄러워서 그랬던 건가……?'

나가레는 턱을 문지르며 이제 이해했다는 듯이 끄덕이고는 카운터에서 기운차게 뛰쳐나가 소녀의 맞은편 자리에 앉았다.

"……."

소녀는 아무런 반응 없이 나가레를 쳐다봤다.

그러나 나가레도 지금까지의 나가레가 아니었다.

'하하. 이 싸늘한 시선도 부끄러워서 그러는 거라 생각하니 왠지 귀여워 보이는군.' 하며 싱글벙글 좋아했다. 나가레는 여유가 넘치는 표정으로 한쪽 팔을 괴고 소녀에게 물었다.

"너, 혹시 날 만나러……."

"아닌데요."

"날······."

"아닌데요."

"나······."

"아닌데요."

"······."

 한 치의 공격도 허용하지 않는 완벽한 수비였다. 나가레는 소녀의 말을 듣고 한마디로 '완전 부정'이라는 결론을 내렸다.

"내가 아니었나······."

 축 처진 나가레가 투덜거리며 카운터 안으로 터벅터벅 돌아갔다.

 소녀는 나가레의 풀이 죽은 모습이 우스웠는지 장난스럽게 킥킥 웃었다.

 딸그랑딸그랑.

 카우벨이 울리자, 소녀는 황급히 가운데 괘종시계를 확인했다. 소녀는 이 찻집의 가운데 괘종시계만 정확한 시각을 가리키고, 뒤편의 나머지 두 시계는 늦거나 빠르다는 것을 알았다.

소녀의 눈길이 입구에 못 박혔다.

"……."

잠시 후 케이가 "카즈, 고마워."라고 말하면서 들어왔다. 연하늘색 원피스와 끈 샌들 차림에 커다란 밀짚모자를 부채 대신 팔랑팔랑 부치고 있었다.

카즈와 함께 나갔다가 혼자 늦게 들어온 이유는 근처 편의점에라도 들러서인지, 작은 비닐봉지를 하나 달랑 들고 있었다.

케이는 타고난 성격이 느긋했다. 사근사근하고 낯가림을 하지 않았다. 인상이 험악한 손님이 와도 겁내지 않았고, 상대가 일본어를 못하는 외국인이라도 주눅 드는 법이 없었다.

그런 케이가 예의 자리에 앉은 소녀를 발견하고 여느 때처럼 활짝 웃으며 인사했다.

"어서 오세요!"

평소보다 표정에서 애교가 넘치고 목소리 톤이 조금 높았다.

"……."

소녀는 등을 약간 펴고 눈을 올려 뜬 채 고개를 살짝 숙였다.

케이는 환한 미소로 화답하고 안쪽의 방을 향해 총총 걸어갔다.

"어떻게 됐어?"

나가레가 진지한 얼굴로 케이를 불러 세웠다. 카즈와 함께 산부인과에 다녀온 케이에게 묻고 싶은 질문은 단 하나였다.

케이는 아직 납작한 자신의 배를 톡톡 두드리더니 빼어난 미소를 지으며 브이를 그렸다.

"그렇군."

나가레는 그렇게 말하고 가느다란 실눈을 더욱 가늘게 뜨며 고개를 두어 번 끄덕였다. 기쁘면서도 기쁘다고 솔직하게 표현하지 못하는 그의 성격을 케이는 잘 알았다. 나가레의 얼굴을 흐뭇하게 바라보았다.

두 사람의 모습을 그 자리에 앉은 소녀가 똥그란 눈으로 즐겁게 쳐다보고 있었다.

케이는 그런 소녀의 시선을 알아차리지 못한 채 또다시 안쪽 방으로 걸어갔다.

소녀는 그것이 무슨 신호라도 되는 양 뜻밖의 우렁찬 목소리로 케이를 불렀다.

"저기요!"

"네?"

자신을 부르는 소리에 케이는 반사적으로 대답하며 그 동글동글한 큰 눈을 소녀에게로 향했다.

소녀는 케이가 쳐다보자 수줍게 눈을 내리깔고 쭈뼛거렸다.

"무슨 일이니?"

케이의 질문에 소녀가 결심한 듯이 얼굴을 들어 올렸다. 귀엽고 순수한 표정이었다.

조금 전까지 나가레에게 보인 차가운 표정과는 달라도 너무 달랐다.

"저, 저기……."

"응?"

"같이 사진 찍어도 될까요?"

소녀의 말에 케이가 눈을 깜빡였다.

"나하고?"

"네."

소녀는 주저하지 않았다. 솔직하고 바른 대답이었다.

"이 사람하고?"

나가레가 케이를 가리키며 불쑥 끼어들었다.

"네."

소녀는 역시 다부지게 말했다.

"혹시 언니를 만나러 왔니?"

"네."

카즈의 질문에도 서슴없이 대답했다.

케이는 낯선 소녀의 뜬금없는 고백에 아무런 망설임 없이 눈을 반짝였다. 케이는 선천적으로 낯을 가리지 않거니와 어떤 일에도 경계심을 품는 법이 없었다. 따라서 소녀의 정체가 무엇인지, 사진을 찍으려는 목적이 무엇인지도 신경 쓰지 않았다.

"어? 정말? 그럼 화장 좀 고쳐도 되니?"

말을 끝내기가 무섭게 케이가 숄더백에서 콤팩트를 꺼내 화장을 고치기 시작했다.

"아, 시간 없는데."

소녀는 딱 잘라 말했다.

"……아, 맞다."

물론 케이도 규칙은 잘 알았다. 얼굴을 붉히며 콤팩트를 탁 닫았다.

대개 사진을 부탁하는 사람이 함께 찍고 싶은 상대에게

다가가게 마련이다. 그러나 지금 소녀에게는 자리에서 이동할 수 없다는 제한이 있다. 케이는 비닐봉지와 밀짚모자를 카즈에게 건네고 소녀의 옆에 섰다.

"카메라는?"
카즈가 물어보자 소녀는 테이블 위에 올려 둔 카메라를 내밀었다.
"어머! 말도 안 돼! 이게 카메라야?"
카즈의 손에 들린 카메라를 보고 케이가 금세 들뜬 목소리로 소리쳤다. 놀랄 만도 했다. 그 카메라는 명함 크기의 얇고 투명한 일반 플라스틱판처럼 보였다.
"얇다!"
케이는 야단법석을 떨었다. 카즈가 들고 있는 투명한 카메라를 이쪽저쪽에서 살펴보았다.
"저기, 시간이 없는데."
소녀가 아이처럼 재잘대는 케이를 침착하게 나무랐다.
"아, 그렇지."
케이가 어깨를 움츠리며 다시 소녀의 옆에 섰다.
"자, 찍을게요."
"네."

카즈가 카메라를 두 사람 쪽으로 향했다. 사용법은 별로 어렵지 않은 모양이었다. 카즈는 화면에 표시된 버튼을 눌렀다.

찰칵.

"앗, 잠깐만! 이거 언제 찍히는 거야?"

케이가 머리 모양만이라도 다듬으려고 앞머리에 손을 올리고 있는 동안 카즈는 벌써 셔터를 누른 다음 소녀에게 카메라를 넘겼다.

"어? 언제 찍었어?"

소녀도 카즈도 척척 움직였다. 케이 혼자만 머릿속에 물음표를 띄우며 곤혹스러워했다.

"고맙습니다."

소녀는 그렇게 말한 후 남은 커피를 단숨에 마셨다.

"아, 잠깐 기다려……"

케이가 말릴 틈도 없이 소녀는 기체로 변했다. 기체가 천장으로 올라가자 그 밑에서 원피스를 입은 여자가 나타났다. 언뜻 보면 닌자가 감쪽같이 사라지는 변신술을 쓴 것 같았다.

그 자리에 있던 세 사람은 익숙한 광경이라 특별히 놀라진 않았지만, 아무것도 모르는 손님이 우연히 목격했다면 까무러치게 놀랄 터였다. 따라서 그럴 땐 "마술입니다."라며 얼버무리기로 되어 있었다. 물론, 트릭을 물어보면 대답할 말이 궁색하다.

기체 밑에서 나타난 원피스를 입은 여자는 무심하게 소설을 읽다가 눈앞의 쟁반을 발견하고는 오른손으로 쓱 밀었다. 치우라는 뜻이었다.

케이가 쟁반을 치우자 나가레가 건네받고 머리를 갸우뚱거리며 주방으로 들어갔다.

"누구였을까?"

케이는 그렇게 중얼거리며 카즈에게 맡겨 두었던 비닐봉지와 밀짚모자를 받아서 안쪽 방으로 모습을 감췄다.

"……"

카즈는 원피스를 입은 여자의 자리를 바라보며 석연치 않은 표정을 지었다.

지금까지 나가레, 케이, 카즈를 만나러 미래에서 온 손님은 없었다. 언제든 만날 수 있는 종업원을 일부러 과거로 돌아가서까지 만날 필요는 없는 것이다.

그런데 케이를 만나러 온 소녀가 있었다.

카즈는 누가, 어떤 이유로, 미래에서 찾아오든 참견하지 않았다. 혹 상대가 살인 청부업자일지라도 그 이유에조차 간섭하지 않았다.

왜냐하면, 과거로 돌아가서 아무리 노력하더라도 현실은 달라지지 않는다는 규칙이 있기 때문이다.

이 규칙은, 규칙을 유지하기 위하여 다양한 사건의 연쇄작용을 일으킨다.

예를 들어 미래에서 권총을 든 사내가 이 찻집에 찾아와서 손님 한 명을 빈사 상태로 만들었다고 가정하자. 고의적인지 사고인지는 관계없다. 불행이긴 하지만, 총을 맞은 손님이 미래에 살아 있다면, 가령 심장을 관통했다고 치더라도 절대로 죽지 않는다.

이것은 규칙이다.

그 자리에 있던 카즈 일행이 구급차와 경찰을 부를 것이다. 우선 구급차는 사건 현장으로 출발한다. 그 구급차는 교통 체증에 전혀 시달리지 않는다. 소방서에서 현장까지,

현장에서 병원까지의 최단 거리를 최고 속도로 이동할 수 있다.

그러나 도착한 환자를 보고 병원 관계자들은 입을 모아 "살 가망이 없다."고 낙담할지도 모른다. 그런데 그날 병원에는 우연히도 세계 굴지의 명의라고 불리는 외과 의사가 와 있어서 환자를 수술하겠다고 자원한다. 저격당한 남자가 수만 명에 한 명꼴로 나타나는 희귀 혈액형을 가졌더라도 병원은 마침 그 혈액을 보유하고 있다. 그리고 의료진의 도움으로 수술은 성공적으로 끝난다. 도착이 1분만 늦었거나 총알이 1㎜라도 안쪽으로 들어갔다면 숨졌으리라는 것이 수술을 집도한 명의의 견해다.

그 자리의 모든 사람이 기적이라고 말하겠지만, 이는 기적이 아니다. 규칙이다. 규칙에 따라 총을 맞은 남자는 목숨을 건지도록 정해져 있다.

이런 규칙 덕분에 카즈는 미래에서 누가 어떤 목적으로 찾아오든 신경 쓰지 않았다. 아니, 신경이 쓰이지 않았다. 미래에서 온 사람의 노력은 어쨌거나 전부 수포로 돌아가는 까닭이다.

"이거 좀 부탁할게."

주방에서 들리는 목소리에 카즈가 뒤돌아보니, 나가레가 원피스를 입은 여자에게 줄 커피를 쟁반에 담아서 내밀고 있었다.

카즈는 쟁반을 받아 들고 원피스를 입은 여자에게 걸어갔다.

'그 애는 대체 왜 왔을까? 언니랑 사진만 찍을 거라면 굳이 과거로 오지 않아도 됐을 텐데······.'

카즈는 원피스를 입은 여자의 모습을 가만히 바라보며 멍하니 생각했다.

딸그랑딸그랑.

"어서 오세요."

나가레의 목소리를 듣고 제정신으로 돌아온 카즈가 원피스를 입은 여자 앞에 커피를 내려놓았다.

'뭔가 중요한 걸 빠뜨린 기분이야.'

그런 기분을 떨쳐 내려 카즈는 고개를 가볍게 흔들었다.

"안녕하세요."

들어온 사람은 고타케였다. 퇴근길에 들러서 옅은 연두색 폴로셔츠와 하얀 스커트, 납작한 검은색 펌프스 차림에 토트백을 어깨에 걸치고 있었다.

"고타케 씨."

나가레가 그 이름을 부른 순간, 고타케가 발걸음을 되돌렸다.

"아! 후사기 씨 사모님!"

나가레가 다급히 말을 정정했다.

고타케는 빙긋이 웃으며 카운터에 자리를 잡았다.

사흘 전, 고타케는 과거로 돌아가서 후사기가 미처 전하지 못한 편지를 받았다. 그날 이후 고타케는 옛 성으로 부르지 말아 달라고 부탁했다. '후사기 씨 사모님'은 현재 고타케가 듣고 싶어 하는 호칭이었다.

"커피."

고타케는 토트백을 옆 의자에 올려 둔 후 고개를 비스듬히 기울이고 짐짓 점잔을 빼며 주문했다.

"알겠습니다."

나가레는 머리를 숙이고 고타케에게 등을 돌린 채 커피 내릴 준비를 시작했다.

고타케는 아무도 없는 가게 안을 둘러보더니 어깨를 오므리고 한숨을 쉬었다. 후사기가 있으면 함께 돌아가려고 했는지 아쉬워했다.

그 모습을 흐뭇하게 바라보던 카즈가 원피스를 입은 여자에게 커피를 주고 나서 "쉬고 올게."라며 안쪽 방으로 들어갔다. 나가레의 대답은 없었다. 그 대신 고타케가 "다녀와." 하고 손을 흔들었다.

8월 초순이면 한여름의 절정이다. 그러나 고타케는 여름에도 따뜻한 커피를 마셨다.

갓 내린 커피의 진한 향을 좋아했다. 아이스커피에선 맛볼 수 없는 따뜻한 커피만의 매력이 있다고 생각했다. 그런 고타케의 커피는 언제나 나가레가 내리는 것이 불문율이었다.

나가레는 주로 사이펀으로 커피를 내렸다. 사이펀은 플라스크에 뜨거운 물을 붓고 알코올램프로 가열하면, 끓어오른 물이 깔때기로 올라가서 그 안에 담긴 갈린 원두로부터 커피를 추출하는 방식이다. 하지만 고타케처럼 커피의 맛과 향을 즐기는 단골손님에게는 핸드 드립으로 내려서 줬다. 핸드 드립은 드리퍼에 종이 필터를 끼우고 갈린 원두를 넣은 다음 위에서 뜨거운 물을 따르는 방식인데, 나가레는 핸드 드립이 물을 따르는 법이나 온도에 따라 쓴맛과 떫은맛을 조절하기 쉽다고 생각했다.

음악이 흐르지 않는 고즈넉한 가게에 드리퍼의 커피가 서버로 떨어지면서 쪼르륵 아련한 소리를 울렸다. 고타케는 그 소리에 귀 기울이며 흡족한 미소를 띠었다. 기다리는 시간마저 즐거운 듯했다.

참고로 케이는 자동 커피 메이커만 사용했다. 원두를 가는 것부터 취향에 따른 맛까지 버튼 하나로 조절할 수 있어서, 추출 방식을 민감하게 따지지 않는 케이가 쓰기에 적당했다. 고로, 엄선된 커피 한 잔을 마시러 오는 단골 중에는 나가레가 없으면 커피를 주문하지 않는 손님도 있었다. 나가레가 내리든 케이가 내리든 커피값은 똑같았다. 당연하다면 당연한 얘기지만.

카즈는 사이펀을 애용했다. 특별한 이유는 없었다. 단지 플라스크의 뜨거운 물이 깔때기로 올라가는 모습을 바라보는 것이 좋았다. 카즈의 말에 따르면 핸드드립은 귀찮다는 모양이다.

나가레가 내린 엄선된 커피가 나왔다.

고타케는 커피를 앞에 두고 눈을 감은 채 숨을 깊이 들이마셨다. 가장 행복한 순간이었다.

이 찻집은 나가레의 고집으로 커피는 기본적으로 모카를 사용했다.

모카의 특징은 뛰어난 향이다. 고타케처럼 향을 즐기는 커피 애호가에게는 참을 수 없는 매력이지만, 반면에 산미가 강하다는 특성도 있다. 호불호가 뚜렷하게 갈리는, 손님을 가리는 커피라고 할 수 있다.

버터와 마찬가지로 나가레는 커피 향을 즐기는 손님을 볼 때마다 기분이 좋아졌다. 가뜩이나 실처럼 가는 눈이 더욱 가늘어졌다.

"그러고 보니……."

향을 음미하던 고타케가 불현듯 무언가 떠올랐다는 듯이 물었다.

"어제부터 히라이 씨네 가게 닫혀 있던데, 무슨 얘기 들은 거 있어?"

헤어롤을 말고 다니는 여자, 히라이는 이 찻집에서 10m

도 떨어지지 않은 곳에서 스낵바를 운영했다.

카운터 자리가 여섯 개밖에 없는 좁은 가게인데도 장사진을 이뤘다. 개점 시간은 히라이 기분에 달렸지만, 연중무휴였다. 개업한 이래로 하루도 쉰 적이 없다. 저녁 무렵이면 가게 앞에 단골손님 여럿이 줄을 섰다. 가게 안에 손님이 열 명을 넘는 날도 더러 있었다. 물론 여섯 명 외에는 서서 마셨다.

남자 손님만 오는 것은 아니었다. 히라이는 여자들에게도 인기가 좋았다. 히라이의 솔직한 한마디는 때때로 상대방의 아픈 상처를 가차 없이 찌르지만, 얄미운 구석은 없는지라 듣는 쪽에서도 차라리 후련함을 느꼈다. 타고난 성질이라 해야 할 것이다. 무슨 말을 하든 용서가 되는 캐릭터였다. 히라이는 외모와 복장이 화려하고 남의 눈치를 보지 않았다. 하지만 예의는 중요하게 여겼다. 옳다고 생각하면 어떤 의견에든 귀를 기울이나, 틀렸다고 생각하면 사회적 지위가 있는 사람의 의견일지라도 콧방귀를 뀌었다. 손님 중에는 돈을 헤프게 쓰는 사람도 있지만, 술값 외의 돈은 일절 받지 않았다. 히라이의 마음을 사려고 값비싼 선물을 보내올 때도 한결같이 거절했다. 그중에는 집이며 아파트며, 벤츠며 페라리며, 보석 따위를 사 주겠다는 자도 있없는데 히라이는 "관심 없다."는 말로 일축했다.

고타케도 히라이의 가게에 가끔가다 얼굴을 내밀었다. 유쾌하게 한잔할 수 있는 단골 가게였다.

그런데 단골손님이 하루의 낙으로 삼는 히라이의 가게가 요 이틀간 닫혀 있었다. 아무도 이유를 듣지 못한 터라 고타케가 걱정하는 것도 무리는 아니었다.

히라이가 화제로 나온 순간, 갑자기 나가레의 표정이 심각해졌다.

"왜, 무슨 일이야?"

고타케가 깜짝 놀라며 묻자 나가레가 조심조심 말을 꺼냈다.

"여동생분이……, 교통사고로……."

"뭐?"

"그래서 고향에……."

"……그랬구나."

고타케는 칠흑처럼 새카만 커피 위로 시선을 푹 떨어뜨렸다.

그녀 역시 히라이의 여동생, 히라이 쿠미에 대해 알고 있었다. 가출한 히라이에게 찾아와서 집으로 돌아가자고 설득한다는 여동생이었다. 최근 1, 2년은 히라이가 귀찮아하며 피하는 날이 비일비재했는데, 그런데도 한 달에 꼭 한 번씩 히라이를 만나려고 올라온다는 이야기를 들은 적이 있었다.

바로 사흘 전에도 쿠미는 이 찻집에 왔다. 사고를 당한 건 그날 돌아가는 길이었다. 쿠미가 운전하던 경차를 반대편 차선에서 졸음운전을 하던 트럭 운전사가 정면에서 덮쳤다. 쿠미는 구급차로 실려 갔으나 병원에 도착하기 전에 숨을 거뒀다.

"어떻게 그런 일이……."

고타케의 커피는 전혀 줄지 않았고 이제 어렴풋이 피어오르던 김도 보이지 않았다. 나가레는 두 손을 앞으로 가지런히 모으고 입을 꾹 다문 채 고개를 숙였다.

히라이에게 메일을 받은 사람은 나가레였다. 케이는 휴대폰이 없어서 나가레에게 연락한 것이다. 메일은 사고에 대한 설명과 그런 연유로 잠시 가게를 닫는다는 내용이었는데, 마치 남의 이야기를 하듯 간결했다. 케이가 히라이를 걱정하며 나가레의 휴대폰으로 보낸 메일에는 아직 답장이 없었다.

히라이의 집은 미야기현 센다이시 아오바구에 있는 창업한 지 180년 된 유서 깊은 여관으로, 이름은 '다카쿠라'였다. 한자로는 '宝蔵'라고 쓴다.

센다이는 매년 호화찬란한 칠석제(七夕祭)가 열리는 것으로 유명하다. 센다이의 사사카자리(종이에 소원을 적어 대나무에 묶는 행사)는 10m가 넘는 거대한 대나무에 장식 술처럼 긴 헝겊을 늘어뜨린 화려한 공 다섯 개를 매다는 것이 특징이다. 또한, 소원을 적는 조붓한 종이, 종이로 접은 기모노, 종이학 등 사업의 번창과 무병장수를 기원하는 일곱 가지 장식도 빼놓을 수 없다.

센다이의 칠석제는 요일에 상관없이 8월 6일부터 8일까지 열린다. 앞으로 며칠 후면 센다이역을 중심으로 상점가에서 사사카자리 준비가 시작된다. 매년 사흘간 총 2백만 명 이상의 관광객이 찾아오는 동북 지역 최대의 여름 축제다.

물론 칠석제가 열리는 센다이역에서 택시로 10분 거리에 있는 다카쿠라도 이때가 가장 바쁜 시기다.

딸그랑딸그랑.

"어서 오세요!"

나가레가 평소답지 않게 힘찬 목소리로 인사했다. 이 숙연한 분위기를 바꾸기에 마침 적당한 시점이었다.

고타케도 카우벨 소리에 자세를 가다듬고 비로소 커피로 손을 뻗었다. 커피에서 피어오르던 김은 이미 사라진 지 오래였다.

"어서 오세요."

안쪽 방에서 카우벨 소리를 듣고 케이가 앞치마 차림으로 나타났다.

한데, 아무도 들어오지 않았다.

이 찻집의 입구는 구조가 다소 독특했다. 지상에서 계단을 내려오면 정면에 높이가 2m나 되는 나무껍질의 광택을 살린 커다란 문이 있었다. 유럽풍 조각 장식을 덧붙여 문 한 면에 생기는 음영이 고급스러움을 자아냈다.

이 문에서 가게 내부로 이어지는 입구까지는 널찍한 현관처럼 되어 있어서 어느 정도 거리가 떨어져 있었다. 따라서 카우벨이 울리기만 해서는 누가 들어왔는지 확인할 수 없었다.

"……?"

아무도 들어오지 않기에 나가레가 고개를 갸우뚱하고 있으니 귀에 익은 목소리가 들려왔다.

"사장님! 케이! 누가 좀! 소금! 소금 좀 가져와!"

"히라이 씨?"

빈소에서 밤을 새우고 장례식을 마쳤다 하더라도 설마 이렇게 빨리 돌아올 줄은 생각도 못 했는지, 케이는 커다란 눈을 깜빡거리며 나가레의 얼굴을 보았다.

나가레 역시 고타케와 히라이 얘기를 하며 침울해하던 찰나에 여느 때와 다름없는 그녀의 활기찬 목소리를 듣고 당황하여 잠시 어안이 벙벙했다.

히라이는 액막이용 소금을 가져오라는 말이었을 텐데 마치 즐겁게 저녁 준비를 하는 엄마가 부엌에서 외치는 소리처럼 들렸다.

"빨~리!"

어쩐지 아양을 떠는 듯한 목소리가 곧이어 날아왔다.

"아, 네네."

나가레가 그제야 움직이며 부엌에서 조리용 소금이 든 작은 병을 들고나와 우당탕탕 입구로 잔달음질했다.

문이 없는 입구 안쪽에는 평상시처럼 화려한 차림의 히라이가 서 있는 듯했다.

고타케는 경솔하게도 '혹시 여동생이 죽었다는 말, 거짓이었어?'라는 생각을 하고 말았다. 케이도 똑같은 생각을 했는지 두 사람은 얼굴을 마주 보았다.

"아, 피곤해."

히라이가 몹시 산만한 걸음걸이로 요란하게 들어왔다. 걸음걸이는 평소의 히라이였지만, 차림새는 빨간색과 분홍색의 화려한 옷 대신 상복을 갖춰 입고 있었다. 헤어롤을 만 부스스한 머리가 아니라 깔끔하게 정돈되어 누가 봐도 딴사람 같았다.

상복을 입은 히라이는 가운데 테이블에 자리를 잡은 후 오른손을 올리고 케이에게 말했다.

"미안한데, 물 한 잔만 갖다 줄래?"

"아, 네."

케이는 서두를 필요가 없는데도 물을 가지러 허둥지둥 주방으로 들어갔다.

"휴."

히라이가 의자 위에 거의 큰 대 자로 팔다리를 벌리고 앉자, 오른손에 매달린 검은색 토트백이 흔들흔들했다.

나가레는 소금 병을 든 채, 고타케는 카운터석에 앉아서 그런 히라이의 모습을 심각한 얼굴로 바라보았다.

케이가 유리컵에 물을 따라서 돌아왔다.

"고마워."

히라이는 가방을 테이블 위에 올려놓고 유리컵을 성큼 받아 단숨에 마셨다. 그 모습을 보면서 케이가 덩달아 턱을 들어 올렸다. 히라이가 숨을 카악 내뱉으며 케이에게 빈 컵을 내밀었다.

"한 잔 더."

케이는 컵을 받아서 쏜살같이 주방으로 들어갔다.

히라이는 이마의 땀을 손등으로 대충 훔치고 한숨을 내쉬었다.

그러자 나가레가 히라이에게 말을 걸었다.

"히라이 씨."

"왜?"

"저기……."

"응?"

"아니, 뭐라 해야 할까……. 그게……."

'?'

"삼가 고인의 명복을 빕니다……."

히라이가 하도 천연덕스러운 태도를 보이기에 나가레가 건넨 애도의 인사는 속을 슬쩍 떠보는 말이 되었다.

고타케도 머뭇거리다가 머리만 숙였다.

"여동생 일?"

"아, 네."

"그게 말이야, 어이없다고 해야 하나, 뭐라고 해야 하나."

히라이는 어깨를 움츠리며 대꾸했다. 케이가 두 번째 물컵을 가져왔다. 케이 역시 히라이의 태도에 당혹스러워하면서도 컵을 건네고 진지한 얼굴로 머리를 숙였다.

"안 좋았대."

히라이는 두 번째 물도 단번에 들이켰다.

"부딪힌 위치가 좀 안 좋았대. 운이 나빴던 거지."

히라이가 꼭 남 일처럼 가볍게 말하자 고타케가 미간에 주름을 잡으며 물었다.

"오늘이었어?"

"뭐가?"

"장례식 말이야, 당연히."

고타케는 히라이의 태도에 불쾌감을 감추지 않고 말을 받아쳤다.

"응. 이거 봐……."

히라이가 그렇게 말하더니 불쑥 일어나서 상복 차림으로 빙글빙글 돌아 보였다.

"의외로 어울리지 않아? 좀 고상해 보이려나?"

히라이는 흡사 광고지에 나오는 모델처럼 포즈를 취하고 의기양양한 표정을 지었다.

고인은 히라이의 여동생이다. 그 사실이 틀리지 않는다면 이 상황의 이 태도는 경박하기 짝이 없다.

고타케는 불편함을 적나라하게 드러내며 강한 어조로 말했다.

"이렇게 빨리 돌아오지 않아도……."

이 꼴을 보면 죽은 여동생이 하늘로 못 올라가지 않겠냐는 말이 목구멍까지 차오른 듯 몹시 언짢은 얼굴로 입을 다물었다.

"그럴 순 없지. 가게도 있는데."

히라이가 한껏 취한 포즈를 거두고 산만하게 자리에 앉더니 손을 팔랑거리며 말했다. 고타케가 말하려는 바는 알고 있는 듯했다.

"그래도……."

"괜찮아, 괜찮아."

히라이는 토트백으로 손을 뻗어 안에서 담배 한 대를 꺼냈다.

"괜찮으세요?"

나가레가 양손에 든 소금 병을 만지작거리며 물었다.

"뭐가?"

히라이의 태도에는 성의가 없었다. 담배를 물고 가방 안을 들여다보며 대답했다. 라이터가 안 보이는지 얼굴을 잔뜩 찌푸린 채 뒤적거렸다.

"……."

나가레는 호주머니에서 라이터를 꺼내 히라이에게 내밀었다.

"부모님 말이에요. 따님을 잃어서 상심이 크실 텐데, 당분간 곁에 있어 드리는 게……."

"글쎄, 뭐 보통은 그러겠지만……."

히라이는 나가레에게 라이터를 건네받아 담배에 불을 붙이고 연기를 내뿜은 후 담뱃재를 재떨이에 톡톡 떨어뜨렸다. 담배 연기는 천천히 올라가다가 사라졌다.

"있을 데가 없으니까."

히라이는 담배 연기의 행방을 눈으로 좇으며 무표정하게 중얼거렸다.

그 말을 금방 이해하지 못한 나가레와 고타케가 어리둥절해 했다.

"나, 있을 데가 없다고."

두 사람을 보며 히라이가 말을 덧붙이고는 다시 담배를 피웠다.

"있을 데가 없다고요?"

케이가 히라이를 걱정스럽게 쳐다보며 물었다.

"왜, 날 만나러 왔다가 돌아가는 길에 사고가 났잖아. 그러니까 부모님은 내 탓이라는 눈으로 쳐다보는 거야."

히라이는 케이의 질문에 세상 돌아가는 이야기라도 하듯이 가벼운 말투로 대답했다.

"그렇지……."

그렇지 않다고 대답하려던 케이의 말을 히라이가 담배 연기를 훅 내뿜어 가로막았다.

"뭐, 그게 사실이니까."

히라이가 될 대로 되라는 듯이 중얼거렸다.

"이런 데까지 수도 없이 오게 하고, 그때마다 문전박대나 하고……."

사흘 전, 히라이가 쿠미를 되돌려 보내려고 숨었을 때 협조한 케이가 잘못했다는 표정으로 고개를 숙였다.

히라이는 그런 케이의 표정을 알아채지 못하고 말을 이었다.

"부모님이 나랑 말도 안 섞더라고."

히라이의 표정에서 웃음기가 사라졌다.

"한마디도……."

○

쿠미의 부고를 전한 사람은 오랫동안 여관에서 일한 선임 여종업원이었다. 최근 수년간 히라이는 여관과 집에서 걸려 오는 전화는 물론, 여관 직원들의 전화도 일절 받지 않았다.

그런데 불길한 예감이 들었다고 해야 할까. 이틀 전 이른 아침에 울린 휴대폰에 여종업원의 번호가 뜨는 순간, 가슴이 두근거려 전화를 받았다.

히라이는 전화기 너머로 울먹거리는 여종업원에게 "알았다."는 한마디만 남기고 전화를 끊었다. 그런 다음 지갑을 들고 나가 택시를 잡아타고 집으로 향했다.

히라이를 태운 택시 기사는 자칭 예능인이었다. 부탁한 것도 아닌데 기사는 운전하는 내내 우스운 농담을 던졌다. 그런데 농담이 뜻밖에도 재밌어서 히라이는 들을 때마다 좁은 차내에서 배꼽을 붙잡고 뒹굴었다. 너무 웃은 탓에 몇 번이나 목이 메어 눈물이 흘렀다.

그러는 동안 택시는 히라이가 나고 자란 여관 '다카쿠라' 앞에 다다랐다.

이른 아침에 도쿄에서 다섯 시간. 택시비는 십오만 엔이 넘었으나 히라이가 현금으로 계산하자 예능인 택시 기사는 "우수리는 됐다."며 기분 좋게 떠났다.

히라이는 택시를 내리고 나서야 자신이 슬리퍼를 신고 온 것을 깨달았다. 헤어롤도 매단 채였다.

정오 무렵의 태양이 캐미솔 차림의 히라이에게 가차 없이 내리쬤다. 구슬땀이 왈칵 쏟아졌지만, 손수건이 없었다. 히라이는 여관에서 집으로 이어지는 자갈길을 따라 걷기 시작했다.

히라이의 집은 '다카쿠라' 바로 뒤편에 위치했다. 여관과 함께 지어진 이래 한 번도 개조한 적이 없는 전통적인 일본식 가옥이었다.

커다란 다실의 문을 빠져나가자 정면에 현관이 보였다. 13년 만에 찾아왔는데도 어느 하나 달라진 점이 없었다. 히라이는 마치 시간이 멈춘 것 같다고 생각했다.

미닫이문에 손을 대 보니 잠겨 있진 않았다. 드르륵 소리를 내면서 시멘트 바닥으로 발을 내밀자 오싹할 정도로 공기가 서늘했다. 현관에서 복도로 건너가니 한낮인데도 어두컴컴했다. 일본식 가옥 특유의 어두운 실내였으나 히라이에게는 그 어둠이 끝없이 이어지는 듯했다.

적막감이 흐르는 복도를 삐걱삐걱 소리만 남긴 채 걸어갔다. 히라이 일가의 부쓰마(불상이나 위패를 모시는 방)는 거실을 지나쳐 맨 끝에 있었다.

부쓰마를 들여다보자 활짝 열린 툇마루에서 녹음이 가득한 안뜰을 내다보는 아버지 야스오의 작게 굽은 등이 보였다.

쿠미는 그 앞에 조용히 누워 있었다. 하얀 유카타에 대대로 '다카쿠라'의 안주인이 입는 복숭앗빛 연분홍 쓰케사게(문양이 같은 방향으로 수놓인 기모노)를 걸치고 있었다. 방금까지 야스오가 쿠미의 옆을 지켰는지, 통상 얼굴에 씌우는 하얀 천이 그의 손에 쥐여 있었다. 어머니 미치코의 모습은 보이지 않았다.

히라이는 쭈그리고 앉아 쿠미의 얼굴을 바라다보았다. 당장에라도 새근새근 숨소리가 들려올 듯한 평온한 얼굴이었다.

히라이는 쿠미의 얼굴을 부드럽게 쓰다듬으며 속으로 다행이라고 중얼거렸다.

사고의 정도에 따라 안면 손상이 심할 경우 미라처럼 얼굴을 붕대로 친친 감아 관에 넣기도 한다고 했다. 트럭과 정면충돌했다고 들은 터라 히라이는 깨끗한 쿠미의 얼굴을 보며 진심으로 다행이라고 생각했다.

아버지 야스오는 여전히 안뜰을 내다보고 있었다.
"아버지······."
히라이는 가까스로 짜낸 목소리로 야스오의 뒷모습을 향해 불렀다. 집을 나온 지 13년 만의 대화일 터였다.
"······."
그러나 야스오는 히라이에게 등을 돌린 채 아무 대답도 하지 않았다. 그저 조용히 코를 훌쩍이는 소리만 들려왔다.
히라이는 쿠미의 얼굴을 잠시 바라보다가 천천히 일어나서 방을 살며시 빠져나왔다.
거리는 칠석제 준비가 한창이었다. 히라이는 머리에 헤어롤을 매달고 캐미솔과 슬리퍼 차림으로 저물녘까지 돌아다녔다. 도중에 시내 번화가에서 상복을 사고 호텔을 잡았다.
장례식 당일, 쓰러져 우는 아버지 옆에서 의연하게 행동하는 어머니 미치코를 보았다. 히라이는 가족석에 앉지 않고 조문객 틈에 섞여 있었다. 어머니 미치코와는 눈이 한 번 마주쳤을 뿐 말을 나누지는 않았다.

장례식은 순조롭게 진행됐지만, 히라이는 향을 올린 후 아무에게도 인사하지 않고 그 길로 모습을 감췄다.

☕

길어진 담뱃재가 소리 없이 떨어졌다. 이를 깨달은 히라이가 "……자, 얘기는 끝!" 하고 담뱃불을 비벼 껐다.

나가레는 고개를 숙인 채로, 고타케는 잔을 손에 쥔 자세로 꼼짝도 하지 않았다. 케이는 히라이를 걱정스럽게 바라보았다.

"나, 우울한 분위기 못 견딘단 말이야."

히라이는 세 사람의 얼굴을 둘러본 후 한숨을 쉬며 넌덜머리가 난다는 듯이 내뱉었다.

"히라이 씨……."

케이가 무언가 말하려 했지만, 히라이는 손으로 막으며 당부했다.

"그러니까 그렇게 우거지상으로 '괜찮아요?' 하고 묻는 것도 그만."

그런데도 케이는 아직 무언가 말하고 싶은 표정이었다.

"나, 이래 봬도 충분히 슬퍼하고 있어……. 근데 말이야, 그런 걸 온몸으로 표현한다고 꼭 좋은 건 아니잖아?"

히라이는 우는 아이를 달래는 말투로 설명했다. 쿨하다고 보면 쿨했다. 만약 케이가 히라이의 처지였다면 사흘 밤낮을 눈물로 지새웠을지도 모른다. 고타케였다면 상중(喪中)이라는 말 그대로 한동안 고인의 죽음을 애도하며 행동을 삼갔을 것이다. 그러나 히라이는 케이도 고타케도 아니었다.

"나는 내 나름대로 슬퍼하는 방식이 있으니까……."

그렇게 말하고 히라이는 불쑥 일어나서 토트백을 휙 집어 들었다.

"자, 그럼……."

히라이가 나가레의 옆을 스쳐 지나갈 때였다.

"그럼 왜 여기로 온 겁니까?"

나가레가 혼잣말처럼 중얼거렸다. 히라이는 입구 앞에서 스톱 모션처럼 발을 멈췄다.

"곧바로 집에 가지 않고 왜 여기로 왔습니까?"

나가레는 히라이에게 등을 돌린 채 담담하게 추궁했다.

"들켰나……?"

히라이는 잠시 입을 다물고 있다가 한숨 섞인 목소리로 중얼거리고는 몸을 휙 돌려 방금까지 앉아 있던 자리로 되돌아갔다.

나가레는 히라이에게 눈길을 돌리지 않고 손에 든 소금병만 묵묵히 쳐다봤다.

"히라이 씨……."

히라이가 자리로 돌아가서 의자에 앉자 케이가 편지 한 통을 들고 다가왔다.

"이거……."

케이는 머뭇거리며 히라이에게 편지를 내밀었다.

"……안 버렸어?"

히라이는 그 편지가 무엇인지 알았다. 착각이 아니라면, 사흘 전 쿠미가 이 찻집에서 히라이에게 남긴 편지일 것이다. 히라이는 케이에게 편지를 버려 달라고 부탁한 후 내용조차 확인하지 않았다.

"……."

히라이는 케이가 내민 편지를 떨리는 손으로 천천히 받아 들었다. 쿠미가 쓴 마지막 편지였다.

"설마 이런 식으로 전하게 될 줄은 꿈에도 몰랐어요."

케이는 미안한 듯이 머리를 숙였다.

"아냐, 고마워."

히라이는 그렇게 말하고 풀칠하지 않은 봉투에서 두 번 접힌 편지지를 꺼냈다.

내용은 히라이의 예상대로였다. 평소처럼 성가시고 듣기 싫은 말이 쓰여 있는데도 불구하고 히라이의 눈에서 한 줄기 눈물이 흘렀다.

"……그 애 얼굴도 못 보고 이렇게 되어 버렸어."

히라이는 코를 훌쩍였다.

"그 애뿐이었어……. 날 포기하지 않고 계속 데리러 와 준 사람은……."

쿠미가 처음 도쿄로 히라이를 찾아온 것은 히라이가 스물넷, 쿠미가 열여덟 살 때였다. 이 무렵 쿠미는 히라이에게 아직 '귀여운 여동생'이었기 때문에 부모한테는 비밀로 하고 간간이 연락만 주고받았다.

쿠미는 성실하고 정직한 동생이었다. 고등학생인데도 휴일에는 여관 일을 거들었다. 히라이가 떠난 후로 부모의 기대를 한 몸에 받아, 스무 살이 되기 전에 이미 안주인으로서 유서 깊은 '다카쿠라'의 얼굴을 대표했다.

쿠미는 그때부터 히라이에게 집으로 돌아오라고 설득하

기 시작했다. 안주인이 된 쿠미는 지독하게 바쁜 와중에도 두 달에 한 번 쉴까 말까 한 휴일마다 어김없이 히라이를 만나러 상경했다. 처음에는 귀여운 여동생의 부탁이니 히라이도 만나서 이야기를 들어 주었으나, 언제부턴가 성가시고 지긋해졌다. 최근 1, 2년은 제대로 만난 적이 없었다. 히라이는 쿠미를 멀리하게 되었다.

마지막엔 이 찻집에 숨어서 얼굴도 내밀지 않은 데다가 편지까지 읽지 않고 내팽개친 형편이었다.

히라이는 케이에게 받은 편지를 봉투에 집어넣었다.

"알아. 무슨 짓을 해도 현실은 바뀌지 않는다는 거 잘 아니까."

"……."

"그날로, 그날로 돌아가게 해 줘."

"……."

"부탁이야!"

히라이는 여태껏 보인 적 없는 진지한 표정으로 머리를 깊이 숙였다.

나가레는 실눈을 더욱 가늘게 뜨며 고개 숙인 히라이를 지그시 내려다보았다.

히라이가 말한 '그날'이란 쿠미가 이 찻집을 방문한 사흘 전, 즉 사고를 당하기 직전인 '그날'이었다. 물론 나가레도 알아들었다. 히라이는 죽은 여동생을 만나러 가게 해 달라는 것이었다.

케이와 고타케도 숨을 죽이고 나가레의 대답을 기다렸다. 가게 안은 섬뜩할 정도로 정적에 휩싸였다. 원피스를 입은 여자만이 태연한 얼굴로 소설을 읽고 있었다.

탁.

나가레가 소금 병을 카운터 위에 내려놓는 소리가 가게 안에 울려 퍼졌다.

그런 다음 나가레는 아무 말 없이 안쪽 방으로 걸어가 모습을 감췄다.

"……"

히라이는 머리를 숙이고 숨을 깊게 들이마셨다. 나가레가 방 안쪽에서 카즈의 이름을 부르는 소리가 희미하게 들려왔다.

"그렇지만……."

"알아."

히라이는 구태여 듣고 싶지 않다는 듯 고타케의 말을 자르고 원피스를 입은 여자 앞으로 다가갔다.

"저기요, 사정이 이렇게 됐으니 그 자리 좀 비켜 줄래요?"

"히, 히라이 씨!"

케이가 당황해서 소리쳤다.

"네? 이렇게 부탁할게요."

히라이는 케이를 무시하고 두 손을 모아 신불에게 절을 올리는 사람처럼 애원했다. 다소 맥 빠진 광경이었지만, 정작 히라이는 진지했다.

"……."

그러나 원피스를 입은 여자는 미동도 하지 않았다.

"이봐요! 안 들려요? 무시하지 말고 자리 좀 비켜 달라니까요!"

히라이는 부아가 치밀어 원피스를 입은 여자의 어깨에 손을 올렸다.

"자, 잠깐, 안 돼요!"

"부탁한다니까!"

케이의 말을 들은 체도 않고 히라이는 자리를 차지하기 위해 원피스를 입은 여자의 팔을 강제로 잡아당겼다.

"히라이 씨!"

케이가 소리친 순간, 원피스를 입은 여자가 눈을 딱 부릅뜨고 히라이를 노려보았다. 히라이는 별안간 몸이 몇 곱절이나 무거워지는 감각에 휩싸였다. 마치 지구의 중력이 세지는 느낌이었다. 가게 안의 조명은 바람 앞에 놓인 촛불처럼 흔들리고, 어디에서라 할 것 없이 불길한 망령의 비명 같은 소리가 울려 퍼졌다. 히라이는 얼어붙은 채 그 자리에 털썩 무릎을 꿇고 말았다.

"이, 이게 뭐야!"

"내가 뭐랬어요……."

케이가 한숨을 쉬며 기가 막힌다는 표정으로 말했다.

히라이는 규칙이라면 빠삭하게 알고 있었지만, 저주에 관해서는 아는 바가 없었다. 과거로 돌아가려는 손님은 대체로 성가신 규칙을 듣고서 꼬리를 뺐기 때문이다.

"귀신이야! 악마야!"

"아니요, 유령인데요."

히라이가 소리치자 케이가 냉정하게 바로잡았다. 히라이는 바닥에 고꾸라진 채로 원피스를 입은 여자에게 호되게 욕을 퍼부었으나, 아무리 욕을 퍼부어도 소용없는 상대였다.

"아……."

안쪽 방에서 돌아온 카즈가 내뱉은 첫마디였다. 단번에 무슨 일이 벌어졌는지 파악한 카즈는 곧바로 주방에서 커피가 든 유리 커피포트를 들고나와 원피스를 입은 여자에게 다가갔다.

"커피 더 드시겠습니까?"

"부탁합니다."

원피스를 입은 여자가 그렇게 대답하자 저주가 풀렸다.

사실, 저주를 푸는 일은 케이도 나가레도 아닌 카즈만이 할 수 있었다.

히라이는 저주가 풀리면서 본래대로 돌아왔지만, 숨을 헉헉 몰아쉬었다.

"카즈……, 부탁 좀 해 줘! 이 여자한테."

그 자리에 주저앉은 히라이가 하소연했다.

"사정은 알겠지만……."

"어떻게 안 될까?"

히라이의 거듭된 부탁에 난감해진 카즈는 손에 든 주전자로 시선을 떨어뜨리고 잠시 생각에 잠긴 듯이 뜸을 들이다가 대답했다.

"잘 될지 안 될지는 장담할 수 없지만……."

"뭐든 좋아! 부탁할게!"

히라이가 지푸라기라도 붙잡는 심정으로 두 손을 모으고 사정했다.

"……해 볼게요."

카즈는 그렇게 말하고 원피스를 입은 여자의 앞으로 한 걸음 다가갔다. 히라이는 케이의 부축을 받으며 일어서서 지금부터 카즈가 하려는 행동을 지켜봤다.

그런데 웬걸, 카즈는 "커피 한 잔 더 드시겠습니까?" 하고 재차 권할 뿐이었다. 잔에는 방금 막 따른 커피가 한가득 들어 있었다.

'?'

히라이와 고타케는 카즈의 의도를 짐작할 수 없었다. 둘 다 고개를 갸우뚱했다.

그러자 원피스를 입은 여자가 커피를 더 마시겠느냐는 카즈의 물음에 태연한 얼굴로 "부탁합니다."라고 대답하더니, 조금 전 히라이의 저주를 풀려고 따른 커피를 단숨에 마셨다.

카즈는 빈 잔에 커피를 따랐다. 원피스를 입은 여자는 별다른 내색 없이 그대로 소설을 읽었다.

그때 카즈가 또다시 원피스를 입은 여자에게 물었다.

"커피 한 잔 더 드시겠습니까?"

물론 원피스를 입은 여자는 아직 한 모금도 입에 대지 않았다. 잔에는 커피가 가득 담겨 있었다. 한데도 그녀는 다시 태연한 얼굴로 "부탁합니다."라며 커피를 꿀꺽꿀꺽 마셨다.

"설마……."

카즈의 의도를 깨닫자 고타케의 얼굴빛이 달라졌다. 하지만 그건 어디까지나 원피스를 입은 여자가 커피를 계속 달라고 해야만 성립하는 도박 같은 작전이었다.

카즈는 그 무모한 작전을 담담하게 이어갔다. 커피를 넘칠 듯이 따르고는 곧바로 "커피 한 잔 더 드시겠습니까?"라며 다음 잔을 권했다. 이 패턴의 반복이었다. 원피스를 입은 여자도 카즈가 물을 때마다 "부탁합니다."라고 대답하며 계속해서 잔을 비워 냈다. 그러나 원피스를 입은 여자의 표정에서 차츰 여유가 사라졌다. 한 번에 다 마시지를 못하고 힘들어했다. 쉬엄쉬엄하며 일곱 번째 커피를 가까스로 마셨다.

"힘들어 보이네. 거절하면 될 텐데……."

고타케가 원피스 입은 여자를 동정하며 중얼거렸다.

"거절 못 한대요."

케이가 고타케의 귓가에 대고 속삭였다.

"어째서?"

"그런 규칙이니까요."

"저런."

성가신 규칙은 과거로 돌아가려는 자에게만 해당하지 않는다는 사실을 알고 고타케는 놀란 표정으로 상황을 지켜봤다.

카즈가 여덟 번째 커피를 잔에 넘칠 정도로 찰랑찰랑 따랐다. 원피스를 입은 여자의 얼굴이 일그러졌다. 하나, 카즈는 봐주지 않았다.

"커피 한 잔 더……."

카즈가 아홉 번째 커피를 권했을 때, 원피스를 입은 여자가 벌떡 일어섰다.

"일어났다!"

고타케가 흥분해서 외쳤다.

"……화장실."

원피스를 입은 여자가 카즈의 얼굴을 원망하는 눈초리로 흘겨보며 나지막이 중얼거리고는 쏜살같이 화장실로 사라졌다.

다소 강제적이기는 했지만, 어쨌든 그 자리가 비었다.

"……고마워."

히라이는 그렇게 말하고 비틀비틀 걸어가서 원피스를 입은 여자가 앉아 있던 자리 앞에 섰다.

히라이의 긴장감이 가게 안에 전해졌다. 깊이, 크게, 그리고 천천히 심호흡을 하고 테이블과 의자 사이로 몸을 집어넣었다.

그리고 자리에 앉아서 천천히 눈을 감았다.

히라이 쿠미는 어렸을 때부터 언니, 언니, 하고 부르며 히라이의 뒤를 졸졸 따라다니는 동생이었다.

유서 깊은 여관 '다카쿠라'는 사계절 내내 분주했다. 아버지 야스오는 사장, 어머니 미치코는 안주인이었다. 미치코는 쿠미를 낳자마자 일에 복귀했다. 갓 태어난 쿠미를 돌보는 일은 여섯 살인 히라이의 몫이었다. 초등학교에 올라가자 히라이는 쿠미를 둘러업고 등교했다. 다행히 시골 학교라서 교사들도 협조적이었다. 수업 중에 쿠미가 울어 대면 히라이는 교실을 빠져나와 어르곤 했다.

여동생을 잘 돌보는 야무진 언니. 이것이 초등학생 히라이에게 붙은 수식어였다.

부모님도 자신들에게 걱정 안 끼치고, 타고난 성격이 싹싹하며 누구한테나 사랑받는 히라이에게 장래에 훌륭한 안주인이 되리라는 큰 기대를 걸었다.

그러나 부모님은 히라이의 성격을 완벽히 이해하지 못했다.

바로 자유분방함이었다. 히라이는 남의 시선을 의식하지 않고 자기가 하고 싶은 일을 했다. 그러한 성격 덕분에 쿠미를 업고 등교할 수 있었으며, 분방하기 때문에 자기 일은 뭐든 스스로 했다. 그 결과 부모에게 걱정을 끼치지 않았을 따름이다.

그리고 그 분방함으로 말미암아 여관의 안주인이라는, 부모가 기대하던 레일 위에서 걷는 삶을 거부했다. 부모나 여관이 싫은 것은 아니었다. 단지 자유롭게 살고 싶었다.

히라이는 열여덟 살에 집을 나왔다. 쿠미가 열두 살 때의 일이다.

기대가 컸던 만큼 히라이의 가출은 부모의 분노를 샀고, 의절이나 다름없는 취급을 받았다. 충격을 받은 사람은 부모만이 아니었다. 물론 쿠미도 마찬가지였다.

다만, 쿠미는 히라이의 가출을 어렴풋이나마 짐작하고 있었는지도 모른다. 울거나 망연자실하지 않았다. 히라이가 쿠미에게 남긴 편지를 읽고 "너무 제멋대로잖아."라고 혼잣말했을 뿐이다.

어느 틈엔가 카즈가 새하얀 커피 잔과 은주전자를 은쟁반에 받치고 히라이의 옆에 서 있었다. 그윽하고 차가운 표정이었다.

"규칙은?"

"알고 있어."

먼저 첫 번째. 과거로 돌아가도 이 찻집을 방문한 적이 없는 사람은 만나지 못한다. 마지막으로 쿠미를 만난 곳은 이 찻집이다. 숨어 있었으니 과연 만났다고 해도 되는지 모르지만, 여하간 쿠미는 이 찻집에 있었다.

두 번째. 과거로 돌아가서 어떠한 노력을 할지언정 현실은 달라지지 않는다. 설령 쿠미가 차를 타지 못하게 막더라도, 규칙은 규칙을 유지하기 위해 다양한 연쇄 작용을 일으켜 쿠미의 사고사라는 현실을 바꾸지 못 하게 한다. 과거로 돌아가려는 히라이에게 이보다 잔혹한 규칙은 없었다. 하지만 히라이는 그 점을 되도록 생각하지 않으려고 애썼다.

세 번째. 과거로 돌아갈 수 있는 자리는 정해져 있다. 지금 히라이가 앉아 있는 이 자리다.

네 번째. 자리에서 이동할 수 없다.

다섯 번째. 제한 시간이 있다. 커피를 잔에 따른 후 그 커피가 식을 때까지. 무척 짧은 시간이다. 그러나 아무리 짧아도 쿠미를 다시 한번 만날 수 있다면, 그래도 좋았다.

히라이는 고개를 크게 끄덕이며 기합을 넣었다.

카즈는 그런 히라이의 모습에는 아랑곳하지 않고 담담히 말을 이었다.

"죽은 자를 만나러 가는 사람은 무심코 정에 이끌려서, 제한시간이 있다는 사실을 알면서도 작별의 말을 꺼내지 못해요······."

"······."

"그러니까, 이걸······."

카즈는 자그마한 머들러처럼 생긴 것을 잔에 넣었다. 머들러란 칵테일 따위의 음료를 섞을 때 사용하는 막대기다. 카즈가 잔에 넣은 것은 10센티미터쯤 되는 자그마한 크기였다. 얼핏 보면 티스푼 같았다.

"이게 뭐야?"

"이걸 넣어 두면 커피가 식기 전에 알람이 울려요."

"……."

"알람이 울리면……."

"알았어."

"……."

"알았다고."

히라이는 카즈의 설명을 중간에 잘랐다.

그렇잖아도 '커피가 식기 전'이라는 규칙이 모호하다고 걱정하던 참이었다. 히라이 딴에는 식었다고 생각했는데 사실 여유가 있을지도 모르고, 아직 따뜻한 줄 알았는데 당장 떠나야 할지도 모른다. 그런데 알람이 마셔야 할 시간에 울려 준다면 식은 죽 먹기였다. 이로써 히라이의 유일한 걱정이 해결됐다.

히라이는 단지 잘못을 빌고 싶었다. 몇 번이나 자신을 만나러 온 쿠미를 귀찮아했던 일, 쌀쌀맞게 대했던 일, 그리고 '다카쿠라'를 물려받게 한 일에 대해서.

히라이가 집을 나온 결과로 쿠미는 가업을 잇는 처지가 되었다. 쿠미는 착한 아이였다. 언니처럼 부모의 기대를 저버릴 수 없었다.

한데, 만약, 쿠미에게도 꿈이 있었다면?

그 꿈을 단념시킨 것은 히라이의 이기적인 가출인 셈이다. 그렇게 생각하면 쿠미가 계속 집으로 돌아오라고 설득한 이유에도 납득이 간다. 히라이만 집으로 돌아오면 쿠미는 자신의 꿈을 좇으며 살 수 있고, 자유로워질 수 있었던 것이다.

히라이의 자유는 쿠미의 인내심이 있었기에 가능했다는 사실을 떠올리면, 아무리 동생의 원망을 사기로서니 할 말이 없다. 이미 돌이킬 수 없는 일인데도 히라이는 한없이 후회했다.

그러니 사과하고 싶었다. 현실은 바뀌지 않더라도, 적어도 "미안해. 이기적인 언니를 용서해 줘."라며 빌고 싶었다.

히라이는 카즈의 눈을 똑바로 바라보며 힘차게 고개를 끄덕였다.

카즈는 커피 잔을 히라이 앞에 내려놓고 쟁반 위의 은주전자를 오른손으로 천천히 들어 올린 다음 내리뜬 눈으로 히라이를 쳐다봤다.

이것은 의식이었다. 의식은 그 자리에 누가 앉든 간에 동

일하게 이루어진다. 물론 카즈의 표정도 마찬가지였다.
"…… 그럼."
카즈가 한마디 운을 뗐다.

"커피가 식기 전에……."

그렇게 속삭이고는 카즈가 천천히 커피를 따르기 시작했다. 은주전자의 가는 부리에서 커피가 소리 없이 흘러나왔다. 흡사 한 줄기 검은 선처럼 보였다.

히라이는 잔에 채워지는 커피의 수면을 바라보았다. 커피를 잔에 따르는 시간이 길다고 느껴질 만큼 히라이는 조급했다. 빨리 동생을 만나고 싶었다. 만나서 잘못을 빌고 싶었다. 커피를 따르는 순간부터 식어 가는 그 시간마저 아쉬웠다.

잔에 따른 커피에서 김이 피어올랐다. 출렁임이 현기증처럼 히라이를 감싸 안았다. 자욱이 낀 기체와 몸이 동화했다. 히라이의 몸은 서서히 상승하기 시작했다. 처음 겪는 체험이었지만, 일말의 두려움도 느끼지 않았다. 다만 조급한 마음을 달래기 위해 천천히 눈을 감았다.

☕

히라이는 스물네 살이던 7년 전, 가게를 차린 지 석 달째 되었을 무렵에 이 찻집을 처음 방문했다.

어느 늦가을 일요일, 히라이는 동네를 산책하고 있었다. 우연히 들어간 찻집에 손님은 히라이와 하얀 원피스를 입은 여자 둘뿐이었다. 슬슬 머플러를 둘러도 됨직한 계절이었는데 원피스를 입은 여자는 반소매 차림으로 있었다. '아무리 실내라지만, 반소매를 입고 있기엔 좀 춥지 않을까?'라고 생각하며 카운터에 앉았다.

가게 안을 둘러보니 점원은 없었다. 카우벨이 울렸을 텐데 '어서 오세요.'라는 인사도 들리지 않았다. 손님 응대가 서투르다는 생각은 들었지만, 히라이는 이런 가게가 싫지 않았다.

오히려 그 비상식적인 면에 끌렸다. 히라이는 얼마나 있어야 점원이 나올지 기다려 보기로 했다. 혹시 어쩌다가 카우벨을 듣지 못한 걸까? 아니면 이게 이 찻집의 일상인 걸까? 갑자기 흥미가 일었다.

더군다나 원피스를 입은 여자는 히라이의 존재를 알아차리지도 못했다. 그저 조용히 소설을 읽고 있었다. 히라이는 마치 영업을 안 하는 가게에 실수로 들어온 듯한 기분이 들었다.

5분쯤 지나자 카우벨이 울리고 중학생처럼 보이는 여자애 하나가 들어왔다. 그 여중생은 히라이에게 "어서 오세요." 하고 작은 목소리로 인사한 후 서두르는 시늉도 없이 카운터 안쪽 방으로 모습을 감췄다.

히라이는 왠지 모르게 즐거워졌다. 이 찻집은 손님에게 아첨하지 않는다. 자유롭다. 얼마나 기다려야 제대로 응대해 줄지 모른다. 기대했던 대로 상식적이지 않은 면이 마음에 들었다.

히라이는 담배에 불을 붙이고 천천히 기다리기로 했다.

얼마 후, 그 여중생이 들어갔던 안쪽 방에서 한 여자가 나왔다. 히라이가 두 번째 담배에 불을 붙였을 때였다. 여자는 베이지색 니트 카디건과 하얀 롱스커트에 와인색 앞치마를 두르고 있었다. 눈이 말똥말똥하고 컸다. 분명 여중생에게 손님이 왔다는 말을 전해 들었을 텐데도 참으로 느긋한 등장이었다.

게다가 눈이 말똥말똥한 그 여자는 당황한 기색도 없이 유리컵에 물을 따라서 히라이에게 내밀며 "어서 와요."라고 태연하게 인사했다. 마치 단골손님을 대하는 듯한 허물

없는 태도였다. 다른 손님 같으면 이만큼 기다리게 했으니 '먼저 사과부터 해야 할 거 아냐?'라며 역정을 냈어도 이상하지 않을 것이다. 그러나 히라이는 이 허물없는 태도에 호감을 느꼈다. 더욱이 여자는 자신을 조금도 부정적인 시선으로 보지 않았다. 히라이에게 해맑은 웃음을 지어 보였다. 히라이는 자기만큼 자유롭고 분방한 사람은 본 적이 없었기에 직감적으로 이 여자가 마음에 들었다. 반한 사람이 지는 거다. 이것이 히라이의 지론이었다.

히라이는 이 찻집 푸니쿨리 푸니쿨라에 날마다 얼굴도장을 찍게 되었다.

이곳이 '과거로 돌아갈 수 있는 찻집'이라는 사실을 안 건 그해 겨울이었다. 여전히 반소매 원피스를 입고 있는 여자에게 의문을 느끼고 "저 여자 안 추울까?" 하고 묻자, 케이는 원피스를 입은 여자의 정체와 그 자리에 앉으면 과거로 돌아갈 수 있다는 이야기를 선뜻 털어놓았다.

히라이는 그때 "호오!" 하고 놀라워했으나 믿지는 않았다. 다만 케이가 거짓말을 할 것 같지는 않았기에 일단은 흘려들었다. 도시 전설로 일약 유명해져서 손님이 몰려든 것은 그로부터 반년 뒤의 일이다.

그러나 도시 전설을 알고 난 후에도 정작 히라이가 과거로 돌아가고 싶었던 적은 한 번도 없었다. 후회와는 거리가 먼 삶을 살아온 히라이로서는 당연한 일이었다. 하물며 아무리 노력해도 현실은 바뀌지 않는다는 규칙까지 있으니 돌아간들 무슨 소용이랴. 히라이는 그렇게 생각했다.

쿠미가 사고로 죽기 전까지는…….

출렁이는 의식 속에서 홀연히 히라이의 이름을 부르는 소리가 들렸다.
"히라이 씨?"
익숙한 목소리를 듣고 화들짝 놀라며 눈을 떴다. 목소리가 들려온 곳에는 와인색 앞치마를 두른 케이가 있었다. 조금 놀란 모양인지 그 커다란 눈을 깜빡거렸다. 입구에서 가장 가까운 자리에는 언제나 그렇듯이 후사기 씨가 잡지를 보고 있었다. 히라이의 기억 속에 새겨진 그날의 풍경 그대로였다. 히라이는 돌아왔다. 여동생 쿠미가 살아 있는 그날로.

히라이는 심장 고동이 빨라지는 것을 느꼈다. 침착해야 한다. 히라이의 긴장이 팽팽하게 당겨진 실처럼 아슬아슬하게 평정을 유지했다. 끊어지면 끝이다. 눈물이 터져 나오면 멈출 수 없다. 눈은 빨갛게 부어오르고 얼굴은 꾀죄죄해질 것이다. 그런 얼굴로 쿠미를 만날 수는 없다.

히라이는 가슴에 손을 얹고 마음을 가라앉히기 위해 천천히 숨을 들이마셨다.

"나 왔어."

카운터 안에서 여태 눈을 깜빡거리고 있는 케이에게 인사했다.

케이는 그 자리에서 지인이 나타날 줄은 생각지도 못했는지, 눈을 반짝이며 처음이나 다름없는 방문객에게 말을 걸었다.

"뭐예요? 미래에서 온 거예요?"

"응."

"진짜로? 뭐하러 왔어요?"

과거의 케이는 사정을 알지 못한다. 질문이 직설적이고 순진무구했다.

"잠깐 동생 만나러."

히라이는 거짓말할 여유가 없었다. 무릎 위의 편지를 쥔 손에 힘이 들어갔다.

"아, 매번 설득하러 왔다던?"

"응."

"웬일이에요? 늘 숨었으면서?"

"오늘은 제대로……."

히라이는 애써 밝은 목소리로 대답했다. 히라이는 웃는다고 웃었는데 눈이 웃지를 않았다. 눈을 깜빡일 수도 없었다. 크게 뜬 눈이 어디를 쳐다보고 있는지조차 감감했다. 케이가 보기에도 좌불안석하는 모습이 여실했다.

"……무슨 일 있었어요?"

평소와 다른 모습에 케이도 신경이 쓰였는지 목소리를 낮추고 물었다.

"아니."

히라이는 잠시 입을 다물고 있다가 간신히 목소리를 짜내어 대답했다.

물은 높은 곳에서 낮은 곳으로 흐른다. 중력에 의한 이 현상처럼 사람의 마음에도 비슷한 것이 있다. 자신이 인정하고 마음을 허락한 상대 앞에서는 거짓말을 하려야 할 수가 없다. 제 본모습을 드러내고 만다. 슬픈 감정이나 연약한 모습을 감추고 있을 때는 더욱 그렇다.

그럴 때는 오히려 모르는 사람이나 신뢰할 수 없는 사람과 있는 쪽이 편하다.

히라이에게 케이는 모든 것을 드러낼 수 있는 상대였다. 마음의 중력이 강하게 작용했다. 무엇이든 받아들여 준다. 용서받을 수 있다. 그런 느낌이 드는 상대였다. 케이가 건네는 다정한 한마디에는 한계점까지 팽팽해진 긴장의 실을 툭 끊어뜨리는 파괴력이 있었다.

한마디만 더, 만약 케이가 한마디만 더 다정하게 말을 걸었다면 히라이는 아마 모든 것을 드러냈을지도 모른다.

케이가 걱정스러운 얼굴로 히라이를 바라보고 있었다. 히라이는 굳이 확인하지 않아도 눈에 선했다. 그래서 어떻게든 케이를 보지 않으려고 애썼다.

케이는 너무 딴 데만 쳐다보는 히라이가 신경 쓰였는지 카운터에서 나왔다.

딸그랑딸그랑.

그때 카우벨이 울렸다.
"어서 오세요."
케이는 반사적으로 입구를 향해 인사하고 발걸음을 멈췄

다. 이 찻집은 구조상 카우벨이 울리고 나서 얼마간 지나야 누가 들어왔는지 알 수 있다.

그러나 히라이는 들어온 사람이 쿠미임을 알았다. 세 개의 괘종시계 중에서 가운데 시계가 3시를 가리켰다. 저마다 다른 시각을 가리키는 시계들 중 가운데 시계만은 정확하다는 것을 히라이는 알고 있었다. 사흘 전, 여동생 쿠미가 이 찻집을 방문한 시각이다.

그날 히라이는 카운터 안으로 숨어야 했다. 원인은 이 찻집의 구조에 있다. 지하에 있는 이 찻집은 출입구가 하나뿐이다. 지상에서 계단을 내려와 하나의 출입구로 드나드는 수밖에 없다.

히라이는 평소처럼 점심때가 지나서 얼굴을 내밀어 커피를 주문하고 케이와 소소한 잡담을 나누다가 일을 하러 갈 생각이었다.

그날은 어쩌다가 조금 일찍 가게를 열려고 자리에서 일어났다. 가운데 괘종시계를 확인해 보니 정확히 3시였다. 조금 이르다고는 생각했지만, 가끔은 성실히 기본 안주라도 만들어야겠다 싶어서 히라이는 계산을 마치고 가게를 나섰다. 정확히 말하면 문을 반쯤 열었을 때였다.

계단 위에서 여동생 쿠미의 목소리가 들렸다. 휴대폰으로 누군가와 이야기하며 내려오는 중이었다.

히라이는 황급히 가게 안으로 뛰어들어 가서 카운터 안에 몸을 숨겼다. 딸그랑딸그랑. 카우벨이 울리고 간발의 차로 쿠미가 입구에 모습을 드러냈다.

쿠미를 만나지 못했던 사흘 전 이야기다.

지금 히라이는 예의 그 자리에 앉아 쿠미의 모습이 입구에서 나타나기를 기다리고 있었다.

히라이는 쿠미가 어떤 옷을 입고 있는지조차 알지 못했다. 최근 1, 2년은 도망치기만 한 탓에 얼굴을 제대로 본 기억도 없었다. 자신이 동생을 얼마나 피해 왔는지, 얼마나 못되게 굴었는지 새삼 실감하자 미안함과 후회로 가슴이 미어졌다.

그러나 여기서 눈물을 흘릴 수는 없었다. 히라이는 쿠미 앞에서 한 번도 눈물을 보인 적이 없었다. 그런 히라이가 울고 있으면 쿠미는 의아해할 것이다. 무슨 일이 있냐고 물어올 것이다. 그러면 머릿속으로는 '현실이 바뀌지 않는다.'는 사실을 알면서도 '사고를 당하니까 전철로 돌아가!', '오늘은 가지 마!'라고 말해 버릴지도 모른다. 그러나 말하면 끝이었다. 단지 쿠미를 불안하게 만들 뿐인 죽음의 선고를, 그런 짓을 할 수 있을 리 없었다. 더는 동생을 괴롭히는 언니가 되고 싶지 않았다. 히라이는 사납게 날뛰는 감정을 억누르기 위해 크게 심호흡했다.

"언니?"

그 목소리에 히라이의 심장은 일순간 멎을 뻔했다. 두 번 다시 듣지 못하리라 생각했던 쿠미의 목소리였다. 천천히 눈을 뜨니 입구 앞에서 이쪽을 빤히 쳐다보는 쿠미의 모습이 보였다.

"여어……."

히라이는 손을 치켜들고 손가락을 팔랑팔랑 흔들며 활짝 웃는 얼굴로 맞이했다.

방금까지의 경직된 표정은 온데간데없었다. 그러나 왼손은 무릎 위에서 편지를 꼭 쥐고 있었다.

쿠미는 계속 물끄러미 히라이를 쳐다보았다.

"……."

히라이는 쿠미가 망설이는 이유를 손바닥 들여다보듯 훤히 알고 있었다. 여태까지 히라이는 쿠미를 볼 때마다 귀찮아하며 인상을 찌푸렸다. 썩 돌아가라는 듯이 험악한 분위기를 자아냈다. 그러나 지금은 달랐다. 만면에 미소를 띠고 쿠미를 바라보고 있었다. 매번 눈길조차 마주치지 않던 히라이가 지금은 쿠미만 쳐다보고 있는 것이다.

"……응? 뭐야? 오늘 왜 그래?"

"뭐가?"

"아니, 몇 년 동안……, 이렇게나 쉽게 만난 적이 없었으니까."

"그랬나?"

"그랬지."

"미안, 미안……."

히라이는 어깨를 움츠리며 대답했다. 언니의 장난기 어린 모습에 한시름 놓은 쿠미는 히라이가 앉은 자리로 천천히 다가갔다.

"음, 커피랑 토스트, 그리고 카레라이스랑 믹스 파르페 주세요."

쿠미는 카운터 안에 있는 케이에게 말했다.

"네!"

케이는 불안한 마음에 히라이에게로 힐끗 시선을 돌렸으나, 평소와 다름없이 보였는지 가슴을 쓸어내리고 주방으로 들어갔다.

"여기 앉아도 돼?"

쿠미가 조심스레 히라이의 맞은편 의자에 손을 올리며 물었다.

"그럼."

히라이가 대답했다. 역시 웃는 얼굴이었다. 쿠미는 기쁘게 웃으며 히라이의 맞은편 자리에 천천히 앉았다.

"……."

"……."

그러나 두 사람은 한동안 마주 앉은 채 입을 열지 않았다. 쿠미는 고개를 살짝 숙이고 부산스럽게 꾸물거렸다. 히라이는 그런 쿠미를 가만히, 가만히 바라볼 뿐이었다.

쿠미는 히라이의 시선을 알아채고 우물쭈물 말하기 시작했다.

"……왠지 기분이 이상해."

"뭐가?"

"언니랑 이렇게 마주 앉은 거, 너무 오랜만이라……."

"그런가?"

"왜, 지난번에 왔을 땐 문 너머로 얘기만 했잖아. 그 전에는 도망가는 언니를 쫓아가면서였지, 그 전에는 도로 건너편에서였지, 또 그 전에는……."

"심했네."

그뿐만이 아니었다. 집에 불을 켜 놓고 티 나게 없는 척을 했다. 술 취한 시늉을 하며 "누구세요?"라고 물은 적도 있었다. 메모는 읽지 않고 버렸다. 마지막 편지까지. 참으로 지독한 언니였다.

"언니 얘기잖아."

"미안, 미안."

히라이는 혀를 삐죽 내밀며 애써 익살스러운 표정을 지었다.

"……."

'?'

"정말 어떻게 된 거야?"

지금까지와는 눈에 띄게 다른 히라이의 태도에 무언가 낌새를 느꼈는지, 쿠미가 불쑥 걱정스럽게 물었다.

"뭐가?"

"아무래도 이상하잖아."

"그러니?"

"무슨 일 있었어?"

"아니, 아무 일도……."

히라이는 과장하는 것처럼 보이지 않기 위해서 지극히 자연스럽게 시치미를 뗐다. 죽는 날이 가까워지면 사람이 갑자기 온순해지거나 태도가 돌변하는 일이 있다. 그런 사례를 TV에서 봤던 쿠미는 히라이를 향해 불안한 표정을 지었다. 눈시울이 뜨거워졌다. 죽는 건 내가 아니야. 히라이는 차마 견딜 수가 없어서 기어이 고개를 떨어뜨리고 말았다.

"여기요……."

마침 적당한 시점에 케이가 커피를 들고 나타났다. 히라이는 곧바로 얼굴을 들었다.

"감사합니다."

쿠미가 정중하게 머리를 숙였다. 케이는 "아니에요." 하며 커피를 테이블에 내려놓은 후 가볍게 머리를 숙이고 카운터 안으로 돌아갔다.

"……."

"……."

그러나 어쩐지 대화가 끊어지고 말았다. 히라이가 먼저 말을 걸 수는 없었다. 히라이는 쿠미가 나타난 순간부터,

쿠미를 부둥켜안고서 '죽지 마!'라며 소리치고 싶은 충동을 가까스로 억누르고 있었다. 목구멍까지 차오르는 그 말을 억누르기에도 벅찼다.

대화가 끊어지고 나서 잠시 후, 쿠미가 조금씩이기는 했으나 안절부절못하는 기색을 보이기 시작했다. 무릎 위에 올려둔 손으로 종잇조각을 돌돌 뭉치며 미적대는가 하면, 힐끔힐끔 가게 안의 괘종시계를 쳐다보기도 했다. 제 딴에는 언니에게 들키지 않으려고 했으나 쿠미의 일거수일투족이 무엇을 의미하는지 히라이는 알았다.

쿠미는 단어를 고르고 있었다. 고개를 숙인 채 머릿속으로 말하고 싶은 내용을 반추하고 있었다. 물론 어떻게 말하면 언니가 집으로 돌아올까, 온통 그 생각뿐이었다. 말을 쉽사리 꺼내지 못할 수밖에 없었다.

그도 그럴 것이 최근 수년간 히라이가 한사코 거절해 왔기 때문이다. 거부와 거절을 거듭할수록 히라이의 태도는 싸늘해졌다. 그런데도 쿠미는 포기하지 않았지만, 거절당하는 데 익숙해진 것은 아니다. 아마도 거절당할 때마다 상처받고 슬퍼했을 것이다.

히라이는 그런 쿠미의 마음을 생각하니 가슴이 찢어지는

듯했다. 지금까지 끊임없이 상처를 입혀 왔다. 쿠미가 이번에도 거절당하지 않을까 상상하며 망설이는 것도 당연했다. 쿠미는 그때마다 이렇게 전율하면서, 감내하면서, 용기를 내고 있었다. 절대 포기하지 않고, 끊임없이.

쿠미는 고개를 들고 결심한 눈빛으로 히라이의 눈을 똑바로 주시했다. 히라이는 눈을 피하지 않았다. 그저 쿠미를 똑바로 마주 보았다.

쿠미가 조용히 숨을 들이마시고 잠시 뜸을 들이고 있을 때였다.

"돌아갈게."

히라이가 대답했다. 정확히 말하면 쿠미는 아직 아무 얘기도 꺼내지 않았으므로 대답했다는 표현은 적절치 않다. 그러나 히라이는 쿠미가 무슨 말을 하려는지 이미 알고 있었다. 히라이는 집으로 돌아오라는 쿠미의 바람에 응답한 것이다.

히라이의 말이 무슨 뜻인지 이해하지 못한 쿠미가 어리둥절한 표정을 지었다.

"뭐?"

쿠미가 당황하며 되묻자 히라이는 다정하고 부드럽게 말을 덧붙였다.

"돌아갈게. 집으로……."

"……정말로?"

쿠미는 아직 믿기지 않는다는 표정으로 다시 한번 확인했다.

"……나 할 줄 아는 거 없어."

히라이가 미안하다는 듯이 대꾸했다.

"그건 괜찮아! 일은 이제부터 배우면 되니까. 아버지 어머니도 분명 좋아하실 거야!"

"그럴까?"

"당연하지!"

쿠미는 고개를 크게 끄덕이고 대답하더니 순식간에 얼굴을 새빨갛게 붉히며 눈물을 흘렸다.

"왜 그래?"

이번에는 히라이가 당황할 차례였다. 쿠미가 눈물을 흘리는 이유를 모르는 건 아니었다. 히라이가 집으로 돌아오면 정식으로 자유의 몸이 된다. 오랫동안 설득해 온 노력이 결실을 거뒀으니 기뻐하는 마음도 이해가 갔다. 그러나 눈물을 흘릴 정도인 줄은 몰랐다.

"오랜 꿈이었으니까……."

쿠미가 고개를 숙인 채 중얼거렸다. 테이블에는 굵은 눈물방울이 툭툭 소리를 내며 떨어졌다.

히라이의 마음이 술렁이기 시작했다.

역시 쿠미에게도 꿈이 있었다. 하고 싶은 일이 있었다. 그런데 히라이의 이기심이 그 꿈을 빼앗고 말았다. 하물며 눈물을 흘릴 만큼 고이 간직해 온 꿈이었다.

히라이는 자신이 쿠미의 어떤 꿈을 짓밟아 왔는지 똑똑히 알아야 한다고 생각했다.

"……꿈이라니?"

기어들어 가는 목소리로 물었다. 그러자 눈이 새빨갛게 충혈된 쿠미가 얼굴을 들고 크게 심호흡을 한 뒤 입을 열었다.

"언니랑 같이 여관 하는 거……."

쿠미의 우는 얼굴이 고스란히 웃는 얼굴로 바뀌었다. 히라이는 이렇게 행복해 보이는 동생의 얼굴을 보는 건 처음이었다.

히라이의 뇌리에 사흘 전 자신이 내뱉은 말이 스쳤다.

"원망하는 거야."

"물려받기 싫었던 거야, 그 애는……. 여관 말이야……."

"돌아갈 생각 따위 없다는 데도 귀에 못이 박히도록……. 얼마나 끈질긴지 말도 못 해."

"보고 싶지 않아."

"얼굴."

"얼굴에 쓰여 있어. 언니 때문에 원치도 않은 여관 안주인 노릇을 하고 있다고. 언니만 돌아오면 난 자유로워진다고."

"원망받는 건 질색이야."

"버려 줘."

"내용은 읽으나 마나야. 나 혼자선 여관을 꾸리기 힘드니까 슬슬 돌아와라, 일은 지금부터 배우면 된다……. 뭐, 그런 거지."

전부 히라이가 한 말이었다.

그러나 원망하고 있지 않았다. 물려받기 싫은 게 아니었다. 쿠미가 히라이를 끊임없이 설득했던 까닭은 꿈이었기 때문이다.

자유로워지기 위해서도, 탓하기 위해서도 아니었다. 함

께, 히라이와 함께 여관을 꾸리는 일이 쿠미의 오랜 꿈이었던 것이다.

달라지지 않았다. 집으로 돌아가겠다는 히라이의 말을 듣고 기쁨의 눈물을 흘리는 눈앞의 여동생은, 예전과 조금도 달라지지 않았다. 언니를 한결같이 따르며 아무리 거부를 당해도 끈덕지게 설득하러 온 동생. 부모가 히라이와 연을 끊어도 언젠가 언니는 집으로 돌아올 거라고 꿋꿋하게 믿어 온 동생. 어렸을 때부터 언니란 말을 입에 달고 다니며 늘 곁에 있던 어여쁜 동생.

인제 와서 히라이는 그 동생을 다른 어느 때보다 사랑스럽게 느꼈다.

하나, 그 동생은 이제 없다.

히라이의 후회는 눈덩이처럼 커졌다. 죽게 내버려 둘 수 없어. 죽지 마.

"……쿠, 쿠미."

히라이는 희미하게 새어 나오는 목소리로 쿠미의 이름을 불렀다. 헛수고인 줄 알면서도 동생의 죽음을 막고 싶었다. 하지만…….

"잠깐 화장실 다녀올게."

쿠미는 히라이의 목소리가 들리지 않았던 모양인지 "화장 좀 고쳐야겠어."라며 불쑥 자리에서 일어나 등을 휙 돌리고 화장실로 걸어갔다.

"쿠미!"

히라이가 무심코 소리쳤다.

'!'

갑자기 큰 소리로 불러 세우자 쿠미가 당황했다.

"……왜 그래?"

당혹스러워하면서 묻는 쿠미에게 히라이는 뭐라고 대꾸해야 할지 막막했다. 무슨 말을 해야 할까? 아무리 말해 봐야 현실은 달라지지 않는다. 절대로.

"아무것도 아니야."

아무것도 아닐 리 없다. 가지 마! 죽지 마! 미안해! 잘못했어! 날 만나러 오지만 않았다면 그런 식으로 죽지 않았을 텐데!

말하고 싶고 사과하고 싶은 것이 이루 헤아릴 수 없이 많았다. 막무가내로 집을 나온 일, 여관과 부모를 내팽개친 일. 안주인이라는 막중한 역할을 떠맡겨 놓고 동생이 얼마나 힘겨워할지 생각조차 하지 않았다. 바쁜 시간을 쪼개서 어떤 마음으로 만나러 와 줬는지 알려고도 하지 않았다. 나를 언니로 둔 탓에 고생했지, 미안해. 하지만 아무 말도 나오지 않았다. 머릿속이 새하얘졌다. 무슨 말을 해야 할까. 무슨 말을 하고 싶은 걸까.

쿠미는 살가운 얼굴을 하고 있었다. 아무것도 아니라고 말했는데도 다음 말을 조용히 기다려 주었다. 히라이가 무언가 하고 싶은 말이 있다는 것을 알아주었다.

'오랫동안 몹쓸 짓을 해 온 내게 어쩜 이렇게 살가운 얼굴을 보여 주는 걸까. 이 아이, 그 살가움으로 나를 오랫동안 기다려 줬어. 함께 여관을 꾸리기 위해, 포기하지 않고. 그런데 난…….'

히라이의 마음은 오랜 침묵 후에, 헤매고 헤매던 끝에, 단 한마디의 중얼거림으로 나왔다.

"고마워……."

이 한마디에 얼마만큼의 마음이 담겼을까. 과연 전해질는지 알 수 없다. 그래도 이 한마디가 히라이의 전부였다.

쿠미는 잠시 어리둥절해 하다가 생긋 웃으며 이렇게 대답했다.

"역시 오늘 언니 좀 이상하다니까."

"그럴지도."

히라이는 마지막 힘을 모두 짜내어 가장 밝은 미소로 화답했다.

쿠미는 기쁜 듯이 어깨를 으쓱해 보이더니 히라이에게 등을 휙 돌리고 화장실로 걸어갔다.

'쿠미……!'

쿠미가 점점 멀어져 갔다. 히라이의 눈에서 눈물이 흘렀다. 이제 눈물을 참을 수 없었다. 그런데도 히라이는 눈 하나 깜빡이지 않았다. 쿠미가 시야에서 사라질 때까지, 히라이는 그저 가만히 그 뒷모습을 바라보았다.

쿠미의 모습이 사라진 순간, 히라이의 고개가 푹 꺾였다. 아래로 기울어진 히라이의 얼굴에서 눈물이 흘러 테이블 위로 툭툭 떨어졌다.

히라이는 진심으로 가슴이 아파서 큰 소리로 울고 싶었다. 그러나 소리를 낼 순 없었다. 쿠미에게 들릴지도 모른다. 히라이는 쿠미의 이름이 튀어나올 것 같아 입을 손으로 힘껏 막은 채 어깨를 떨며 소리를 죽이고 흐느꼈다.

주방에 있던 케이가 어딘가 이상해 보이는 히라이에게 걱정스레 말을 걸었다.

"히라이 씨?"

삐삐삐삐…….

그때 커피 잔에서 소리가 울렸다. 커피가 완전히 식기 전에 울리는 알람이었다.

"그 알람……."

케이는 알람 소리를 듣고 이 모든 정황을 이해했다. 그 알람은 죽은 자를 만나러 갈 때만 사용한다는 것을 알고 있었기 때문이다. 히라이는 쿠미라는 동생을 만나러 왔다고 말했다.

그렇다면 그 동생은…….

케이는 쿠미가 들어간 화장실에서 히라이에게로 시선을 돌렸다.

"설마……."

케이가 조심스럽게 중얼거렸다.

히라이는 자신을 빤히 바라보는 케이를 향해 처량하게 고개를 끄덕일 따름이었다.

"히라이 씨…….”

케이는 주저하면서도 말을 걸었다.

"알아.”

히라이가 커피 잔으로 손을 뻗었다.

"마셔야 한다는 거지?”

케이는 아무 말도 하지 않았다. 말을 할 수가 없었다.

"…….”

히라이는 잔을 들고서 한숨인지 탄식인지 모를 불분명한 소리를 내뱉었다. 마음에서 새어 나오는 애처롭고 슬픈 소리였다.

"한 번만 더, 그 애 얼굴을 보고 싶은데……. 보면, 나 못 돌아가…….”

히라이는 후들거리는 두 손으로 잔을 입까지 가져갔다. 마셔야 한다. 또다시 눈물이 주르륵 흐르고 이런저런 생각이 스쳤다. 어째서 이런 일이 생겼을까? 왜 동생은 죽어야만 했을까? 왜 나는 더 빨리 집으로 돌아가겠다고 말해 주지 못했을까?

커피 잔은 입가에 머무른 채 움직이지 않았다. 그리고 급기야…….

"안 돼. 못 마시겠어…….”

히라이는 잔을 내려놓고 말았다. 히라이의 몸에서 힘이 모조리 빠져나갔다. 자신이 무엇을 하고 싶은지, 무엇을 하러 왔는지 잊어버렸다.

기억하는 것은 자신이 이렇게나 동생을 아꼈다는 사실, 소중히 여겼다는 사실, 그리고 그 동생은 죽었다는 사실뿐이었다.

"……."

이제 이 커피를 마시고 나면 두 번 다시 동생을 만나지 못한다. 드디어 웃는 얼굴을 볼 수 있었는데, 이제 두 번 다시는.

하지만 쿠미의 얼굴을 보면서는 절대로 커피를 마실 수 없다는 것을 히라이는 알고 있었다.

"히라이 씨!"

"못 마시겠어!"

케이는 히라이의 마음을 뼈저리게 이해한다는 듯 비통한 표정으로 입술을 꽉 깨물었다.

"약속……."

케이는 떨리는 목소리로 한마디, 한마디씩 전했다.

"했잖아요. 여동생이랑……."

"……."

"집으로 돌아가겠다고."

히라이의 감은 눈꺼풀 안에서 환하게 웃는 쿠미의 얼굴이 떠올랐다.

"같이 여관 하겠다고."

상상 속의 쿠미는 살아 숨 쉬며 히라이와 함께 즐겁게 여관 일을 하고 있었다.

"……"

아침 일찍 울린 휴대폰 수신음이 머릿속에서 들렸다.

"하지만 그 애는……"

곤히 자는 듯이 누워 있던 쿠미의 모습이 플래시백처럼 스쳤다.

그 애는 이제 없다.

현실로 돌아간들 무슨 소용이 있다는 말인가. 히라이의 마음은 현실로 돌아가기 위한 이유를 온전히 상실하고 말았다.

케이도 울고 있었다. 그러나 그녀의 목소리는 지금까지 히라이가 들어 본 적이 없을 만큼 단호했다.

"그러니까, 그러니까 더 돌아가야죠."

그러니까 더?

"동생이 슬퍼할걸요? 이 자리에서 끝나는 약속인 줄 알면, 여동생이 슬퍼할걸요?"

'그 말이 맞아. 나와 함께 여관을 꾸려 나가는 게 꿈이었다고 고백해 준 쿠미. 난 돌아가겠다고 약속했어. 그토록 기뻐하는 쿠미의 얼굴은 처음이었어. 그 웃는 얼굴을 또다시 헛되이 할 수는 없어. 이제 두 번 다시 쿠미에게 상처 주고 싶지 않아. 현실로 돌아가야 해. 그리고 집으로 돌아가야 해. 비록 쿠미가 살아 있지 않다고 해도, 살아 있던 쿠미와의 약속을, 그 웃는 얼굴을 헛되이 하지 않기 위해서라도…….'

히라이는 잔으로 손을 뻗었다.
'딱 한 번만 더, 쿠미를 보고 싶어.'
마지막 망설임이 발목을 잡았다.
"……."
그러나 쿠미의 얼굴을 보면 끝내 마시지 못한다. 돌아가지 못한다.
그 사실을 누구보다 잘 아는 사람은 히라이였다.

단지 커피를 마시기만 하면 될 일인데 도무지 잔과 입술 사이의 거리가 좁혀지지 않았다.

잘칵.

화장실 문을 여는 소리가 희미하게 들렸다. 입구와 마찬가지로 화장실에서 나온 직후에는 서로의 모습이 보이지 않는다.

히라이는 그 소리를 들은 순간 단숨에 커피를 들이켰다. 더는 망설일 수 없었다. 이 순간을 놓치면 히라이가 커피를 마실 기회는 없다. 머리가 아닌 온몸의 감각이 히라이에게 그렇게 알렸다.

커피를 다 마신 순간, 그 현기증 같은 기체의 감각이 되살아났다. 몸이 기체에 휘감겼다. 이제 히라이는 두 번 다시 쿠미를 만나지 못한다. 어쩔 도리가 없다. 그렇게 생각했을 때, 쿠미가 화장실에서 돌아왔다.

"(쿠미!)"

히라이의 의식은 기체가 되어 흔들리면서도 아직 그 자리에 남아 있었다.

"어? 언니?"

쿠미가 돌아왔다. 하지만 그쪽에서는 더 이상 히라이의 모습이 보이지 않는지 그녀가 앉아 있던 자리 주변을 서성였다.
"(쿠미!)"
히라이의 목소리가 가닿지 않았다.
"저기요, 저희 언니 어디 갔는지 아세요?"
쿠미가 어찌할 바를 몰라 하며 카운터 안에서 등을 돌리고 있는 케이에게 물었다.
"뭔가 급한 일이 생겼다고 하던데."
케이는 몸을 빙그르 돌려 쿠미에게 웃는 얼굴로 말했다. 케이의 말을 듣고 쿠미는 얼굴을 찌푸렸다. 쿠미로서는 당연했다. 오랜만에 만난 언니가 갑자기 사라진 것이다. 집으로 돌아오겠다는 말은 들었지만, 너무나 짧은 재회였다. 불안해지는 것도 무리는 아니었다. 쿠미는 어깨를 축 늘어뜨렸다.
그 모습을 보고 케이가 입을 열었다.
"걱정하지 말아요. 언니가 약속은 꼭 지키겠다고 말했거든요."

그리고 케이는 기체가 되어 버린 히라이를 향해 찡긋 윙크했다.

'케이, 고마워······.'

히라이는 케이의 배려에 감사의 눈물을 흘렸다.

"······그래요?"

잠시 말이 없던 쿠미가 생긋 웃었다.

"그럼 오늘은 이만 가 볼게요······."

쿠미는 정중히 머리 숙여 인사한 후 경쾌한 발걸음으로 찻집을 나갔다.

'쿠······ 미······!'

출렁임과 함께 사라져 가는 의식 속에서 히라이는 똑똑히 보았다. 약속을 지키겠다는 말을 들었을 때 쿠미가 보인 행복한 웃음을.

히라이의 눈에 비치는 풍경이 영화를 빠르게 재생하는 듯이 위에서 아래로 흘러갔다.

히라이는 한동안 눈물을 흘렸다. 그저 하염없이 눈물을 흘렸다.

어느새 히라이 앞에 화장실에서 돌아온 원피스를 입은 여자가 서 있었다.

카즈와 나가레, 고타케, 그리고 케이가 있었다. 히라이는 이제 현실로 돌아왔다. 쿠미가 없는, 그 현실로 돌아온 것이다.

"비켜."

원피스를 입은 여자는 히라이의 부은 눈을 보고도 아랑곳없이 불만스럽게 말했다.

"아, 네……."

히라이는 서둘러 자리에서 일어났다. 원피스를 입은 여자는 조용히 테이블과 의자 사이로 몸을 집어넣어 자리에 앉더니, 히라이가 마시던 커피 잔을 쓱 밀어내고 다시 태연하게 소설을 읽기 시작했다.

히라이는 눈물로 뒤범벅된 얼굴을 열심히 수습하며 크게 심호흡했다.

"나, 있을 데가 없을지도 모르지만……."

"……."

"할 줄 아는 일이 없을지도 모르지만……."

히라이는 그렇게 말하며 손에 쥐고 있는 쿠미의 마지막 편지를 내려다보았다.

"이대로 돌아가도……."

"…….'

"괜찮겠지?"

가게든 뭐든 그대로 내버려 두고 지금 당장 집으로 돌아가겠다는 말이었다. 과연 히라이다운 선택이었다. 뒤끝이 없었다. 그녀의 얼굴에는 아무런 미련도 보이지 않았다.

"괜찮을 거예요."

케이가 힘차게 고개를 끄덕이며 씩씩하게 대답했다. 히라이가 어떤 체험을 하고 왔는지는 묻지 않았고, 또한 물어볼 필요도 없었다.

히라이는 지갑에서 커피값 삼백팔십 엔을 꺼내 나가레의 손에 쥐여 준 뒤 가벼운 발걸음으로 가게를 훌훌 나섰다.

딸그랑딸그랑.

"잘됐다."

히라이를 배웅한 케이가 배를 살며시 쓰다듬으며 중얼거렸다.

나가레는 히라이에게 받은 커피값을 금전등록기에 넣으면서 케이의 모습을 진지한 얼굴로 바라보았다.
　'아이를 낳겠다는 고집을……, 과연 접어 줄까……?'
　나가레의 표정만이 어두운 가게 안에, 카우벨의 여운이 한동안 울려 퍼졌다.

　딸그랑……딸그랑…….

제4화
모녀

'이번에는

내가 그 상자에 들어갈 차례야…….'

하이쿠에서 저녁매미는 가을을 나타내는 기고(季語. 하이쿠에서 계절감을 나타내기 위해 넣도록 정한 말)다.

저녁매미는 여름의 끝자락에 우는 이미지가 있지만, 실제로는 다른 매미와 마찬가지로 초여름부터 운다. 그런데 어떤 연유에서인지 유지매미와 참매미의 울음소리가 뙤약볕과 한여름, 불볕더위를 연상하는 데 반해 저녁매미의 울음소리는 저물녘과 늦여름을 떠올리게 한다.

해가 기울어 땅거미가 질 무렵, 찌르르르 우는 소리가 들려오면 왠지 처량한 기분이 들어 집으로 가는 길을 서두르고 싶어진다.

저녁매미가 우는 소리를 도시에서 듣기란 생각보다 쉽지 않다. 왜냐하면, 유지매미나 참매미와는 달리 수풀, 삼나무 숲처럼 한낮에도 해가 들지 않는 어둑한 곳을 좋아하는 까닭이다.

한데 이 찻집 근방에 저녁매미 한 마리가 터를 잡았다. 해가 기울기 시작하면 곳곳에서 찌르르르 우는 소리가 들려온다. 공허하고 스러질 듯한 울음소리다.

그 매미 울음소리가 이 찻집 안까지 들려올 때가 더러 있다. 다만 지하라서 귀를 기울여야 아련하게 들려오는 정도다.

그런 8월의 오후. 지상에서 유지매미가 소란스레 지글지글 울어 대고 기상청이 올해 최고의 무더위라고 발표하던 날, 여름에도 에어컨 없이 서늘한 가게 안에서 히라이가 나가레에게 보낸 메일을 카즈가 읽고 있었다.

"집으로 돌아온 지 2주째, 일단 외워야 할 일이 너무 많아서 매일 울 지경이야."

"저런, 저런……."

듣고 있는 사람은 고타케와 나가레였다. 메일은 언제나 나가레의 휴대폰으로 보내졌다. 카즈와 케이는 휴대폰이 없었기 때문이다. 카즈는 대인관계가 서툴러서 휴대폰 같은 기계는 번거로울 따름이라고 생각했고, 케이는 '휴대폰은 부부끼리 하나만 있으면 된다.'는 이유로 결혼하면서 해지했다.

그와는 대조적으로 히라이는 휴대폰 세 대를 구분해서 사용했다. 손님용, 개인용, 가족용.

가족용 휴대폰에는 집과 여동생 쿠미의 전화번호밖에 들어 있지 않았다. 그러나 그 가족용 휴대폰에 새로운 연락처가 추가되었다. 이 찻집과 나가레의 전화번호다. 물론 히라이가 두 연락처를 가족용 휴대폰에 추가한 사실은 아무도 몰랐다.

카즈가 메일을 이어서 읽었다.

"……아직 부모님하고 좀 어색하긴 하지만, 그래도 집에 돌아오길 잘했다고 생각해. 만약 그 아이의 죽음을 계기로 나와 부모님이 불행해진다면, 그 아인 우리를 불행하게 하려고 태어나서 우리를 불행하게 하려고 죽은 셈이 되는 거니까.

그러니까 살아 있는 나의 앞으로의 인생이, 그 아이가 '태어난 의미'를 만들어 가지 않을까? 뭐, 이런 착실한 생각도 드네.

어쨌든 난 잘 지내고 있어. 그러니 언제 한번 기회 되면 놀러 와. 올해는 이미 지났지만, 이곳의 칠석제는 제법 볼 만하거든. 모두한테 안부 전해 줘. 히라이 야에코. ······라는 내용이네요."

주방 입구에서 팔짱을 낀 채 듣고 있던 나가레의 눈이 한층 가늘어졌다. 아마 미소를 짓고 있는 것일 테지만, 남이 보기에는 판단하기 어려웠다.

"정말 잘 됐다."

고타케가 흐뭇하게 미소를 지었다. 근무하다가 쉬는 시간에 들렀는지 간호사복을 입고 있었다.

"이거 보세요."

카즈는 메일에 첨부된 사진을 카운터석에 앉은 고타케에게 내밀었다. 고타케는 제대로 보려고 휴대폰을 받아 들었다.

"······아, 진짜다! 여관 사람 같아!"

고타케가 사진을 보자마자 놀라워하며 말했다.

"그러게요."

카즈가 생긋 웃으며 맞장구쳤다.

사진에는 여관을 배경으로 '다카쿠라' 안주인의 상징인 복숭앗빛 연분홍 쓰케사게를 입고 머리를 틀어 올린 히라이의 모습이 있었다.

"게다가 행복해 보이네."

"그러네요."

티 없이 활짝 웃는 얼굴이었다. 부모님과는 아직 어색한 사이라고 쓰여 있었으나, 함께 찍힌 인물은 아버지 야스오와 어머니 미치코였다.

"여동생분도……."

뒤에서 가만히 사진을 들여다보던 나가레가 나지막이 중얼거렸다.

"분명 기뻐하고 있지 않을까요?"

"그럴 거야."

고타케가 사진을 보면서 대답했다. 옆에 있던 카즈도 고개를 살짝 끄덕였다. 과거로 돌아가는 의식을 할 때 보이는 엄숙하고 차가운 표정이 아니었다. 부드럽고 다정한 얼굴이었다.

"그런데 말이야……."

고타케가 카즈에게 휴대폰을 돌려주고 원피스를 입은 여자가 앉은 자리로 얼굴을 돌리며 아주 흥미롭다는 듯이 물었다.

"저 앤 뭘 하고 있대?"

원피스를 입은 여자를 의아하게 쳐다본 것이 아니었다. 그녀와 합석한 기요카와 후미코를 보고 한 말이다.

후미코는 올해 봄, 이 찻집에서 과거로 돌아간 적이 있었다. 평상시에는 전형적인 커리어 우먼처럼 하고 다니지만, 오늘은 쉬는 날인지 검은색 칠 부 티셔츠에 흰색 스트레치 바지, 그리고 끈 샌들이라는 편안한 차림새로 방문한 터였다.

후미코는 히라이가 보내온 메일에는 당최 관심이 없는 듯 원피스를 입은 여자의 얼굴만 빤히 들여다볼 뿐이었다. 무엇을 하고 싶은 건지 통 짐작이 가지 않았다. 그러니 카즈도 고타케의 질문에 "글쎄요."라고밖에는 대답할 말이 없었다.

후미코는 그날 이후로 가끔 이 찻집에 와서는 원피스를 입은 여자의 앞자리에서 진을 쳤다.

"저기요……."

후미코가 불쑥 카즈에게 말을 걸었다.

"네."

"궁금한 게 있는데요."

"네, 뭔데요?"

"시간을 이동할 수 있다는 건, 미래로도 갈 수 있다는 말인가요?"

"미래요?"

"네, 미래요."

후미코의 말을 듣고 고타케가 흥미진진한 듯 몸을 앞으로 내밀었다.

"앗, 나도 궁금한데?"

"그렇죠?"

후미코가 동의를 구하고 말을 이었다.

"과거로 가든 미래로 가든, 시간을 이동할 수 있다는 측면에선 똑같잖아요. 그렇다면 가능할 것도 같은데……."

"그런 거야?"

고타케도 고개를 끄덕이며 기대 반 호기심 반 어린 눈빛을 카즈에게 향했다.

"갈 수 있어요."

카즈가 선뜻 대답했다.

"진짜요?"

후미코가 흥분해서 일어나다가 테이블을 흔들어 원피스를 입은 여자의 커피가 엎질러지고 말았다. 원피스를 입은 여자의 눈썹이 씰룩 움직였다.

후미코는 황급히 냅킨으로 엎질러진 커피를 닦았다. 저주를 받을 수는 없었다.

"호오."

고타케가 감탄을 자아냈다.

"근데 아무도 가지 않아요."

두 사람의 반응을 보며 카즈가 냉정하게 말했다.

"엥? 왜요?"

후미코가 꽤 놀란 듯이 잔뜩 흥분한 목소리로 대뜸 카즈를 추궁했다. '미래로 갈 수만 있다면 가고 싶어 하는 사람이 나밖에 없진 않을 텐데!', 그렇게 말하고 싶은 모양이었다. 아닌 게 아니라 고타케도 그 이유기 궁금했는지 눈을 동그랗게 뜨고 카즈를 바라보았다. 카즈는 나가레와 조용히 눈빛을 주고받은 뒤, 후미코에게 담담히 설명하기 시작했다.

"그럼, 미래로 갈 수 있다면 언제로 가고 싶으세요? 몇 년 후? 몇 달 후?"

갑작스러운 질문이었지만, 이미 생각해 둔 바가 있는지 후미코는 오히려 기다렸다는 듯이 "3년 후!"라고 냉큼 대답했다. 얼굴이 살짝 붉어졌다.

"애인 만나려고요?"

카즈가 냉정하게 질문했다.

"네, 뭐……."

후미코는 '그러면 안 돼?'라는 듯이 턱을 치켜들며 대답했다. 그러나 얼굴은 점점 달아올랐다.

"수줍어하지 않아도 되는데, 그렇죠?"

나가레가 놀렸다.

"수줍어하는 거 아니에요!"

후미코가 반박했지만, 이미 한발 늦었다. 나가레와 고타케는 얼굴을 마주 보며 히죽히죽 웃었다.

"……."

카즈는 놀리지 않았다. 평상시의 태연한 얼굴로 후미코를 바라보았다.

"안 돼요?"

후미코가 카즈의 안색을 살피며 작은 목소리로 물었다. 카즈는 어디까지나 담담하게 말을 이었다.

"아니, 안 되지 않아요. 안 되진 않는데……."

"않는데?"

"3년 후, 애인이 이 찻집에 올지 안 올지 모르잖아요."

"……."

"아시겠어요?"

카즈는 질문의 의도를 알아채지 못한 후미코에게 다그쳐 물었다.

"……아."

후미코는 이해했다. 지금으로부터 3년 후로 갈 수 있다손 치더라도 그 시간에 고로가 이 찻집에 있다는 보장은 없는 것이다.

"바로 그거예요."

"……."

"과거의 사건은 이미 일어난 일이니까, 그 순간을 노리고 돌아갈 수 있어요. 하지만……."

"미래는 알 수 없다!"

고타케가 손을 탁 치며 퀴즈 프로그램 출연자처럼 대답했다.

"네. 가고 싶은 날로 갈 수는 있지만, 거기에 만나고 싶은 사람이 있는지는 모르지요."

아마도 지금까지 똑같은 생각을 한 손님이 여러 명 있었는지 나가레가 익숙하게 설명을 보탰다.

"어지간한 이유가 없는 한, 커피가 식기 전까지의 그 짧은 몇 분을 노리고 미래로 가 봐야 만나고 싶은 사람이 나타날 확률은 무척 낮으니까요."

'무슨 말을 하려는지 알겠지요?' 나가레의 가는 눈이 후미코에게 그렇게 말했다.

"가 봤자 헛수고다……, 라는 말인가."

후미코는 이해했다는 표정으로 중얼거렸다.

"맞아요."

"그렇구나."

후미코는 자신의 야트막한 속셈을 부끄러워하기 이전에, 이 찻집의 빈틈없는 규칙에 진심으로 감탄하여 카즈의 대답에 반론을 제기하지 못했다.

다만 입 밖으로 말하진 않았지만, '과거로 돌아가도 현실은 바뀌지 않고, 미래는 가 봤자 헛수고네. 이렇게 철통같아서야 도시 전설을 다루는 잡지에서 무의미하다고 할 법도 해.'라고 생각했다.

하지만 그런 것에 감탄하고 있을 때가 아니었다. 나가레가 가느다란 실눈을 초승달처럼 만들며 후미코에게 농담을 던졌기 때문이다.

"왜요? 결혼에 골인했는지 아닌지 확인하고 싶었어요?"

"그런 거 아니에요!"

"정곡을 찔렀나?"

"아니라니까요!"

안간힘을 쓰면 쓸수록 제 무덤을 파는 후미코였다.

그러나 안타깝게도 후미코는 미래로 갈 수 없었다. 이 역시 성가신 규칙의 하나로, 한 번 그 자리에 앉아서 시간을 이동한 자는 두 번 다시 과거로도 미래로도 가지 못한다. 기회는 단 한 번인 것이다.
'이 규칙은 지금 말하지 않는 편이 좋겠어…….'
카즈는 즐겁게 이야기에 빠져 있는 후미코를 바라보며 생각했다. 후미코를 배려해서가 아니다. 단지 그 사실을 알게 된 후미코의 낙담과 그에 따른 질문 공세가 귀찮았을 뿐이다.

딸그랑딸그랑.

"어서 오세요."
들어온 사람은 후사기였다. 감색 폴로셔츠와 베이지색 반바지에 셋타를 신고 어깨에 숄더백을 메고 있었다. 올해 들어 최고로 무더운 날이었다. 손수건이 아니라 하얀 타월로 땀을 닦으면서 들어왔다.
"후사기 씨."

나가레가 '어서 오세요.' 대신에 후사기의 이름을 불렀다. 후사기는 자신의 이름이 불리자 어리둥절한 표정을 보였으나, 이내 가볍게 허리 숙여 인사하고 늘 그렇듯이 입구에서 가장 가까운 테이블에 자리를 잡았다.

그런 후사기의 옆으로 고타케가 뒷짐을 쥔 채 슬쩍 다가갔다.

"여보."

고타케는 미소를 지으며 후사기를 불렀다. 예전처럼 '후사기 씨.'라고 부르지 않았다.

"누구신지요?"

"당신 아내예요."

"내 아내요?"

"네."

"농담이시죠?"

"진짜예요."

고타케는 서슴없이 후사기의 맞은편 자리로 미끄러지듯 들어가 앉았다. 후사기는 넉살맞게 행동하는 낯선 여자가 당혹스러웠는지 난처한 표정을 지었다.

"저기요, 마음대로 합석하시면 어떡합니까?"

"뭐 어때요? 부부 사이에."

"어떻다니요. 전 당신을 모른다니까요."

"그럼 지금부터 알면 되잖아요."

"그게 무슨 소립니까?"

"음, 이를테면 프러포즈?"

후사기는 어처구니없다는 얼굴로 눈앞의 여자를 노려보았으나, 고타케는 생글생글 웃을 뿐이었다. 난감해진 후사기가 물을 들고 온 카즈에게 도움을 청했다.

"저, 저기……. 이분 좀 어떻게 해 주실래요?"

남이 보기엔 흐뭇한 풍경이지만, 후사기의 얼굴은 그저 곤혹스러워하는 듯이 보였다.

"정말로 난처하신 것 같아요."

카즈는 보기 좋다고 생각하면서도 무심코 후사기의 편을 들었다.

"그런가?"

"오늘은 이제 그쯤에서 봐 주시는 게 어떨까요?"

나가레도 카운터 안에서 후사기에게 도움의 손길을 내밀었다.

이 부부는 가끔 이곳에서 비슷한 대화를 반복했다. 그러나 고타케가 아내라고 밝힐 때마다 후사기가 학을 떼는 건 아니었다. "그렇습니까?" 하고 신기하게 받아들이는 날도 있었다. 엊그제 후사기는 맞은편에 앉은 고타케와 화기애애하게 담소를 나눴다.

화제는 대부분 여행지에서의 추억이었다. 후사기가 여기에 갔었다는 둥 저기에 갔었다는 둥 흔쾌히 얘기하면, 고타케가 생글생글 웃는 얼굴로 "저도 갔어요." 하고 맞장구치며 오붓하게 이야기꽃을 피웠다. 고타케는 그런 사소한 대화를 즐거워했다.

"어쩔 수 없네. 나머지 얘기는 집에서 해야지."

고타케는 그렇게 말하고 재빨리 일어나서 원래의 카운터 자리로 돌아왔다. 물러날 때를 터득하고 있는 모양이었다.

"행복해 보여요."

"뭐, 그렇지."

나가레의 말에 고타케가 기분 좋게 대꾸했다.

"커피."

후사기는 서늘한 가게 안에서도 송골송골 맺히는 땀을 타월로 훔치고 커피를 주문한 다음 숄더백에서 여행 잡지를 꺼내 테이블 위에 늘어놓기 시작했다.

"네."

카즈가 웃는 얼굴로 대답하고 주방으로 들어갔다.

후미코는 다시 원피스를 입은 여자를 관찰했고 고타케는 턱을 괴고서 후사기를 쳐다보았으며, 후사기는 그 시선을 느끼면서도 잡지에서 눈을 떼지 않았다. 나가레는 그런 두 사람을 바라보며 복고풍이 물씬 나는 커피밀로 원두를 오도독오도독 갈기 시작했다. 원피스를 입은 여자는 여전히 소설을 읽고 있었다.

갈린 원두의 향이 아련하게 퍼지자 안쪽 방에서 케이가 모습을 드러냈다.

원두를 갈던 나가레의 손이 순간 멈췄다. 고타케는 케이의 얼굴빛을 보더니 "어머!" 하고 그만 소리를 내지르고 말았다. 얼굴은 창백하고 걸음걸이는 당장에라도 쓰러질 것 같았다.

"괜찮아?"

무뚝뚝하기는 했지만, 그렇게 묻는 나가레의 안색도 어두웠다.

"언니, 오늘은 쉬는 게······."

주방에서 얼굴을 내밀고 카즈가 말했다.

"괜찮아, 걱정 마."

케이는 애써 웃는 표정을 지으려고 했으나 아픈 기색은 감추지 못했다.

"어디 안 좋아?"

고타케는 나가레에게 케이의 상태를 물으며 카운터석에서 일어났다.

"무리하지 않는 게 좋을 텐데."

고타케가 케이를 부축하기 위해 다가가려 했다.

"정말 괜찮아요."

케이는 그렇게 말하고 고타케에게 브이를 그리며 카운터 안으로 들어갔다. 누가 봐도 무리하고 있는 모습이 역력했다.

케이는 태어날 때부터 심장이 약했다. 의사에게서 격한 운동은 삼가라는 말을 듣고 초, 중, 고등학교 때부터 다른 친구들과 똑같이 운동회에 참가한 적이 없었다. 하나, 타고난 성격이 싹싹하고 낙천적이며, 호기심이 왕성하고 자유분방한 그녀는 자기가 할 수 있는 선에서 인생을 즐길 줄 아는 귀재였다.

히라이의 말마따나 케이에게는 '행복하게 사는 재능'이 있었다.

격한 운동을 할 수 없다면, 격하게 운동을 하지 않으면 그만이었다. 케이는 그렇게 생각했다.

운동회에서 케이는 남학생이 밀어 주는 휠체어를 타고 달리기에 참가했다. 늘 꼴찌로 들어왔지만, 케이도, 밀어 준 남학생도 진심으로 분통을 터뜨렸다. 에어로빅은 모두의 동작과는 사뭇 다른 느릿느릿한 율동으로 참여했다. 집단의 테두리에서 벗어나는 행동이었으나 신기하게도 누구의 반감도 사지 않았다.

케이에게는 주위 사람을 모두 자기편으로 만드는 매력이 있었다.

그러나 케이의 심장은 그녀의 의지나 성격과는 상관없이 수시로 악화되었다. 장기간은 아니지만, 입원과 퇴원을 반복하느라 학창 생활을 중단하기도 했다.

나가레와 만난 것은 병원에서였다. 케이가 열일곱 살, 고등학교 2학년 때였다. 입원 중에는 줄곧 누워만 있어야 하는 케이의 몇 가지 낙은 면회객이나 같은 병실 환자 또는 간호사와의 대화, 그리고 창밖으로 풍경을 감상하는 일이었다.

어느 날 혼자서 창밖을 보고 있으니 정원 끝에서 전신에 붕대를 친친 감은 남자의 모습이 눈에 들어왔다. 처음부터 케이는 그 남자에게서 눈을 뗄 수가 없었다. 왜냐하면, 전신에 붕대를 감고 있는 데다가 누구보다 몸집이 컸기 때문이다. 남자 앞에서 걸어가는 초등학생쯤 된 소녀가 무척 작아 보였다.

남들은 경망하다고 흉볼지도 모르나, 케이는 붕대를 친친 감은 거구의 사내에게 '미라 남자'라는 별명을 붙이고서 매일 질리지도 않고 쳐다보았다.

미라 남자는 교통사고를 당해서 입원해 있다는 사정을 어느 간호사에게 들었다. 이야기에 따르면 미라 남자가 사거리를 횡단하고 있을 때 눈앞에서 승용차와 접촉사고를 일으킨 트럭이 돌진했다는 것이다.

다행히 정면충돌은 피했으나 트럭 측면에 치여 20여 m를 튕겨 나간 후 건물 쇼윈도로 떨어졌다. 부딪힌 승용차는 무사했고 트럭은 보도블록 경계석으로 올라가 전복됐다. 그 밖에 치인 사람은 없었지만, 이미 이것만으로도 대형 사고였다.

다른 사람이었으면 즉사했을지도 모른다. 하지만 거구의 사내는 잠시 후 대수롭지 않다는 듯이 일어났다. 아니, 대수롭지 않을 리 없었다. 온몸이 피범벅이었다. 그러나 그는 자신을 치고 전복된 트럭으로 성큼성큼 다가가더니 안에 있던 운전사를 향해 "괜찮습니까?"라고 말을 걸었다고 한다.

트럭에서는 휘발유가 새어 나오고 있었다. 거구의 사내는 정신을 잃고 쓰러진 운전사를 끌어내어 거뜬히 짊어진 후 주위에서 지켜보던 구경꾼들에게 "구급차 좀 불러요!" 하고 소리쳤다. 함께 병원으로 실려 간 거구의 사내는 피범벅이기는 했지만, 찰과상과 열상을 입은 것 외에는 뼈조차 부러지지 않았다고 한다.

케이는 그 이야기를 듣고 나자 점점 더 미라 남자에게 흥미가 생겼다. 그 흥미가 사랑이라는 것을 깨닫기까지는 그리 오래 걸리지 않았다.

케이에게는 첫사랑이었다.

어느 날 케이는 충동적으로 미라 남자를 만나러 갔다. 눈앞에 서자 미라 남자는 상상 이상으로 거대했다. 흡사 담벼락 같았다. 그러나 케이는 기죽지 않고 눈을 반짝반짝 빛내며 이렇게 고백했다.

"당신의 아내가 될래요."

망설임도 부끄러움도 없었다. 미라 남자를 정면으로 주시하고 또박또박 말했다. 이것이 첫 대면에서의 첫 발언이었다.

미라 남자는 잠시 묵묵히 그녀를 내려다보다가 입을 열었다.

"찻집에서 일하게 될 텐데."

이것이 대답이라면 대답이었다.

그 후 3년간의 교제 끝에 케이가 스무 살, 나가레가 스물세 살이 되었을 때 두 사람은 호적에 올리고 정식으로 부부가 되었다.

케이는 카운터에 들어가서 평소처럼 설거지한 그릇들을 닦아 찬장에 넣기 시작했다. 주방 안쪽에서는 사이펀에서 나는 소리가 뽀그르르 들려왔다. 고타케는 케이를 걱정스럽게 바라보았으나, 카즈는 주방으로 들어가고 나가레는 다시 커피밀로 원두를 갈기 시작했다.

무슨 연유인지 원피스를 입은 여자만 케이를 유심히 쳐다보고 있었는데, 그 시선을 알아챈 사람은 아무도 없었다.

"앗!"

고타케가 소리를 친 순간, 유리컵 깨지는 소리가 들렸다.

케이의 손에서 유리컵이 미끄러진 것이다.

"언니!"

평소에는 무슨 일에든 침착한 카즈가 오늘따라 다급하게 뛰쳐나왔다.

"미안해."

케이는 깨진 유리를 주우려 했다.

"내가 할게요."

웅크리고 앉으려는 케이를 카즈가 말렸다.

"……."

나가레는 아무 말 없이 바라볼 따름이었다.

고타케는 이렇게 상태가 나빠진 케이를 보는 것은 처음이었다. 간호사이기에 환자를 늘 봐서 익숙했는데도, 친구의 병세를 눈앞에서 마주하고는 동요했는지 얼굴이 새파랗게 질렸다.

"케이……."

고타케가 걱정스럽게 중얼거렸다.

"괜찮으세요?"

후미코도 물어 왔다. 물론 후사기도 신경을 쓰며 얼굴을 들어 올렸다.

"미안해요."

"병원 가 보는 게 좋지 않을까?"

"에이, 정말로 괜찮아요."

"그래도……."

고타케의 권유에 케이는 완강하게 고개를 가로저었다.

그러나 케이는 어깨를 떨며 숨 가빠했다. 생각보다 괴로운 듯했다.

"……."

나가레는 말없이 케이를 바라본 채 시무룩하게 있었다.

"그럼 좀 쉴까나."

케이는 한숨을 푹 내쉬고 그렇게 말하더니 안쪽 방으로 비틀비틀 걸어갔다. 나가레가 그런 표정을 지을 때는 진심으로 걱정하고 있다는 것을 케이는 잘 알았기 때문이다.

"가게 좀 부탁할게."

나가레가 케이를 따라 안쪽 방으로 들어갔다.

"아, 응……."

대답은 했지만, 카즈는 마음이 딴 데 가 있는 듯 우두커니 서 있었다.

"커피……."

"아, 죄송합니다."

분위기를 파악하고 조심스레 커피를 재촉하는 후사기의 말을 듣고서야 카즈는 제정신이 돌아왔다. 케이에게 온 신경을 쓰는 바람에 후사기에게 커피를 아직 내지 않았던 것이다.

그날은 무거운 분위기 속에서 날이 저물었다.

☕

임신한 이후로 케이는 틈만 나면 배 속 아기에게 말을 걸었다. 4주 차면 아직 아기라고 부르기에는 이른 상태다. 그런데도 케이는 개의치 않았다.

아침에는 "좋은 아침!"으로 시작해서 나가레를 "아빠."라고 일컬으며 그날 있었던 일을 설명하는 것이 일과였다. 케이에게 배 속 아기와의 대화는 이제껏 느껴 본 적 없는 행복한 시간이었다.

"보이니? 이 사람이 네 아빠란다."

"마이 파더?"

"예스."

"엄청 크다."

"그치? 근데 덩치만 큰 게 아니야. 마음도 무진 크다니까. 세상없이 다정하고 든든한 아빠랍니다."

"기대된다."

"아빠랑 엄마도 널 만나는 게 기대된단다."

이런 식이었다. 물론 대화는 언제나 케이가 일인이역을

하며 이루어졌다.

그러나 케이의 몸 상태는 나날이 악화되었다. 임신 5주 차면 태낭이라는 작은 주머니가 자궁 안에 생기고 그 속에서 태아(胎芽)라고 불리는 1~2㎜의 자그마한 아기가 심장 소리와 함께 확인된다. 이 무렵부터 아기의 신체 기관이 급격히 형성되어 눈, 귀, 입 같은 얼굴 부위나 위, 장, 폐, 췌장, 뇌 신경, 대동맥 외에도 손발의 기본을 이루는 부분이 돌기처럼 나온다.

아이러니하게도 아기를 낳기 위한 준비는 케이의 체력을 눈에 띄게 앗아 갔다.

더욱이 몸이 뜨겁고 화끈거리는 증상이 나타나거나, 태반을 형성하기 위해 분비되는 호르몬의 영향으로 나른함과 심한 졸음을 느끼기도 한다. 정신적으로도 불안한 시기라 사소한 일로 화를 내거나 침울해한다. 미각이 바뀌는 시기도 이때다.

그러나 케이는 '괴롭다.'거나 '힘들다.'는 말을 한 번도 입에 담지 않았다. 어렸을 때부터 입원과 퇴원을 거듭해 왔기에 컨디션이 조금 나쁘다고 앓는 소리를 내지는 않는 것이다.

그런 케이의 몸 상태가 요 며칠 사이 급속도로 악화되기 시작했다.

이틀 전, 불안에 휩싸인 나가레는 케이의 주치의에게 상담을 하러 갔다. 주치의는 케이의 임신에 대해 이런 의견을 밝혔다.

"솔직히 말씀드리면, 부인의 심장은 출산을 견디기가 어렵습니다. 6주 차쯤 되면 입덧도 시작될 겁니다. 심할 경우 입원도 고려해야겠지요. 부인께서 낳기로 결정하신다면, 엄마와 아이가 모두 무사할 가능성은 극히 낮습니다. 가령 별 탈 없이 출산을 마친다 하더라도 산모에게 얼마나 영향을 미칠지 이루 헤아릴 수 없습니다. 확실히 수명이 줄어들 각오를 해야 합니다."

그리고 이렇게 덧붙였다.

"보통 인공 임신 중절은 6주 차부터 12주 차 사이에 시행합니다. 부인의 경우 중절을 하시려거든 빠를수록 좋습니다. 때를 놓치지 않기 위해서라도……."

집에 돌아온 후 나가레는 의사에게 들은 이야기를 케이에게 숨김없이 말했으나, 케이는 고개를 끄덕이며 "나도 알아……."라고 대답할 따름이었다.

폐점 후의 가게 안에서 나가레가 홀로 카운터에 앉아 있었다. 조명은 벽 램프뿐이었다.

카운터 위에는 종이 냅킨으로 접은 자그마한 종이학 여러 마리가 가지런히 놓여 있었다. 가게 안에는 괘종시계의 추가 왔다 갔다 하는 소리만이 울렸다. 움직이는 것은 나가레의 손끝뿐이었다.

딸그랑딸그랑.

카우벨이 울렸지만, 나가레는 아무런 반응도 보이지 않았다. 다만 지금 막 완성한 종이학 한 마리를 테이블 위에 올려놓았다.

잠시 후 고타케가 들어왔다. 케이가 걱정되어 퇴근길에 들른 것이다.

"……."

나가레는 종이학에서 눈길을 떼지 않은 채 머리를 살짝 숙였다.

"케이는 좀 어때?"

고타케가 입구에 못 박힌 듯 서서 물었다. 고타케는 케이의 임신 소식을 일찌감치 들었으나, 설마 이렇게 급속도로 악화될 줄은 생각지도 못했다. 밤이 되어도 여전히 걱정스러운 표정이었다.

"뭐, 그럭저럭요."

나가레는 뜸을 들이다가 종이 냅킨 한 장을 쥐면서 대답했다.

고타케는 나가레와 의자 하나를 건너앉았다.

"……."

"걱정 끼쳐서 죄송합니다."

나가레는 코끝을 긁으며 고타케를 곁눈으로 쳐다보고는 머리를 살며시 숙였다.

"그건 괜찮은데, 정말 병원 안 데려가도 돼?"

"한번 말을 꺼내면 영 들질 않아서……."

"그래도."

"……."

나가레는 종이학을 접던 손을 멈췄다. 그러나 시선은 종이학에 머물렀다.

"반대도 했습니다."

기어들어 가는 목소리로 나가레가 웅얼거렸다. 이렇게

조용한 가게가 아니었다면 고타케에게도 들리지 않았을 것이다.

"근데 기어이 낳겠다고······."

그렇게 말하며 나가레는 고타케에게 아주 희미한 웃음을 보였으나, 얼마 못 가 고개를 떨구고 말았다. 말로는 반대도 했다지만, 나가레는 강하게 말리진 못했다. '낳지 마.'라고도 '낳았으면 좋겠어.'라고도 말하지 못했다. 어느 쪽도 쉽게 선택할 수 없었다. 케이의 목숨도, 배 속 아기의 목숨도.

딱히 할 말을 찾지 못한 고타케는 천장에서 유유히 돌아가는 실링 팬을 쳐다보며 "가슴 아프네······."라고 중얼거렸다.

잠시 후 안쪽 방에서 카즈가 나왔다.

"카즈······."

고타케가 속삭이듯이 말을 걸었지만, 카즈는 눈을 아래로 깐 채 시선을 나가레에게로 향했다. 평상시의 태연한 표정이 아니었다. 공허한 슬픔이 감돌았다.

"케이는?"

나가레의 물음에 카즈는 잠자코 안쪽 방을 쳐다보았다.

카즈의 시선 끝에서 느릿한 발걸음으로 케이가 모습을 드러냈다. 안색이 창백하고 위태로운 걸음걸이였지만, 점심때와 비교하면 한결 나아 보였다. 카운터 안에 서자 나가레와 대치하는 꼴이 되었다.

"……."

케이는 나가레를 빤히 보았으나 나가레는 케이를 외면하며 테이블에 늘어놓은 종이학만 쳐다볼 뿐이었다. 나가레와 케이, 두 사람 모두 침묵을 지킨 채 시간만이 답답하게 흘러갔다. 고타케까지 숨을 죽이고 있었다.

돌연 카즈가 주방으로 들어가서 커피를 내리기 시작했다. 깔때기에 필터를 끼우고 주전자로 플라스크에 뜨거운 물을 따랐다. 조용한 가게 안이라 모습은 보이지 않아도 무엇을 하고 있는지 쉽게 상상할 수 있었다. 잠시 후 플라스크의 물이 끓어오르면서 깔때기로 올라가는 소리가 뽀그르르 들려왔다. 몇 분이 채 지나기 전에 가게가 커피 향으로 채워졌다.

나가레가 그 향에 이끌린 듯이 얼굴을 들어 올렸다.

"……미안해."

그때 케이가 불쑥 중얼거렸다.

"……뭐가?"

나가레가 종이학을 쳐다보며 물었다.

"내일 병원 갈게."

"……."

"제대로 입원할게."

케이의 한마디, 한마디는 마치 자신을 설득하고 있는 듯했다.

"솔직히, 입원하면 다시는 여기로 돌아오지 못할 것 같아서, 아무래도 결심이 서지 않았어……."

"……그랬군."

나가레가 주먹을 꽉 쥐었다.

케이는 턱을 들어 올리고 그 커다란 눈으로 허공을 바라다보았다.

"근데, 슬슬 한계인 것 같아……."

당장에라도 울음을 터뜨릴 듯한 얼굴로 말했다.

"……."

나가레는 그저 말없이 듣고 있었다.

"내 몸이, 이제 한계래……."

케이는 아직 조금도 부르지 않은 배에 손을 올렸다.

"이제 이 아이를 낳는 게 고작인가 봐……."

분하다는 듯이 쓴웃음을 지으며 그렇게 말했다. 역시 자기 몸은 자기가 가장 잘 아는 법이었다.

"그러니까……."

병원에 가기로 결심했다는 말이다.

"알았어."

나가레가 가는 눈으로 케이를 쳐다보며 대답했다.

"케이……."

고타케는 이렇게 동요하는 케이를 처음 마주했다. 간호사이기에 선천적으로 심장 질환이 있는 케이의 출산이 얼마나 위험하고 큰일인지는 알고 있었다. 그런데 입덧이 시작되었을 뿐인데 이토록 쇠약해진 것이다. 이번에 출산을 포기한들 누구도 비난하지 않는다. 그런데도 케이는 아기를 낳으려고 했다.

"근데 무섭네……."

떨리는 목소리로 케이가 중얼거렸다.

"이 아인 행복해질 수 있을까?"

케이는 조용히 배에 손을 올렸다.

"외롭지 않을까? 울지 않을까?"

그렇게 언제나처럼 배 속의 아기에게 말을 걸었다.

"나는 널 낳아 주는 것밖엔 할 수 없는데, 그래도 용서해 줄래?"

케이는 귀를 기울였으나 배 속의 아기는 아무런 대답이 없다.

"……."

뺨 위로 한 줄기 눈물이 흘렀다.

"있잖아, 나 무서워……. 이 아이 옆에 있어 주지 못하는 게 너무나 무서워……."

케이는 눈물이 그렁한 눈을 똑바로 뜨고 호소했다.

"나, 어떻게 하면 좋을까? 이 아이가 정말 행복해지면 좋겠어……. 단지 그것뿐인데, 이렇게 무섭다니……."

"……."

그러나 나가레는 아무 대꾸도 하지 못한 채 카운터 위에 올려 둔 종이학만 쳐다볼 따름이었다.

탁.

원피스를 입은 여자가 소설책을 덮었다. 책을 다 읽어서가 아니다. 소설에는 빨간색 리본이 달린 새하얀 책갈피가 끼워져 있었다. 그 소리에 이끌려 케이는 무심코 원피스를 입은 여자에게로 시선을 돌렸다. 원피스를 입은 여자도 케이의 얼굴을 지그시 바라보고 있었다.

"……."

원피스를 입은 여자는 딱 한 번, 케이의 눈을 응시하며 천천히 눈을 깜박인 후 더디게 일어섰다. 눈을 깜박인 이유는 알 수 없었다. 하지만 원피스를 입은 여자는 그대로 아무 일도 없었다는 듯이, 소리 없이 나가레의 뒤를 지나고 고타케의 옆을 스쳐서 빨려 들어가는 것처럼 화장실로 사라졌다.

그 자리가 비었디.

"……."

케이는 홀린 사람처럼 천천히, 천천히 발을 내딛기 시작했다. 그리고 과거로 돌아가는 자리 앞까지 가서 그 의자를 가만히 쳐다보았다.

"카즈, 커피 내려 줄래?"

스러질 것 같은 목소리였다.

카즈는 자신의 이름이 불리기에 주방에서 얼굴을 내밀었지만, 케이가 왜 그 자리 앞에 서 있는지 얼른 이해하지 못했다.

"……."

"어이, 설마……."

나가레는 케이의 뒷모습을 향해 말했다.

카즈는 원피스를 입은 여자가 없다는 사실을 깨닫고 낮에 했던 이야기를 떠올렸다.

기요카와 후미코는 미래로 갈 수 있느냐는 질문을 던졌다. 후미코의 목적은 명쾌했다. 3년 후, 자신이 미국에서 돌아온 고로와 결혼을 했는지 아닌지 확인하고 싶은 것이다. 카즈는 "갈 수 있다."라고 대답했지만, "아무도 가지 않는다."라는 말도 덧붙였다.

분명히 미래로 갈 수는 있다. 그러나 그렇게 찾아간 미래에 만나고 싶은 상대가 있다는 보장은 없다. 미래의 일은 그 누구도 알지 못하는 까닭이다.

물론 커피가 식기 전까지, 라는 제한시간도 있다. 만날 수 있는 확률은 제로에 가깝다.

'가 봤자 헛수고'이기 때문에 아무도 미래로 가려고 하지 않았다.

케이는 지금 그런 미래로 가려는 것이었다.

"딱 한 번이면 돼."

"잠깐!"

"딱 한 번만 보면 그걸로 충분해……."

"그러니까, 미래로 가겠다는 말이야?"

나가레가 드물게 언성을 높였다.

"하지만……."

"만날 수 있을지 없을지 모른다고."

"……."

"만나지 못하면 의미가 없잖아?"

"그렇지만……."

"……."

케이는 간절히 애원하는 눈빛으로 나가레의 눈을 쳐다보았다.

"안 돼!"

그러나 나가레는 딱 한마디로 잘라 말하고는 케이에게 등을 돌린 채 입을 다물어 버렸다.

나가레가 이처럼 단호하게 케이의 행동을 제지한 적은 지금껏 한 번도 없었다. '말을 꺼내도 듣질 않는다.'는 케이의 성격을 가장 존중해 온 사람은 나가레였다. 케이를 위험에 빠뜨릴 출산이라는 선택조차 극구 반대하지 못했다. 그런 나가레가 미래로 가겠다는 것만큼은 격렬히 반대하고 있었다.

미래로 가도 만나지 못할뿐더러 만에 하나 미래에 자신들의 아이가 존재하지 않는다면, 지금의 케이를 지탱하고 있는 '살아갈 힘'마저 끊어질 가능성이 있었다. 그것이 나가레가 반대하는 가장 큰 이유였다.

"……."

케이는 예의 자리 앞에서 힘없이 축 처져 있었다. 그러나 미래로 가겠다는 생각은 끝까지 포기할 수 없는지 그 자리 앞에서 움직일 기미가 없었다.

"몇 년 후……?"

카즈가 불쑥 중얼거렸다. 그러고는 천천히 케이 옆을 지나쳐 방금까지 원피스를 입은 여자가 마시던 잔을 정리하기 시작했다.

"몇 년 후, 몇 월 며칠? 몇 시 몇 분?"

카즈가 그렇게 물은 후 케이의 눈을 가만히 쳐다보며 살짝 고갯짓했다.

"카즈!"

나가레가 엄하게 소리쳤지만, 카즈는 아랑곳하지 않고 태연하게 웃었다.

"기억해 둘게요. 그날 꼭 만날 수 있도록."

"카즈……."

카즈는 케이가 지금부터 떠나려는 미래의 시간, 몇 년 후의 그 시간에, 태어날 아이가 이 찻집에 있게 하겠노라고 약속하는 것이었다.

"그러니까 걱정하지 말아요."

케이는 카즈의 눈을 바라보며 고개를 가볍게 끄덕였다. 고마움과 믿음의 표시였다.

카즈는 요 며칠 케이의 상태가 나빠진 원인에는 임신에 따른 몸의 변화뿐만 아니라 정신적으로 쇠약해진 영향이 크다고 생각했다.

케이는 죽음을 두려워하진 않았다. 다만, 어미로서 아이의 성장을 지켜볼 수 없다는 불안과 슬픔, 그 감정들이 마음을 갉아먹었다. 마음의 침식은 체력을 앗아 가고, 체력의 저하는 더욱더 큰 불안을 불러일으킨다. "병은 마음먹기에 달렸다."고 하나, 이대로 가다간 예정일이 오기도 전에 몸이 허약해져서 엄마와 아이 둘 다 목숨을 잃을지 모른다. 카즈는 그렇게 생각했다.

케이의 눈에 생기가 돌아왔다.

'내 아이를 만날 수 있다.'

그것은 작은, 아주 자그마한 희망이었다. 케이는 카운터에 앉은 나가레에게로 얼굴을 돌렸다. 동글동글하고 큰 눈이 나가레의 눈을 다부지게 쳐다보았다.

"……."

나가레는 잠시 입을 다물고 있다가 짧게 한숨을 내쉬더니 고개를 홱 돌렸다.

"마음대로 해."

될 대로 되라는 듯이 말하고는 케이에게 등을 돌린 채 자세를 고쳐 앉았다.

"고마워……."

케이는 나가레의 등을 바라보며 속삭였다.

"……."

카즈는 케이가 그 의자와 테이블 사이로 들어가는 것을 확인한 뒤 원피스를 입은 여자가 쓰던 잔을 들고 주방으로 모습을 감췄다.

케이는 크게 심호흡을 하며 천천히 앉아서 눈을 감았다. 고타케는 기도하듯이 눈앞에서 손을 모았고, 나가레는 말없이 종이학만 쳐다보았다.

그러고 보니 케이는 나가레의 의사에 반하여 자기주장을 하는 카즈의 모습을 처음 보았다.

카즈는 이 찻집 밖에선 낯선 사람과 거의 대화를 나누지 않았다. 미술 대학에 다니고는 있지만, 친구라고 할 만한 사람과 함께 있는 모습을 케이는 본 적이 없었다. 늘 혼자였다. 학교에서 돌아오면 가게 일을 거들고, 끝나면 방에 틀어박혀 오로지 그림을 그렸다.

카즈의 화풍은 연필만으로 실물 사진처럼 생생하게 묘사하는 극사실주의(하이퍼리얼리즘)였다. 다만, 실제로 본 물체가 아니면 그릴 수 없었다. 말하자면 상상이나 존재하지 않는 가공의 것을 그림으로 그리진 않았다.

인간은 보고 들은 것을 그대로 받아들이지 않는다. 경험, 사고, 치지, 망상, 취향, 지식, 인식, 그 밖에 다양한 감성이 작용하여 눈과 귀로 들어오는 정보를 왜곡한다.

저명한 화가 파블로 피카소가 열여섯 살 때 그린 남자의 나체 데생은 뛰어났으며, 열네 살 때 그린 가톨릭 통과의례 장면 또한 매우 사실적이었다.

그 후 친구의 자살로 큰 충격을 받아 암청색을 기조로 한 '청색 시대', 새로운 연인을 만나면서 밝은 색조가 두드러진 '장밋빛 시대', 아프리카 조각에 영향을 받은 시기에서 큐비즘, 신고전주의, 초현실주의, 그리고 유명한 〈우는 여인〉과 〈게르니카〉의 시대로 옮겨 갔다. 이는 피카소의 눈에 비친 사물이 피카소라는 필터를 통과함에 따라 투영된 결과다.

이때까지 카즈는 남의 의견이나 행동에 토를 달거나 반기를 들지 않았다. 카즈의 필터에 자신의 감상(感傷)이 들어 있지 않은 까닭이다. 무슨 일에든 자신이 영향을 미치지 않는 거리를 유지했다. 그것이 카즈의 태도이자 살아가는 방식이었다.

그러한 입장은 상대가 누구든지 간에 변하지 않았다. 과거로 돌아가려는 손님에 대한 냉정한 태도는 '과거로 돌아가서 당신에게 무슨 일이 생기든 내 알 바가 아니다.'라는 뜻이다.

그러나 이번에는 달랐다. 카즈는 약속했다. 미래로 가라며 케이의 등을 떠밀었다. 카즈의 행동은 케이의 미래에 직접적인 영향을 미친다.

케이는 카즈답지 않은 행동에는 어떤 근거가 있을지도 모른다고 생각했지만, 그 근거가 무엇인지는 종잡을 수 없었다.

"언니."

카즈의 목소리에 케이가 눈을 떠 보니, 은쟁반에 새하얀 커피 잔과 자그마한 은주전자를 받친 카즈가 테이블 옆에 서 있었다.

"괜찮아요?"

"응, 괜찮아."

케이가 자세를 바로잡자 카즈는 조용히 커피 잔을 내려놓고 고개를 기울이며 무언으로 '몇 년 후?'라고 물었다.

"음, 10년 후 8월 27일로……."

케이는 잠시 생각하다가 대답했다.

"알겠어요."

키즈가 날짜를 듣고 살며시 비소 지으며 조용히 대답했다. 8월 27일은 케이의 생일이다. 이날이라면 카즈와 나가레도 잊어버리지 않을 것이다.

"시간은요?"

카즈가 계속 물었다.

"15시."

케이가 곧바로 대답했다.

"10년 후 8월 27일, 15시……."

"부탁해."

케이가 싱긋 웃자 카즈는 고개를 끄덕이고 은주전자를

손에 쥐었다.

"그럼……."

여느 때처럼 운을 뗐다.

"다녀올게."

케이가 나가레를 향해 말했다. 망설임이 없는 가뿐한 목소리였다.

"그래."

나가레는 케이에게 등을 돌린 채 대꾸했다.

카즈는 두 사람의 대화를 지켜본 후 은주전자를 커피 잔 바로 위까지 가져가서 속삭였다.

"커피가 식기 전에……."

그 말이 정적에 휩싸인 가게 안에 울린 순간, 공기가 팽팽하게 긴장되는 것이 케이에게도 느껴졌다.

카즈가 커피를 따르자 가는 주전자 부리에서 새카만 실선처럼 나온 커피가 소리 없이 잔으로 흐르며 천천히 차올랐다.

커피 잔이 차오르는 동안 케이는 잔이 아니라 카즈를 빤히 쳐다보고 있었다.

커피를 다 따른 카즈가 케이의 시선을 알아채고 부드럽게 미소를 띠었다. 마치 '꼭 만날 수 있을 거예요.'라고 말하는 듯했다.

잔에 채워진 커피에서 스르르 김이 올라왔다. 케이는 자신의 몸이 기체처럼 출렁출렁 일그러지는 감각을 느꼈다. 문득 몸이 가벼워지는가 싶더니 주위 풍경이 입체 영상처럼 흘러가기 시작했다.

평소의 케이라면 유원지에서 놀이기구를 타는 아이처럼 눈을 반짝거리며 흘러가는 풍경을 구경했을지도 모른다. 그러나 이 불가사의한 체험도 지금 그녀의 마음을 사로잡지는 못했다.

나가레의 반대를 무릅쓰고 카즈가 얻어 준 단 한 번의 기회, 아이와의 만남이 기다리고 있었다.

케이는 현기증처럼 흔들리는 감각에 몸을 맡긴 채 어릴 적 기억을 떠올렸다.

케이의 아버지, 마쓰자와 미치노리도 심장이 약했다. 케이가 초등학교 3학년 때 직장에서 쓰러진 이후로 빈번히 입퇴원을 거듭하다가 이듬해 세상을 떠나고 말았다. 케이가 아홉 살 때의 일이다.

그야말로 붙임성이 좋고 천진난만한 성격을 타고난 케이였지만, 그만큼 감수성이 예민하고 희로애락의 기복이 심했다. 아버지 미치노리의 죽음은 케이의 마음에 어두운 음영을 드리웠다.

처음 경험하는 '죽음'을 케이는 '새카만 상자'로 표현했다. 한 번 갇히면 두 번 다시 나올 수 없는 상자. 아버지는 그 안에 갇혀 있다. 누구도 만나지 못하는 고통스럽고 쓸쓸한 곳에. 아버지를 생각하면 케이는 밤에도 잠을 이루지 못했다. 차츰 케이에게서 웃음이 사라져 갔다.

한편, 어머니 도마코는 케이와는 정반대의 태도를 보였다. 시종일관 웃는 얼굴로 지냈다. 원래부터 유별난 낙천가는 아니었다.

미치노리와 도마코는 지극히 평범한 부부였다. 도마코도 장례식에서는 눈물을 흘렸지만, 그 이후로는 한 번도 얼굴을 찌푸리는 일이 없었고 오히려 예전보다 웃는 날이 훨씬 많아졌다.

당시의 케이는 엄마의 웃음을 이해하지 못했다. 케이는 아버지의 죽음을 슬퍼하지 않는 엄마에게 "아빠가 돌아가셨는데 어떻게 웃을 수 있어? 슬프지 않아?"라며 따져 물었다.

케이가 '죽음'을 '새카만 상자'로 표현한다는 것을 이미 알고 있던 도마코는 이렇게 대답했다.

"그럼 그 새카만 상자 안에서 아빠가 우릴 보고 있다면, 어떨 것 같니?"

도마코는 아버지를 그리워하는 케이의 따뜻한 마음을 칭찬하며 "어떻게 웃을 수 있느냐?"는 케이의 질문에 타이르는 말투로 성의껏 대답했다.

"아빠는 그 상자에 들어가고 싶어서 들어간 게 아니야. 이유가 있어서, 들어갈 수밖에 없었단다. 그런네 상자에 늘어간 아빠가 매일 울고 있는 널 보면 어떻게 생각할까? 분명 슬퍼할 거야. 아빤 널 무척 사랑했으니까. 사랑하는 사람의 슬픈 얼굴을 보는 건 힘든 일이잖니? 그러니 네가 늘 웃고 있으면 상자 속 아빠도 웃지 않을까? 우리가 웃으면 아빠도 웃을 거야. 우리가 행복하면 상자 속 아빠도 행복해질 거야."

그 이야기를 들은 케이의 눈에서 어느새 눈물이 왈칵 쏟아졌다.

케이를 안아 주는 도마코의 눈에서도 장례식 이후로 사

람들 앞에서 보이지 않던 눈물이 빛나고 있었다.

'이번에는 내가 그 상자에 들어갈 차례야…….'

케이는 이제야 비로소 아버지의 고뇌를 이해할 수 있었다. 가족을 남기고 죽을 수밖에 없던 아버지, 미치노리의 한(恨)이 케이의 마음을 옥죄었다. 그런 아버지의 마음을 알고 나자 케이는 어머니가 했던 말의 위대함을 깨달았다. 진정으로 아버지의 마음에 다가가지 않으면 할 수 없는 말이었다.

잠시 후 주변 풍경이 평온하게 가라앉기 시작했다. 기체는 사람 형체를 이루다가 케이의 모습으로 바뀌었다.
"……."
카즈 덕분에 올 수 있었던 10년 후 미래였다. 케이는 우선 가게 안을 찬찬히 둘러보았다.
밤껍질처럼 광택이 흐르는 짙은 갈색의 육중한 기둥과 천장에서 교차하는 자연목 대들보, 커다란 괘종시계 세 개. 창업 이후 백 년이 넘는 세월에 걸쳐 희미하게 번진, 콩가루처럼 엷은 빛깔 토벽 위의 얼룩을 케이는 좋아했다. 한낮에도 시간을 알 수 없는 어슴푸레한 조명은 가게 전체를 세피아빛으로 물들인 채 여전히 복고풍 분위기를 자아냈다. 천장에는 목제 실링 팬이 소리 없이 천천히 돌아가고 있었다. 얼핏 봐서는 정말로 10년 후로 온 건지 알 수 없었다.

그러나 계산대 옆의 일력(日曆)은 분명히 8월 27일을 나타냈고, 함께 있던 카즈와 나가레와 고타케의 모습이 보이지 않았다.

그 대신 케이를 카운터 안에서 유심히 쳐다보는 남자가 있었다.

"……엥?"

케이는 카운터 안에 서 있는 남자를 보고 혼란스러워졌다. 처음 보는 남자였다. 그 남자는 흰 셔츠에 검은색 조끼를 입고 나비넥타이를 맸으며, 머리를 정확히 7대 3으로 나눈 모습으로 보아 틀림없이 찻집의 점원이었다. 더구나 카운터 안에 서서 이 자리에 나타난 케이를 보고도 놀라지 않는다는 말은 케이가 앉아 있는 자리의 특별함을 이미 알고 있다는 뜻이다.

남자는 아무 말 없이 케이를 바라만 보았다. 이곳에서 나타난 자에게 그다지 간섭하지 않는 태도 역시 이 찻집의 점원다웠다.

　얼마 후 남자는 손에 들고 있던 유리컵을 보드득보드득 문지르기 시작했다. 남자는 30대 후반에서 40대 초반쯤 되었을까. 보통 키에 보통 체격인 어디에서나 흔히 볼 수 있는 웨이터였다.

　굳이 말하자면 인상은 무뚝뚝했다. 게다가 오른쪽 눈썹 위에서 귀까지 이어진 큼직한 화상 자국 때문에 섣불리 말을 붙이기 어려운 분위기가 묻어났다.

　"음, 저기요……."

　평소의 케이는 상대방이 퉁명스럽건 인상이 험악하건 신경 쓰지 않았다. 만나자마자 꼭 친구처럼 웃으면서 재잘대기 시작한다. 그러나 지금은 여러모로 혼란스러웠다. 케이는 더듬더듬 얘기하는 외국인처럼 남자에게 말을 걸었다.

　"저, 저기요. 저, 점장님은요?"

　"……점장님이요?"

　"네. 여기 점장님, 계신가요?"

　"제가 점장인데요……."

케이의 물음에 카운터 안의 남자는 문지르던 유리컵을 찬장에 넣으면서 대답했다.

"네?"

"왜 그러세요?"

"그쪽이 점장이라고요?"

"네."

"여기의?"

"네."

"이 찻집의?"

"네."

"정말이에요?"

"네에."

'말도 안 돼!'

케이의 몸이 뒤로 잔뜩 젖혀졌다.

카운터 안의 남자는 케이의 격한 반응에 놀라서 일손을 멈추고 카운터 밖으로 나왔다.

"무, 무슨 일이시죠?"

자신이 점장이라는 사실만으로 누군가가 뒤로 자빠지는 경험은 처음이라, 남자는 눈에 띄게 동요하고 있었다. 더욱이 케이는 표정이 원체 풍부했다.

충격을 받은 케이의 표정은 필요 이상으로 남자를 불안하게 했다.

케이는 나름대로 혼란스러운 머릿속을 열심히 정리하고 있었다. 10년 사이에 무슨 일이 있었던 것인지 도저히 상상이 가지 않았다. 눈앞의 남자에게 이것저것 묻고 싶었지만, 머릿속이 복잡한 데다 시간이 없었다. 커피가 식어 버리면 일부러 미래까지 찾아온 의미가 없어지고 만다.

케이는 마음을 가다듬고 자기 얼굴을 걱정스레 들여다보는 남자에게로 눈길을 돌렸다.

'자자, 진정하자. 케이.'

"저기요."

"네."

"예전 점장님은요?"

"예전이요?"

"왜, 덩치가 산만 하고 눈이 가느다란……."

"아, 나가레 씨요?"

"맞아요!"

눈앞의 남자가 나가레를 알고 있자 케이는 무심코 상체를 일으켜 세웠다.

"나가레 씨는 지금 홋카이도에 계세요."

"홋카이도요?"

"네."

케이는 눈을 깜빡거리며 다시 한번 물었다.

"홋카이도라고요?"

"네."

"……."

이번에는 케이의 눈이 빙글빙글 돌아가기 시작했다.

'??????????????????'

케이에게는 예상치 못한 전개였다. 알고 지낸 후 지금까지 케이는 나가레의 입에서 홋카이도의 '홋' 자도 들은 적이 없었다.

"왜 갔는데요?"

"그걸 저한테 물으시면……."

남자는 난처한 얼굴로 오른쪽 눈썹 위를 긁었다.

"……."

케이는 진심으로 동요했다. 도대체 어떻게 된 영문인지 몰랐다.

"아, 혹시 나가레 씨를 만나러 오신 건가요?"

눈앞의 남자는 케이의 사정도 모르고 엉뚱한 질문을 던졌다.

"……."

케이는 대답할 기력마저 잃고 잔뜩 우울한 분위기를 풍겼다.

본래 논리적으로 생각하는 데 소질이 없는 케이는 직감적으로 살아왔다. 지금 이 상황도 무엇이, 어떤 연유로 이렇게 되었는지 갈피가 잡히지 않았다.

케이는 미래로 오면 내 아이를 만날 수 있다고만 철석같이 믿었던 것이다.

"아니면, 카즈 씨를?"

케이가 망연자실하자 남자가 물었다.

"아!"

남자의 말에 케이가 얼떨결에 소리쳤다. 깜빡하고 있었다. 케이는 눈앞의 남자가 '점장'이라는 말에 동요하여 중요한 사실을 잊고 있었다.

미래로 갈 수 있도록 응원하고 약속해 준 사람은 바로 카즈였다. 나가레가 홋카이도에 있대도 상관없다. 카즈만 있으면 문제 되지 않는 것이다.

케이는 흥분을 억누르지 못하고 빠른 어조로 남자에게 물었다.

"카즈는요?"

"예?"

"카즈요! 카즈는 있어요?"

만약 눈앞의 남자가 손이 닿는 거리에 있었다면, 케이는 남자의 멱살을 잡았을지도 모른다.

'!'

남자는 그 기세에 압도되어 두세 걸음 뒤로 물러났다.

"있어요? 없어요?"

"아, 그게 말이죠……."

달려드는 듯한 케이의 공세에 남자가 미안한 듯이 시선을 피했다.

"실은, 카즈 씨도……."

"……."

"홋카이도에 있어요."

남자는 한마디, 한마디 신중하게 대답했다.

'다 끝났다…….'

남자의 대답을 듣고 케이가 순식간에 풀이 죽었다.

"설마 카즈까지……."

넋이 나간 듯한 케이의 모습에 과연 남자도 걱정이 됐는지 케이의 얼굴을 흠칫흠칫 들여다보았다.

"저, 괜찮으세요?"

케이는 눈앞의 남자를 힐끔 쳐다봤지만, 사정도 모르는 사람에게 설명해 봐야 소용이 없었다.

"괜찮아요……."

케이가 힘없이 대답했다.

"……."

남자는 고개를 갸웃거리며 카운터 안으로 돌아갔다.

'이유는 모르겠지만, 나가레와 카즈, 둘 다 홋카이도에 있다면 분명 아이도 같이 있을 거야……. 설마 이렇게 됐을 줄이야…….'

케이는 배를 쓰다듬으며 고개를 떨어뜨리고 어깨를 축 늘어뜨렸다.

애당초 도박 같은 시도였다. 운이 좋으면 만날 수 있다, 그 정도였다. 케이도 알고 있었다. 쉽게 만날 수 있다면 누구나 미래로 갈 터였다.

예를 들어 기요카와 후미코도 3년 후 여기서 만나자는 약속만 한다면, 만나지 못할 일도 없었다. 고로가 '이 찻집에 오겠다.'는 약속만 지킨다면 말이다.

약속을 지키지 못할 이유는 수두룩하다. 자동차로 이동

한다면 차량 정체, 도보라면 도로 공사, 혹은 누군가 길을 묻거나 헤맬 수도 있다. 폭우 같은 자연재해가 일어날지도 모른다. 늦잠을 잔다든지 약속 시간을 착각할지도 모른다. 좌우지간 미래는 알 수 없다.

그렇게 따지면 나가레와 카즈가 홋카이도에 있는 것도, 이유야 어찌 됐든 있을 수 없는 일은 아니다. 장소가 장소인 만큼 케이는 놀랐지만, 설사 한 정거장 떨어진 옆 마을이었다고 하더라도 지금부터 커피가 식기 전까지 도착하기란 불가능하다.

가령 이곳의 일을 과거로 돌아가서 나가레와 카즈에게 전한다 해도, 두 사람이 홋카이도에 있다는 현실은 바뀌지 않는다. 이는 케이도 잘 아는 절대 규칙이었다.

운이 나빴다고 생각하는 수밖에 없었다.

그렇게 생각을 바꾸는 동안에 케이는 조금씩 냉정을 되찾았다. 잔을 들고 커피를 한 모금 마셔 보니 아직 충분히 따듯했다.

케이는 재빨리 기분을 전환했다. 이 역시 히라이가 말하는 '행복하게 사는 재능'의 하나였다. 감정의 기복은 심하나 뒤끝이 없었다.

만나지 못하는 건 아쉽지만, 후회는 하지 않았다. 하고 싶은 일에 도전할 수 있었고, 실제로 미래로 오는 데 성공했다. 카즈나 나가레가 원망스럽지도 않았다. 아마도 부득이한 사정이 있었을 것이다. 두 사람이 최선을 다하지 않았다고는 생각할 수 없었다.

'나한테는 불과 몇 분 전의 약속이지만, 여기는 10년 후 미래야. 어쩔 수 없어. 돌아가면 잘 만났다고 대충 둘러대야지……'

케이는 테이블에 올려 둔 설탕 단지로 손을 뻗었다.

딸그랑딸그랑.

그때 카우벨이 울렸다. 케이는 커피에 설탕을 넣고 있다가 평소 버릇대로 '어서 오세요.'라고 말할 뻔했다. 그러나 케이보다 먼저 점장이라는 남자가 "어서 오세요." 하고 인사하자 케이는 말을 얼버무리며 입구로 시선을 돌렸다.

"아, 왔니?"

남자가 말했다.

"다녀왔습니다."

중학생으로 보이는 소녀가 인사하며 들어왔다. 나이는 열네댓 살쯤 됐을까. 여름에 어울리는 하얀 민소매 플레어

셔츠와 짧은 청반바지, 끈 샌들 차림에, 예쁜 까만 머리를 빨간색 머리끈으로 포니테일처럼 묶고 있었다.

'아, 그때 그…….'

케이는 소녀의 얼굴을 본 순간 기억이 퍼뜩 떠올랐다. 미래에서 찾아와 케이와 함께 사진을 찍은 소녀였다. 그때는 겨울옷을 입고 있던 데다 머리도 쇼트커트여서 분위기가 조금 달라 보였지만, 그 똥그랗고 귀여운 눈은 한 번 보면 잊히지 않는 특징이 있었다.

'여기서 만난 거구나.'

케이는 고개를 두 번 크게 끄덕이고는 팔짱을 꼈다. 당시에는 케이기 처음 보는 빙문객이었기에 신기한 체험을 했다고 생각했으나, 만난 적 있다는 사실을 알게 되니 그다지 놀라운 일도 아니었다.

"사진 찍으러 왔었지?"

케이는 무심코 득의양양한 얼굴로 입구에 우두커니 서 있는 소녀에게 말을 걸었다. 그러나 소녀는 머리 위에 물음표를 띄운 채 의아하다는 표정을 지었다.

"……무슨 말씀이세요?"

케이는 어리둥절해 하는 소녀를 보고 자신이 실수했음을 깨달았다.

'아, 그렇지.'

소녀가 케이를 찾아오는 것은 이번 만남 이후다. "사진 찍으러 왔었지?"라는 질문의 의미를 모르는 게 당연하다.

"아냐. 내 얘긴 무시해."

케이는 소녀에게 말하고 생긋 웃어 보였지만, 소녀는 당황하며 머리를 살짝 숙이고는 안쪽 방으로 쪼르르 모습을 감췄다.

'아, 다행이다.'

케이는 가슴을 쓸어내리며 홀가분한 표정으로 소녀의 뒷모습을 지켜보았다.

그리고 무엇보다 기뻤다. 모처럼 미래까지 왔는데 나가레와 카즈는 없고, 모르는 남자 혼자만 있었다. 아무런 보람도 없이 돌아가려니 조금 쓸쓸하다고 생각하던 차였다.

그런데 사진을 찍으러 왔던 소녀가 나타난 것이다.

케이는 잔을 만져 커피 온도를 다시 확인했다.

'이 커피가 식기 전까지 친해져야지.'

그렇게 생각하자 케이의 가슴이 두근거렸다. 10년이라는 시간을 초월한 만남이었다.

그 소녀가 돌아왔다.

'아…….'

소녀의 손에는 와인색 앞치마가 들려 있었다.

'내가 쓰던 앞치마다!'

애초의 목적을 잊은 것은 아니지만, 돌이킬 수 없는 일을 두고 언제까지나 끙끙 앓는 케이가 아니었다. 어느새 케이의 관심사는 소녀와의 교류로 바뀌어 있었다.

"아, 오늘은 안 도와줘도 돼. 손님도 저분뿐이고."

주방에서 남자가 얼굴만 내밀고 앞치마를 두르는 소녀에게 말했으나, 소녀는 대답도 하지 않고 카운터 안으로 들어갔다.

"……."

그렇다고 남자도 별다른 대꾸는 없이 주방으로 얼굴을 집어넣었고, 소녀는 익숙한 손놀림으로 카운터 위를 쓱쓱 행주질하기 시작했다.

'이봐, 이봐!'

그동안 케이는 필사적으로 소녀의 시야에 들려고 몸을 좌우로 움직였지만, 소녀는 케이에게 한시도 눈길을 주려 하지 않았다. 그런데도 케이는 아랑곳없이 '여길 돕고 있는 걸 보면 저 점장님 딸인가?'라고 태평하게 생각했다.

따르르릉…… 따르르릉…….

돌연 안쪽 방에서 전화가 울렸다.
"네, 가요!"
그렇게 말하며 일어서려던 사람은 케이였다. 10년이 지났는데도 전화벨 소리가 바뀌지 않아 몸이 저절로 반응한 것이다.
'안 되지, 안 돼.'
이 자리에서 이동할 수 없다는 규칙은 엉덩이가 의자에 붙어서 움직이지 못한다는 뜻이 아니라, 움직이면 현실로 강제 소환된다는 의미다. 설명을 듣지 않으면 알기 힘든 규칙이지만, 물론 케이는 알고 있었다.
그러자 주방에 있던 남자가 나와서 "네, 갑니다!" 하고 대답하며 안쪽 방으로 들어갔다.
케이가 이마의 땀을 훔치는 척하면서 한숨을 푹 내쉬자, 전화를 받은 남자의 목소리가 들려왔다.
"……네, 여보세요. 아, 안녕하세요. 네? 네, 있습니다만……. 아, 네……. 그럼 바꿔 드릴게요……. 잠시만 기다리세요."
안쪽 방에서 남자가 불쑥 나왔다.

'뭐지?'

"저기······."

남자가 케이에게 다가와서 무선 전화기를 내밀었다.

"······저요?"

"나가레 씨 전화예요."

"네?"

"바꿔 달라고 하시는데······."

나가레라는 말을 듣고 케이는 남자의 손에서 무선 전화기를 휙 낚아챘다.

"여보세요? 왜 홋카이도에 있어? 설명 좀 해 봐. 이게 도대체 어떻게 된 일이야!"

케이가 가게 안이 울릴 만큼 쩌렁쩌렁한 목소리로 전화를 받았다. 남자는 무슨 상황인지 몰라서 어리둥절해 하며 주방으로 돌아갔다.

"여보세요?"

그러나 소녀는 마치 케이의 큰 목소리가 전혀 들리지 않는다는 듯이 아무런 내색도 없이 묵묵히 하던 일을 계속하고 있었다.

"응? 시간이 없다고? 시간이 없는 건 나라고!"

이러고 있는 동안에도 커피는 분명히 식어 간다.

"어? 잘 안 들려! 뭐라고?"

케이는 왼손으로 수화기를 들고 오른쪽 귀를 막으며 이야기했다. 아무래도 전화 너머의 잡음이 심해서 잘 들리지 않는 모양이었다.

"응? 중학생 여자애?"

케이는 몇 번이나 되물었다.

"있어. 왜, 2주쯤 전이었나? 사진 찍으러 미래에서 왔었잖아!"

그렇게 말하며 케이는 소녀에게로 시선을 돌렸다.

"그래, 그래. 그 애가 뭐?"

보아하니 소녀는 눈을 아래로 깐 채 일손을 멈추고 있었다. 웬일인지 긴장하는 듯이 보였다.

'왜 저러지?'

그렇게 생각하면서도 케이는 대화를 이어갔다. 신경은 쓰였지만, 지금은 나가레에게 더 중요한 이야기를 들어야 했다.

"그러니까, 잘 안 들린다고! 응? 뭐? 그 애가……."

우리 딸이야.

그때 가운데 괘종시계가 댕, 댕, 종을 열 번 울렸다.

'!'

그 순간 케이는 비로소 알아차렸다. 자신이 가려고 했던 15시가 아니라 오전 10시에 와 있는 것이었다. 케이의 얼굴에서 웃음기가 사라졌다.

"……아, 응. 알았어."

케이는 힘없는 목소리로 대답하고 전화를 끊은 다음 조용히 테이블 위에 올려놓았다.

"……."

방금까지 소녀와의 대화를 기대하던 밝은 표정은 사라지고 어쩐지 창백하고 한껏 위축된 얼굴이었다. 소녀도 일손을 멈춘 채 꼼짝하지 않았다.

케이는 천천히 잔으로 손을 뻗어 커피의 온도를 확인했다. 아직 따듯했다. 완전히 식을 때까지는 아직 시간이 있었다.

"……."

케이는 시선을 다시 소녀에게로 향했다.

'이 아이가…….'

느닷없이 찾아온 내 아이와의 대면. 나가레의 말은 심한 잡음으로 알아듣기 힘들었지만, 대략 다음과 같은 내용이었다.

'당신은 10년 후를 생각하며 미래로 떠났는데, 무언가 착오가 생겨서 15년 후로 와 버렸어. 아마도 10년 후 15시가 15년 후 10시로 바뀐 것 같아. 우린 그 사실을 미래에서 돌아온 당신한테 들어서 알고는 있지만, 지금 어쩔 수 없는 사정으로 홋카이도에 와 있어. 시간이 없으니까 설명은 생략할게. 눈앞에 있는 그 아이가 바로 우리 딸이야. 어쨌든 짧은 시간이겠지만, 건강하게 자란 우리 딸 모습을 똑똑히 눈에 담고 가.'

그 말만 전한 후 나가레는 시간을 의식해서인지 일방적으로 전화를 끊었다.
그러나 케이는 바로 앞에 있는 소녀가 자신의 딸임을 안 순간, 소녀를 어떻게 대해야 할지 막막해졌다.
혼란이나 패닉이라기보다는 후회가 앞섰다.
이유는 간단했다. 소녀는 분명 이곳에 나타난 케이가 제 엄마라는 사실을 알고 있었을 것이다. 한편, 케이는 소녀를 다른 사람의 딸로 착각하고 있었다. 그 온도 차는 지나치게 컸다.

조금 전까지 신경도 쓰이지 않던 괘종시계의 추 소리가 마치 '커피는 시시각각 식어가고 있다고.' 하고 말하는 듯했다.

실제로 시간이 촉박했다. 그러나 소녀의 어두운 표정이 "나는 널 낳아 주는 것밖엔 할 수 없는데, 그래도 용서해 줄래?"라는 질문에 대한 답 같아서 케이의 마음에 그늘이 드리웠다.

"이름이 뭐야?"

겨우 입 밖으로 나온 말이있다.

그러나 이름을 묻는 말에 소녀는 아무런 대꾸도 없이 잠시 고개를 숙인 채 입을 다물고 있었다.

"……."

케이는 소녀의 침묵이 더욱 자신을 원망하는 듯이 느껴졌다. 케이는 그 침묵을 견디지 못하고 무심코 고개를 떨어뜨리고 말았다.

그때였다.

"미키……."

소녀가 자기 이름을 작은 목소리로 대답했다. 한없이 애처로운, 사그라질 듯한 목소리였다. 묻고 싶은 질문이 숱하게 있었다. 그러나 케이에게는 미키의 작은 목소리가 자신과의 대화를 거부하는 듯이 들렸다.

"그렇구나……."

케이는 이렇게 대답하는 것이 고작이었다.

"……."

미키는 그런 케이의 모습을 아무 말 없이 노려보다가 빠르게 안쪽 방으로 걸어갔다. 그때 마침 주방에서 남자가 얼굴을 내밀고 "미키?" 하고 불렀으나, 미키는 남자를 무시하고 방으로 모습을 감췄다.

딸그랑딸그랑.

"어서 오세요."

남자의 인사와 거의 동시에 들어온 사람은 흰색 반소매 블라우스와 검은색 바지에 와인색 앞치마를 두르고, 뙤약볕 아래서 뛰어왔는지 폭포수처럼 땀을 쏟으며 숨을 헉헉거리는 한 여자였다.

"……아."

낯익은 얼굴이었다. 정확히 말하면 누군가의 옛 얼굴이

남아 있었다. 케이는 숨 가빠하는 여자를 보며 15년이라는 시간의 흐름을 실감했다. 그녀는 낮에 케이가 유리컵을 떨어뜨렸을 때 괜찮으냐고 물어봐 준 기요카와 후미코였다. 그때의 후미코는 체형이 늘씬했으나 지금은 약간 통통했다.

"미키는?"

후미코는 그 자리에 미키가 없다는 사실을 알아차리고 남자에게 힐난조로 물었다.

후미코는 오늘 이 시간에 케이가 온다는 사실을 알고 있었을까. 무서울 정도로 진지해 보였다.

"안에 있어……."

남자는 후미코의 기세에 눌려 우물쭈물 대답했다. 역시 남자는 지금의 상황에 대해 전혀 이해하지 못하는 모양이었다.

"왜? 왜 안에 있는데?"

카운터를 탕 두드리며 추궁하는 후미코에게 남자는 잘못을 저지른 것도 아니면서 오른쪽 눈썹 위의 화상 자국을 긁으며 미안하다는 듯이 대답했다.

"그, 글쎄?"

"아, 진짜!"

후미코는 한숨을 쉬며 남자를 흘겨보았으나 그를 나무랄 처지는 아니었다. 이런 중요한 시간에 늦어 버린 제 잘못도 있기 때문이다.

"지금은 그쪽이 이 가게를 보고 있나 봐요?"
케이가 힘없는 목소리로 후미코에게 물었다.
"네, 뭐……."
후미코는 그렇게 대답하며 케이의 얼굴을 뜯어보았다.
"미키하고는 얘기 나누셨어요?"
케이가 지금 가장 듣고 싶지 않은 질문을 직설적으로 물어 왔다.
"……."
케이는 눈을 내리깐 채 그 질문에 아무 대꾸도 하지 못했다.
"제대로 얘기하신 거예요?"
후미코의 공격이 날아왔다.
"그게 말이죠……."
어물어물하는 케이였다.
"불러올게요."
"괜찮아요!"

안쪽 방으로 가려는 후미코를 케이는 단호한 말투로 불러 세웠다.

"왜 그러시는 거예요?"

"이제 됐어요……."

케이는 목소리를 쥐어짜며 말했다.

"……."

"얼굴도 봤고."

"그래도……."

"왠지 만나고 싶어 하지 않았던 것 같기도 하고……."

"그렇지 않아요!"

후미코는 지금 케이가 한 말을 완강하게 부인했다.

"미키는 쭉 만나고 싶어 했어요. 오늘이 오기만을 손꼽아 기다리고 있었단 말예요……."

"그만큼 내가 외롭게 했다는 말이겠죠?"

"그건……."

미키가 오늘을 기다리고 있었다는 말은 거짓이 아닌 듯했지만, 케이의 말대로 후미코는 외로워하는 미키의 모습을 지켜봐 왔는지 이번에는 부인하지 못했다.

"역시, 그렇군요……."

케이는 손을 잔으로 획 뻗었다. 그 동작을 보고 후미코는 케이를 말리기 위한 결정타를 찾지 못한 채 말을 뗐다.

"이대로 가 버리실 건가요?"

"미안하다고, 전해 줄래요?"

그 말을 들은 후미코의 표정이 갑자기 험악해졌다.

"그건!"

후미코가 케이에게 다가갔다.

"아니라고 생각하는데요."

"?"

"당신은 미키를 낳은 거 후회하세요? 사과한다는 말은 널 안 낳았더라면 좋았을 텐데, 그렇게 얘기하는 거나 다름없잖아요?"

아직은 낳지 않았다. 낳지는 않았지만, 아이를 낳는 데 망설임 같은 건 없었다. 케이는 고개를 한사코 저어 후미코의 질문에 대답했다.

"……."

"미키 불러올게요."

후미코가 말했지만, 케이는 대답을 할 수 없었다.

"……불러올게요."

후미코는 케이의 대답을 기다리지 않고 안쪽 방으로 들어갔다. 후미코는 시간이 없다는 사실도 잘 알고 있었다.

"어이."

남자도 후미코의 뒤를 쫓아갔다.

'난 어떻게 해야 할까⋯⋯.'

홀로 남은 케이는 눈앞의 커피를 가만히 바라보았다.

'후미코 씨의 말이 맞아. 그렇지만, 무슨 말을 해야 좋을지 하나도 모르겠어⋯⋯.'

잠시 후 미키가 후미코에게 양어깨를 감싸인 채 안쪽 방에서 천천히 모습을 드러냈다.

"⋯⋯."

그러나 미키는 케이를 보려고도 하지 않고 고개를 푹 숙이고 있있다.

"어렵게 만났으니까⋯⋯."

후미코가 미키에게 말했다.

'미키⋯⋯.'

케이는 이름을 부르려고 했으나 목소리가 밖으로 나오지 않았다.

"자, 그럼⋯⋯."

그렇게 말하며 후미코는 살며시 미키의 어깨에서 손을 떼고 케이의 얼굴을 힐끔 쳐다본 후 조용히 안쪽 방으로 모습을 감췄다.

"……."

미키는 후미코가 자리를 뜨고 나서도 고개를 숙인 채 말이 없었다.

'무언가, 적어도 무언가 말을 해야 해…….'

케이는 잔에서 손을 떼고 조용히 숨을 가다듬은 후 입을 열었다.

"……잘 지내니?"

미키는 케이 쪽으로 얼굴을 살며시 들고 작은 목소리로 대답했다.

"……응."

그 목소리는 아주 작아서 사라질 것만 같았다.

"여기 일 돕고 있구나."

"응."

미키의 대답은 쌀쌀맞았다. 케이는 찢어질 듯한 심정으로 말을 이었다.

"그이하고 카즈는 홋카이도라면서?"

"응."

미키는 여전히 케이의 얼굴을 외면했고, 대답하는 목소리는 갈수록 작아졌다. 이야기할 화제도 많지 않았다.

"왜 혼자 여기에 남았어?"

케이는 말하다 보니 얼떨결에 그렇게 묻고 말았다.

'아…….'

케이는 곧바로 후회했다. 나를 만나기 위해, 라는 대답을 기대하고 있는 자신을 발견했기 때문이다. 케이는 그 뻔뻔하기 이를 데 없는 생각이 부끄러워져 눈을 내리깔았다.

"나 있잖아……."

미키가 처음으로 먼저 작은 목소리로 말하기 시작했다.

"그 자리에 앉는 사람한테 커피를 내려……."

"커피를?"

"응. 카즈 고모처럼."

"그렇구나."

"……그게 내 일이야."

"그렇구나."

"응……."

"……."

대화가 끊기고 말았다. 미키도 더 이상 무엇을 말해야 좋을지 모르겠는 듯 바닥만 쳐다보고 있었다.

케이도 다음 말을 찾지 못했다. 그러나 묻고 싶은 말은 딱 한 가지였다.

'나는 널 낳아 주는 것밖엔 할 수 없는데, 그래도 용서해 줄래?'

그러나 용서해 줄 리가 없었다. 그만큼 외로운 기억만 안긴 것이다. 미키는 제멋대로 만나러 온 케이를 완강히 거부하고 있었다.
'만나러 오는 게 아니었어…….'
급기야 케이는 미키를 보고 있을 수가 없어서 눈앞의 커피로 시선을 떨어뜨렸다. 잔에 채워진 커피의 수면이 희미하게 흔들렸다. 이제 김도 피어오르지 않았다. 잔에서 전해지는 온도가 머지않아 작별할 시간임을 알렸다.

'난 대체 뭘 하러 온 걸까? 미래로 온 의미는 있을까? 아니, 의미 같은 건 없어. 그냥 미키를 괴롭게 할 뿐이야. 내가 과거로 돌아가서 어떤 노력을 한대도 미키가 외로워진다는 현실은 바뀌지 않아. 바꿀 수 없어.
고타케 씨도 과거로 돌아갔지만, 후사기 씨의 병을 고치진 못했잖아. 히라이 씨도 결국 여동생의 죽음을 막지는 못했어.'

고타케의 남편 후사기는 약년성 알츠하이머였다. 수년 전부터 서서히 기억을 잃어 아내인 고타케를 옛 성으로 부르다가, 마침내 지난달 후사기의 기억에서 고타케의 존재가 흔적도 없이 사라지고 말았다. 고타케는 간호사로서 할 수 있는 일이 있다고 각오를 다졌음에도, 후사기가 고타케에게 미처 전하지 못한 편지가 있다는 사실을 알고 그 편지를 받으러 과거로 떠났다.

히라이는 교통사고로 죽은 여동생 쿠미를 만나기 위해 과거로 돌아갔다. 쿠미는 가출한 히라이에게 집으로 돌아오라고 수도 없이 설득하러 왔건마는, 결국 언니의 마음을 되돌리지 못한 채 세상을 떠났다. 교통사고를 당하기 직전에 찾아왔을 때도 히라이는 숨어서 쿠미에게 코빼기조차 내밀지 않았다.

고타케도, 히라이도 과거로 돌아갔으나 현실은 달라지지 않았다. 고타케는 편지를 받았을 뿐이고 히라이는 여동생을 만났을 따름이다. 후사기의 병은 현재도 진행되고 있으며 히라이는 두 번 다시 여동생을 만나지 못한다.

'나도 마찬가지야. 여기서 내가 뭘 하든, 미키를 외롭게 한 15년이란 세월은 바꿀 수 없어…….'

자기가 원해서 찾아온 미래인데도 케이는 완전히 좌절하고 말았다.

"식으면 안 되니까……."

케이는 그렇게 말하고 커피 잔으로 손을 뻗었다.

'돌아가자…….'

그때였다.

예상치 못한 큰 발소리가 다가왔다. 방금까지 안쪽 방문 앞에 있던 미키가 어느새 손이 닿을 만한 거리에 우뚝 서 있었다.

'!'

깜짝 놀란 케이는 잔을 내려놓고 미키의 얼굴을 바라보았다.

'미키…….'

케이는 미키의 행동이 무슨 의도인지 몰랐다. 그러나 눈을 뗄 수 없었다. 미키가 눈앞에 서 있었다. 손을 뻗으면 닿을지도 모르는 거리에.

"좀 전엔……."

미키가 숨을 한 번 크게 들이마시더니 떨리는 목소리로 말하기 시작했다.

"……?"

"그냥 쑥스러워서 그런 거니까. 만나기 싫었다든가, 그런 건 아니니까……."

"……."

케이는 눈 하나 깜빡이지 않고 몸과 마음을 다해 미키가 하는 말에 귀를 기울였다.

"옛날부터 쭉, 만나면 얘기해야겠다고 생각하던 게 있었는데……."

케이도 묻고 싶은 말이 산더미 같았다.

"막상 그 순간이 되니까 뭐라고 말해야 할지 너무 막막해서……."

"……."

케이도 막막해졌다.

그리고 미키의 반응이 두려워서 가장 묻고 싶던 질문을 입 밖에 꺼낼 수가 없었다.

"그야 물론……, 외로울 때도 있었지만……."

그럴 거야. 케이는 홀로 남은 미키의 모습을 상상하기만 해도 가슴이 찢어지는 듯했다.

'그 외로운 시간을 바꿔 줄 수 있는 힘이 나에겐 없어. 미안해…….'

"그래도."

"……."

미키는 케이의 앞으로 한 걸음 살짝 내디디며 수줍게 말했다.

"난 태어나길 정말 잘했다고 생각해."

중요한 말을 전할 때는 용기가 필요하다. 미키는 처음 만나는 엄마에게 자기 생각을 전하기 위해, 아마도 있는 힘을 다해 용기를 짜냈을 것이다. 그 목소리는 떨렸지만, 미키의 솔직한 마음이었다.

'나는…….'

케이의 눈에서 굵은 눈물방울이 흘러내렸다.

'널 낳아 주는 것밖엔 할 수 없었는데…….'

미키도 울고 있었다. 그러나 미키는 그 눈물을 양손으로 닦고 상냥하게 웃는 얼굴로 케이를 불렀다.

"엄마."

긴장해서 다소 상기된 목소리였으나 케이는 똑똑히 들었다. 자신을 '엄마.'라고 부르는 미키의 목소리를…….

'난 아무것도 해 주지 못했는데…….'

케이는 얼굴을 양손으로 감싸고 어깨를 들썩이며 흐느꼈다.

"엄마······."

미키가 자신을 부르는 소리를 다시 한번 듣고 떠올렸다. 작별의 시간이 임박했다.

"······응?"

케이는 적어도 미키의 마음에 보답하기 위해 웃는 얼굴로 고개를 들었다.

"날······."

미키는 생긋 웃으며 말했다.

"날 낳아 줘서, 고마워······."

그렇게 말하고 미키는 케이를 향해 작게 브이 사인을 그려 보였다.

"미키······."

"엄마."

케이는 지금 이 순간, 자신이 이 아이의 엄마라는 사실에 진심으로 행복을 느꼈다. 다른 누구의 엄마가 아닌, 눈앞에 있는 소녀의 엄마라는 사실에. 케이는 넘쳐흐르는 눈물을 억누를 수가 없었다.

'이제야 알겠어.'

현실은 달라지지 않더라도, 고타케는 옛 성으로 부르는 것을 금지하며 후사기에 대한 태도를 바꿨다. 후사기의 기억에서 사라지더라도 계속 아내로 남기 위해서였다. 히라이는 장사가 잘되던 가게까지 버리고 집으로 돌아갔다. 부모와의 관계를 회복해 가며 지금은 여관 일을 처음부터 배우고 있다.

'현실이 바뀐 게 아니야.'

고타케는 후사기와의 대화를 즐기게 되었다. 후사기의 태도는 바뀌지 않았다. 히라이가 보내온 사진에는 부모님과 함께 찍힌 히라이의 행복한 모습이 있었다. 여동생이 없는데도 불구하고.

'현실이 바뀐 게 아니야. 바뀐 건 두 사람이야. 고타케 씨와 히라이 씨가 과거로 돌아가서 달라진 건 바로 '마음'이야. 현실은 달라지지 않았지만, 고타케 씨는 후사기 씨와 부부로 함께하는 시간을 되찾았고, 히라이 씨는 여관을 잇

겠다는 여동생의 꿈을 이뤘어. 그건 그들의 '마음'이 달라졌기 때문이야…….'

케이는 천천히 눈을 감았다.

'난, 내가 하지 못한 일에만 정신이 팔려서, 가장 중요한 걸 잊고 있었어.'

후미코가 15년간 케이 대신 미키의 곁에 있어 준 일, 나가레가 아버지로서 케이의 몫까지 미키에게 애정을 쏟아 준 일, 카즈가 케이를 대신해서 엄미처럼, 언니처럼 미키를 따뜻하게 보듬어 준 일.
케이는 자신이 없는 15년간, 미키의 주위에서 그 아이의 성장과 행복을 바라며 성심성의껏 지켜 준 모든 사랑을 깨달았다.

'고마워, 미키. 건강하게 자라 줘서 정말 고마워. 네가 건강하게 자라 주었다는 사실만으로도 난 더할 나위 없이 행복해질 수 있었어……. 그러니 이 말만큼은 꼭 전하고 싶어. 나의 진심을…….'

"미키……."

케이는 흐르는 눈물을 개의치 않고 미키에게 가장 밝은 미소를 지으며 한마디를 전했다.

"고마워. 내 딸로 태어나 줘서……."

미래에서 돌아온 케이는 얼굴이 눈물로 범벅되어 있었지만, 슬픔의 눈물이 아니라는 것을 그 자리에 있는 모든 사람이 곧 이해했다.

나가레는 안도의 한숨을 내쉬고 고타케는 흐느꼈으나, 카즈만은 전부 지켜본 사람처럼 부드러운 미소를 띤 채 "잘 다녀왔어요." 하고 맞아 주었다.

다음 날 케이는 입원을 했고, 이듬해 봄에 건강하고 씩씩한 여자아이가 이 세상에 태어났다.

결국, 과거나 미래로 가 봐야 현실은 아무것도 달라지지 않는데 이 자리에 무슨 의미가 있을까?

 '마음 하나로 인간은 어떤 괴로운 현실도 이겨낼 수 있기에, 현실은 바뀌지 않더라도 사람의 마음이 달라진다면, 이 자리에도 분명 중요한 의미가 있다…….'

 카즈는 그렇게 믿으며 오늘도 태연한 얼굴로 속삭인다.

 "그럼……, 커피가 식기 전에……."

* 이 책의 이야기는 모두 픽션입니다.
실재하는 인물이나 지역, 가게, 단체 등의 이름과
전혀 관계가 없음을 밝힙니다.

지은이 가와구치 도시카즈
1971년 오사카 이바라키 시에서 태어났다.
극단 음속 달팽이에서 극작가 겸 연출가로 활동했으며 〈COUPLE〉,
〈저녁놀의 노래〉, 〈family time〉 등의 연극을 선보였다.
1110 프로듀스에서 상연한 〈커피가 식기 전에〉로
제10회 스기나미연극제 대상을 받았고, 동명의 소설을 출간하며 소설가로 데뷔했다.
그의 데뷔작이자 이 시리즈의 1권인 《커피가 식기 전에》는
일본에서 70만 부 이상 판매되며 영화화되었고,
2017년 일본 서점대상 최종 후보에 오르는 등 선풍적인 인기를 얻었다.
이어 《이 거짓말이 들통나기 전에》와 《추억이 사라지기 전에》를 집필했다.

옮긴이 김나랑
고려대학교와 아오야마가쿠인대학교에서 일본어와 일본 문학을 공부했다.
기업에서 근무하다가 외국어를 우리말로 옮기는 일에 매료되어 번역가로 전향했으며,
현재 유익한 서적을 찾아 소개하는 일에 힘쓰고 있다.
옮긴 책으로는 《커피가 식기 전에》, 《이 거짓말이 들통나기 전에》,
《추억이 사라지기 전에》, 《대자연과 컬러풀한 거리, 아이슬란드》 등이 있다.

커피가 식기 전에

초판 1쇄 2017년 4월 25일   **초판 2쇄** 2017년 6월 15일
개정판 1쇄 2019년 7월 22일
개정판 2쇄 2021년 1월 18일

지은이 가와구치 도시카즈
옮긴이 김나랑
펴낸이 안중용

펴낸곳 비빔북스   **출판등록** 2015년 6월 19일 제2015-000026호
주소 서울특별시 양천구 중앙로 48길 50-1, 401호
전화 02-2693-7751   **팩스** 02-2653-7752
이메일 bibimbooks@naver.com

ISBN 979-11-89692-03-2   03830

* 책값은 뒤표지에 있습니다.
* 이 책은 저작권법에 의하여 보호를 받는 저작물이므로 무단 전재와 복제를 금합니다.

이 도서의 국립중앙도서관 출판예정도서목록(CIP)은 서지정보유통지원시스템 홈페이지(http://seoji.nl.go.kr)와
국가자료공동목록시스템(http://www.nl.go.kr/kolisnet)에서 이용하실 수 있습니다.(CIP제어번호:CIP2019027407)